KB056086

겨울 나그네

겨울 낙네

이명환 수필집

시인생각

이명환의 세 번째 수필집에 보내는 편지

정연희(소설가)

명환의 세 번째 수필집 추천사를 부탁받고는 한동안 난감했다. 우리는 대학 선후배나 문단 선후배랄 것도 없이 더러 만나 밥 한 끼 먹고 담소하는 사이로, 그의 타고난 푸근함이 편해서 임의롭게 만나는 친구다. 늘 한 고향 사람 같아서 별다른 이야기를 하지 않아도 서로의 마음을 짐작하는 처지에 무슨 추천사를 쓰겠나 하는 생각이었다. 그러나 한편으로는 평소에 부담 없이 읽히는 그의 글에 호감을 가지고 있었으므로 이번 신작을 꼼꼼히 읽고 편안히 내 느낌을 써 보자는 마음에 수락했다. 그동안 그가 발표한 글들을 대강 읽기는 하였으나 이번 신작뿐만 아니라, 전에 낸 두 권의 수필집도 다시 보고 싶어서 모두 보내 달라 했더니 분량이 만만치 않았다. 게다가 2020년 2월 부군인 성찬경 시인의 7주기 전에 책을 내고자 한다 하니 은근한 재촉

이 될 수밖에 없었다. 2019년도 저물어 가는 11월 초의 일이었다. 명환은 2020년이 오기 전에, 남편을 떠나보내고 경황없이 지낸 그간의 삶을 정리하고 싶다고 했다.

첫 수필집 『지상의 나그네』와 두 번째 책 『나그네의 축제』를 읽고 나니, 아주 오래전 <이대학보사>에서 공모하여 입선했던 중편소설 두 편이 생각나 그것도 보내 달라 청했다. 2019년 12월 31일에 빠른 등기로 배달된 이대 재학 시절의 소설을 읽느라 섣달그믐 밤을 꼬박 새웠다. 1961년의 가작 「젖할매」와 1962년의 당선작 「디오니소스의 후예」에서 만났던 소설가 이명환이 이제 수필가의 이름으로 세 번째 수필집을 상재하겠다는데 그 노정路程이 궁금해서다.

1962년 본심을 안수길 선생님과 당시 학장이셨던 이헌구 선생님, 영문과 소설 담당이신 나영균 교수가 맡으셨다. 원고지 400장이 넘는, 중편으로는 다소 무거운 「디오니소스의 후예」와 몇 편의 다른 소설의 예비 심사를 내가 맡았을 때, 영문과 3학년 학생의 소설로는 얼마간 사변적이기는 했지만, 독특한 주제와 탄탄한 문장력에 끌려서 학생 공모 작품이 아닌 소설로 읽었던 기억이 새로웠다. 그저 친구로 만나며 바라본 그의 삶은 그대로 천로역정天路歷程의 소설이라는 느낌이 들었다. 이미 출간된 그의 수필집 제호가 '지상의 나그네' '나그네의 축제'이듯 그가 엮어 가던 천로역정의 삶은 그대로가 소설이다.

내 나그네 길의 세월이 일백 삼십년이니이다. (창세 47:9)
주 앞에서는 우리가 우리 열조列祖와 다름없이 나그네와 우거寓居한 자라,

세상에 있는 날이 그림자와 같아서 머무름이 없나이다. (1역대 29:15)
··· 외국인과 나그네로라 증거 하였으니 이같이 말하는 자들은 본향本鄕 찾
는 것을 나타냄이라. (히브 11:13)

성경에서는 이 땅에 태어난 인간 모두를 나그네라 지칭한다. 가톨
릭 세례명이 '사도 요한나'인 이명환이 이승의 나그네로서 찾아 나선
본향의 길이 그대로 천로역정이었다. 이번 수필집도 『겨울 나그네』로
할까 생각 중이라 했다.

이명환이 송운松韻 성찬경 시인을 만난 것은 충남 예산여고에서 담
임 김광회 선생(시인)의 특별한 소개였다. "장차 한국 시단을 이끌 대
단한 시인이 예산농고 영어 선생님이다. 그는 정식으로 문단에 데뷔
한 서울문리대 영문과 출신이다." 이렇게 해서 아홉 살 연상의 스승뻘
송운이 소박하기 이를 데 없는 이명환을 알아본 것도 예사롭지 않았
거니와, 그가 이대에 다니는 동안 선머슴 같은 이 여학생을 눈여겨보
고, 이미 자리가 잡힌 기성 시인이 끊임없는 편지로 당신의 뜻을 전하
고 이해시켜 아내로 맞기까지, 송운의 정성은 연애가 아니라 영혼의
길동무를 알아본 영혼의 노래였을 것이다.

졸업 후 고향에 내려가 있는 동안에도 송운의 편지는 이어졌고, 드
디어 결혼을 결심하고 송운의 아내가 되기로 했을 때 본인은 스스로
를, 천성이 엽렵지 못하고 우둔한 내가 어쩌다 보니 번족한 대종손 집
맏며느리가 되었다며 한탄스러워 하는 글을 쓰기도 했다.

옹색한 '응암동 수재민 주택'에 둥지를 튼 결혼 생활에서 십 년 동

안에 줄줄이 다섯 남매를 낳아 길렀다. 사실 그 무렵 우리 또래 가운데 아이를 다섯이나 두는 예는 드물었다.

그의 삶은 단 한 뼘의 여유도 없이 시집살이와 아이들 치다꺼리로 영일 없는 나날이었지만, 그는 어떤 조건에서도 세월을 무심히 흘려버리지 않고, 소중한 것을 찾아 자기 것으로 만드는 감각을 타고난 사람이었다. 고단한 요한나의 일상은 그 자체가 그의 영혼에서 우러나는 고백의 글감이 되었다.

여섯 살 때 엄마를 떠나보낸 그의 삶에서 이승의 불가해는 깊었지만, 고통과 고독, 신산辛酸에서 불평이나 원망 대신 자신에게 부여된 환경에 숨어 있는 은총과 기쁨을 찾아냈다. 음악, 독서, 미술에 대한 소양과, 그의 나이 중반이 넘어 달려든 스키는 웬만한 여자는 꿈도 꿀 수 없던 레저를 즐기는 방식이었다. 그 결과 스키장에서 만난 밤하늘의 별과 신비스런 설원에서의 에피소드를 몇 편의 글로 남겼다.

송운이 떠난 지 6년이 지났다. 그동안 그가 쓴 시에 얹어 자전적 글을 쓰면서 젊은 날을 회상하고 성찰하는 뜻깊은 시간을 보냈다. 아이 많다고 흠 잡히던 어머니 이명환에게서 부모를 닮아 예술적 감각을 물려받은 4남 1녀 자녀들의 오늘은 눈부시다. 장남은 시인이며 뮤지션이고 차남은 오케스트라 지휘자, 고명딸은 작가겸 작곡가, 3남은 가톨릭 사제로 부모와 가문의 신앙의 터 닦음이 되었다. 신심과 시심으로 맑은 삶을 길어올린 아버지와, 과감하게 스페인 산티아고 순렛길을 홀로 두 번씩이나 다녀온 어머니의 자연회귀自然回歸에서 우러난 온갖 예지叡智를 물려받아, 주님께 산 제사의 삶을 살아가고 있으니 요한나 이명환이 천로역정에서 거둔 열매들이다.

송운의 시에는 영혼의 미세한 실핏줄이 시인의 그리움을 타고 알아볼 사람에게만 드러나는 애절함이 있고 그 애절함을, 명환은 송운을 떠나보내고 산문을 곁들여 새로운 세상으로 들어올린다. 몇 편을 제외하고 대부분, 송운의 시를 렌즈 삼아 바라본 또 하나의 삶에서 추출한 글들로 이번 수필집을 엮었다. 자신에게 정직하고 진솔한 영혼의 고백이면서 때로는 사막의 교부에서나 만날 수 있는 묵상의 속삭임으로 남겨진 이야기들이다. 이명환의 삶 자체가 이러한 글이 될 수 있었던 것은 아직 고등학교 학생인 이 사람을 알아보고, 영혼의 교감을 이룬 송운의 영감적 심오함을 더하여 얻게 된 예술혼은 아니었을까.

얼른 보아 숫되기 이를 바 없는 그의 성정 어디에서 그렇듯 유려한 문장이 술술 이어지는지 신기했다. 남다른 어휘 구사력으로 사전을 찾게 만드는 그의 문장력은 이미 58년 전 대학생 때 보여 준 타고난 실력이었다. 그때 이미 기성 소설가 행렬에 들 만큼 원숙했던 소설이 두 편으로 마감된 것은 아쉽지만, 뒤늦게 수필로 틈틈이 써 내려가는 그의 글은 우리를 묵상 잠언箴言의 경지로 안내한다.

난감하던 숙제를 마무리하며 새삼 친구 이명환을 더 깊이 배운 계기에 감사드린다.

경자년 정초에 정연희 쓰다

차례

춘 春

해 저무는 나그넷길

『겨울 나그네』의 서문을 겸하여

「가톨릭 성가」에 '갈 길은 멀고 땅거미 지네'로 끝나는 구성진 노래가 있다. 그렇다. 지금 내 심정이 갈 길은 먼데 땅거미가 져 어쩔까 망설이고 있는 형국이다. 그래도 가야 하나.

내 앞이 캄캄한 그때 일을 잊을 수 없노라
정의와 불의가 교차된 날 한없이 슬펐노라
평화가 사라진 무덤 위에 찬바람 불어오고
어두운 나그네 갈 길을 잃고서 하늘만 바라 보네
갈 길은 멀고 땅거미지네

마지막 구절밖에 모르는 이 노래를 성가책에서 한참 찾아보았더니 제목이 뜻밖에도 <찬란한 광명이 내리던 날>이어서 깜짝 놀랐다. 3절까지 있는 노래인데 이것은 2절이다. 그러면 저 이야기는 찬란한 광명이 내리기 직전의 일이었다는 말인가.

나이 팔십에 세 번 째 수필집이라니 부끄럽다. 그러나 나는 요즘 계속 쓰고 있다. 쓰는 행위가 나를 지탱하는 일이다. 머리가 맑지 못하고 늘 졸린 듯한데 글을 쓰노라면 차츰 정신을 차리게 된다. 그래서 그냥 무엇이건 쓸 수 밖에 없다. 기억의 갈피 여기저기에 숨어 있는 것을 찾아서 꺼내 쓰는 것 같기도 하다. 흩어져 있던 것을 정리정돈하는 셈이기도 하겠다.

찬(남편 성찬경을 이렇게 부르기로 했다)이 떠나고 나니 혼자서는 아무것도 할 수가 없었다. 그가 남기고 간 물건과 작품을 정리하면서 생각해 보니, 이 일마저 안 한다면 나는 살아 있다는 생각도 못할 지경이었다. 이제 6년이 지나 내일이면 7주기다. 홀로 서야지 어쩌겠어 나를 뿌리치고 갔는데. 그동안 너무 의지하고 살아왔구나 성가셨겠어 이런 생각도 든다. 그래서 안 하던 짓을, 90일간이나 한 번도 안 가 본 스페인을 혼자서 다녀오라고 등 떠밀었나? 저승으로 혼자 떠나려니 마음이 안 놓였겠지. 매정한 사람, 정말 잘났어. 아닌 줄 뻔히 알면서도 괜한 푸념을 해 가며 나를 달랜다. 찬으로부터 과분한 사랑을 받았으면서 의리도 없이 지껄인다.

홀로 지내는 동안 나는 잃어버린 시간을 찾아나서는 심정으로 松韻(찬의 호)의 시편들을 들여다보기도 하고, 거기에서 나의 이야기를 찾아 뭘 끄적거리기도 하면서 지냈다. 그의 시가 내 지난날의 시간의 정거장 구실을 했으니까. 헌데 올해 2월 26일 그가 떠난 내일이 재의 수요일이구나. "사람아, 흙에서 왔으니 흙으로 돌아갈 것을 생각하여라." 하며 이마에 재를 십자로 발라 주는 의식을 하는 날. 이날부터 긴 사순 시기가 시작되는 첫날인데 일자 시 '흙'을 마지막으로 읊고 떠난 사람 Chan.

야훼의 파스카. 그리스도의 파스카. 유다인의 파스카. 54년 전 우리 혼인성사에서의 파스카. 찬(요한)의 파스카. 나(요한나)의 파스카. 부활절이 올 때까지 길고 긴 사순 시기를 보내야 하는구나. 이렇게 겨울 여행을 떠나는 나그네, 宥軒 이명환.

첫 번째 수필집 <지상의 나그네>는 장남이 발문을, 두 번째 <나그네의 축제>는 딸이, 이번에 <겨울 나그네>는 차남이 발문을 썼다. 그러고 보니 그렇게 됐네. 나그네 삼부작(三部作), 나그네 트릴로지.

음악가인 차남은 "아버지(Chan.) 시 주제에 의한 어머니(Fanny)의 문학적인 변주곡"이라고 설명한다.

이 수필집 주제가 '찬의 시'이다 보니 나와 연관된 찬의 산문도 하나 가져와 이 책에 끼워 넣었다.

<예수님 곁에 달려가기까지>라는 제목의 천주교 입교 스토리인데, 나의 입교 스토리와 이어지는 내용도 있기에 바로 뒤에다가 넣고 보니, 세 번째 수필집 《겨울 나그네》 전체가 한결 승격한 느낌도 든다. 단수가 좀 높은 편인 '밀핵시인이 들어왔으므로'다. 여기서 잠깐 긴히 할 말이 있다.

<연애편지의 무게를 다는 저울> 과 <예수님 곁에 달려가기까지>에 등장하는 '사랑의 소네트 한 쌍'에 대한 이야기다. 내가 학교 졸업하고 약혼식만 하고는 일 년 남짓 고향에 내려가 있을 때의 일이다. 찬이 정성껏 붓글씨로 써서 '연애편지의 무게를 다는 저울'에 달아 우표를 붙

여서 보낸 편지에 들어있던 소네트 한 쌍인데, 이 귀한 소네트가 귀한 값을 하느라고 그랬는지 한참 늦게 내 수중에 들어온 사고가 있었다. 그것도 그 후에 연거푸 보낸 편지 둘이 도착한 후였으니, 나는 당연히 받았다는 말을 못 했고 찬은 깜짝 놀라 장문의 비통해 하는 편지를 보내왔다. 귀한 것인데 등기로 보내지 않은 것을 뒤늦게 후회하는 사연이었다.

하도 자주 서울에서 나한테 편지가 오다보니 우체부는 가방 바닥에 있는 목곤했을 봉투 하나를 깜박하고 다음 편지를 전하다가 뒤늦게 그 봉투를 발견하고는 스탬프에 찍힌 날짜도 안 보고 무심히 내게 전한 것이다. 처음부터 이렇게 사연이 많았던 소네트 한 쌍은 또 사고를 쳤다.

찬의 3주기에 '백악동부 미술관'에서 전시할 때, 그 옛날 봉투에 들어있던 사랑의 소네트 한 쌍이 또 사라진 것이다. 지금 사는 아파트로 들어오기 전 연희동 셋집으로 다닐 때 어디서 잃었는지 도무지 찾을 수가 없어서 전시는 물론이고 중요한 도록에도 넣지를 못했다. 한참 뒤 그러니까 한 일 년쯤 뒤에 너무 잘 두어 못 찾았던 그 봉투가 안전하게 잘 있다가 나타난 것이다. 그래서 이번에 도록에서도 빠진 그 봉투와 붓글씨로 쓴 소네트를 내 글과 찬의 글 사이에 사진으로 넣으려는 것이다. 각설하고.

앞으로 내가 어떤 글을 쓰게 될지 모르지만 아무튼 계속 쓰면서 살게 될 것 같다. 네 번째 책은 넷째 사제한테 다섯 번째 책은 막내 수학 선생에게 발문을, 하하 내일 일을 얘기하면 도깨비가 웃는다 했지. 아무튼 넷째와 다섯째가 섭섭지 않으려면 앞으로 두 권은 더 써야겠어 Chan.

슈베르트는 말년, 특히 죽던 해에 아주 많은 걸작을 남겼다 한다. 그건 슈베르트 얘기이고 나는 그냥, 써도 고만 안 써도 고만인 글이라도 쓰면서 살게 될 것이라는 예감이다. 에세이가 될지 단편소설이 될지 장편소설이 될지는 그때 가 봐야 알겠지만 말이다.

'버지니아 울프는 심각한 질환을 앓는 동안에도 치열하게 읽고 쓰기를 멈추지 않았다.'는 글을 어디에선가 읽은 적이 있는데, 이렇게는 못하더라도 아프지만 않으면 글을 쓸 생각이다.

끝으로 한마디 정연희 선생님께 드립니다.

선생님의 추천사를 내가 마음대로 갈라놓아 죄송합니다. 애정을 듬뿍 담아 긴 원고를 써서 보내 주실 때, 저더러 마음대로 퇴고도 하라셨지요? 퇴고는 아니고 보내 주신 50매 중 앞에 20매는 추천사로, 뒤에 재미있게 써서 보내 주신 수필 이야기 30매는 저의 글에 대한 분에 넘치는 고견으로 받아 뒤에 모셨습니다. 몹시 바쁜 와중에 철없던 소녀 시절에 쓴 것까지 읽고 써서 보내 주신 그 정성에 어떻게 보답해 드려야 할지 송구할 뿐입니다.

기획하시는 대하장편소설을 훌륭히 마무리하시기를 기원합니다.

2020년 재의 수요일 전야
백년산 자락 微明軒에서 유헌

삶

번뇌 많은 삶이다.

겪을 만큼 겪지 않고

번뇌를 넘는 방법은 없다.

19행으로 된 송운 성찬경松韻 成贊慶의 시 「삶」은 이렇게 시작한다. 2014년 4월 '공간시 낭독회'의 20여 명 시인들 앞에서 맨 처음 내가 암송한 시다. 여기 소속된 시인들이 남편 송운의 1주기 행사에 와서 애도해 준 데 대한 답례로 공들여 외워 보니 그냥 보고 읽던 때와는 그 맛이 아주 달랐다. 시인의 시심과 내가 혼연일체되는 느낌이랄까.

'공간시 낭독회'는 1979년 4월 9일에 한국의 큰 시인 구상(1919-2004) 선생이 박희진(1931-2014), 성찬경(1930-2013)에게 제안하셔서 발족한 우리나라 최초의 3인 시 낭독회다. 건축가 김수근(1931-1986) 선생이 설계한 '공간空間'이라는 특이한 검은색 벽돌 건물 지하 소극장 공간사랑空間舍廊에서 처음 시작하면서 '공간시 낭독회'라는 명칭이 붙었으니 어언 40년 동안이나 이어 오고 있는 시 낭독 모임이다. 송운도 2013년 4월 공간시 낭독회 400회 기념행사를 KBS 등 매스컴을 통해 홍보하려고 애쓰던 중 2월 별안간 타계했다.

송운은 시 「삶」에서 이 생生을, 겪을 만큼 겪을 수밖에 없는 '번뇌 많은 삶'의 현장으로 봤다. 석가모니께서도 이 속세를 고해苦海라 이르지 않았나. 그렇다면 지금 내가 살고 있는 이 시점의 삶에서 나의 가장 큰 번뇌는 무엇인가? 내 안에 깊이 잠겨 무심해지려는 지향으로 나를 들여다본다. 달마대사의 제자 고승 혜가慧可가 맨 처음 스승께 법문法問할 때 "어찌하면 번뇌 망상에서 초연해질 수 있겠습니까?" 하니 "그 번뇌 망상을 여기 들고 와 봐라." 했다는 유명한 일화가 전한다. 번뇌란 기실 실체가 없는 뜬구름과 같다는 가르침일 것이다.

다시 내 안을 곰곰이 살펴보니 번뇌의 덩어리가 보인다. 이것은 실체가 없는 뜬구름이 아니다. 내 평생 삶의 총체적 결과물이라 할 수 있는, 보기에도 민망한 과체중 덩어리가 거기 있다. 혈관에 낀 기름때와 비계에 둘러싸인 이 몸뚱이가 나의 번뇌의 구체적인 실체임을 깨닫고 아연실색한다. 몇 년째 내게 똑같은 용량의 콜레스테롤 약을 처방해 주는 종합병원 내분비내과 의사는 혈액 검사 결과를 모니터에 띄워 내게도 보여 준다. 지방脂肪의 한 종류인 콜레스테롤이 혈관 벽에 달라붙어 동맥경화, 유방암, 전립선암 등을 생기게 하는 무서운 병폐에 대해 설명하다가 결론적으로 "체중을 줄이세요." 한다. 나는 언제나처럼 건성으로 "네." 하고 일어선다. 내 뒤를 따라 나온 간호사는 3개월 후 병원에 올 날짜를 정하고 그때까지 먹을 약 처방전을 건넨다. 그야말로 다람쥐 쳇바퀴 돌듯 몇 년째 반복되는 나의 병원 행각이다. '오랜 기간 약을 먹는데도 왜 콜레스테롤 수치에 변동이 없는가?' 하는 생각은 하지도 않은 채 으레 그러려니 하면서 지낸다.

번뇌와 슬픔을 떠밀지 말고
오냐 오냐 하며 다 받아들이며
또 한편으로는 해야 할 일을 하는 수밖엔 없다.

오냐오냐 다독거리며 이승을 떠나는 날까지 함께하려면 이 몸을 어떻게든 정비해야 할 시점에 이른 것 같다.

고통의 제물을 많이 바치는 삶이
참으로 귀하다는 생각이 든다.
까닭은 역시 신비이리라.

9행부터의 시구다. 참으로 귀하다는 생각이 든다는 이승에서의 고통의 신비. 한동안 고통 없는 편안한 날이 지속되면 "하느님이 날 사랑하시지 않는가?" 하고 걱정했다는 클레멘스 성인 이야기도 있기는 하지만, 누구나 멀리하고 싶은 것이 괴로움이다. 헌데 지금 이 시점의 내가 제물로 바쳐야 할 값진 고통은 무엇일까? 그것은 평생을 두고 고치지 못한 악습에서 벗어나는 일일 것이다. 정리정돈과 탐식에서 벗어나는 일. 인생의 막바지에 접어든 내 생의 마지막 매뉴얼을 만들어 보자.

오래전에 읽은 헤르만 헤세의 소설 『싯다르타』에서 지금도 생각나는 구절이 하나 있다. 그가 가족을 벗어나 도를 닦는 떠돌이 탁발승의 무리에 합류했을 때 하루 한 끼, 그것도 익힌 음식은 먹지 않는 수행을 시작했다는 대목이다. 절식과 단식이 극기의 첫걸음임을 누가 모르랴.

즐거움은 날아가 버리고
슬픔은 남아 가라앉는다.

혼자서 가장 많이 중얼거리는 남편의 시구다. 즐거움과 슬픔을 이렇게 절묘한 대비로 읊은 송운의 솜씨에 감탄하고 깊이 공감하면서.

틈틈이 정성으로 빚은 황홀만은
주변에 뿌릴 일이다.
……
슬프고도 황홀한 삶이다.

그는 이렇게 틈틈이 정성으로 빚은 황홀송을 주변 곳곳에 뿌리고 슬프고도 황홀한 삶을 단숨에 마감했다. 나도 고통의 제물을 많이 바쳐 이 영혼과 육신이 깨끗해지는 날 하느님이 불러 주시기를 염원해 본다.

2018년 7월

삶

송운 성찬경 선생과의 인연

다섯 남매들 보아라

내가 예산여고 다닐 때 너희들 아버지가 사시던 예산 읍내 신흥동 집에 친구 몇 명과 함께 몇 번 드나든 일이 있었다.

역사를 가르치던 우리 담임 김광회 선생님이 시인이셨는데 어느 날,

"장차 한국 시단을 이끌 대단한 시인이 예산농고 영어 선생님이다. 그는 정식으로 문단에 데뷔한 서울 문리대 영문과 출신이다."라고 했다.

이 말을 들은 엄마 친구 홍경희가 자기 친척이라 그 집을 안다는 바람에 몇 명이 가게 된 것이다.

날 잡아 경희의 안내로 단짝 친구 네 사람이 장래가 촉망된다는 젊은 시인의 집을 방문했다. 그날, 2000년 늦가을 95세로 천수를 다 누리고 떠나신 40대의 어머님(너희 할머니)이 마당에 있는 우물가에서 무얼 하시다가 웃는 낯으로 일어서시면서,

"찬경아! 학생 손님들 왔다."고 하시자 다소 안색이 창백한 20대 청년이 방에서 나와 우리를 맞아들였어. 당시에 성 선생은 건강이 좋지 않았던 모양이더라만 눈빛이 강렬했던 것이 기억난다.

그날도 엄마 친구 강봉순은 라이너 마리아 릴케의 『문학을 지망하는 청년에게』를 들고 갔었지. 내 하숙집 주인 딸이기도 했던 멋쟁이 봉순이는 늘 그런 책을 옆에 끼고 다니기를 즐기는 문학소녀였다. 이 것저것 시나 소설에 관한 얘기를 나누던 중에 내가 피아노 친다는 친구들의 말을 듣고는 아버지가 상당히 반색하는 눈치더라고. 화제가 음악 쪽으로 옮겨지던 중 자리에서 일어나더니 부스럭부스럭 슈베르트 가곡집을 찾아가지고 오시더구나. 악보를 넘겨 가며 원어로 흥얼흥얼 노래하다 말고, 언제 내 반주를 곁들여 제대로 불러 보고 싶다면서 몇 개를 뽑아 연습하라고 그 책을 빌려주셨다. '물방앗간의 아가씨', '겨울 나그네', '백조의 노래' 순으로 독일어 가사 밑에 일본어 번역이 들어가 있는 자그마한 연가곡집이었어. 나는 슈베르트의 노래에 연가곡이 있다는 것도 그때 처음 알았다니까.

며칠 후 예산농고 교장 선생님 댁에 피아노가 있다면서 나더러 그 책 가지고 그리로 오라는 전갈이 왔어. 그날 아버지가 큰 소리로 노래를 부르는 바람에 나는 어쩐지 조마조마했다. 피아노가 있는 방에는 아무도 얼씬하지 않았고 그 집은 아주 조용했거든. 백조의 노래 끝부분에 있던 '그림자Doppelgänger'라는 노래를 몇 번이고 반복해서 부르시던 일이 지금도 기억난다. 그런데 며칠 후 훈육 주임이 나를 부르더니 남자 학교 선생하고 저녁 때 피아노 치고 노래한 일이 있느냐며 농고 교장이 교감 선생님에게 전화를 했더라네. 그분이 우리 학교 교감선생님과 친구 사이였대나 봐. 별로 꾸중을 들은 것은 아니었지만 앞으로 조심하라는 투여서 상당히 기분 나쁘더라고.

여학교 졸업한 지 얼마 후 4·19 혁명이 나던 해에 대학의 같은 과 선배인 너희 당고모한테 무슨 책(학교 교재)을 빌리러, 그가 근무하던 『사상계』 잡지사(종로 2가)에 갔다가 거기서 오랜만에 성 선생을 만났어요. 그날 『사상계』에 실린 4·19 혁명에 관한 시 '영령은 말한다' 원고료를 받았다며 찻값도 내고 그러던 일이 생각난다. 사상계사 내에서, 총탄에 쓰러진 젊은이를 '소복한 사슴'으로 비유한 부분이 좋다고 들 한다면서, 아버지 시를 사랑하는 너희 당고모가 사촌 오라버니인 성 선생을 자랑스레 바라보던 일까지 생각나는데 그 시는 그 후 사라져 버렸어.

아무튼 반갑게 만나 셋이서 이런저런 얘기를 나누던 중 예산에서 슈베르트 노래 반주를 하던 그날 일이 생각난 거야. 그래 내가 훈육 주임에게 불려갔던 후일담을 말했더니, 교장이 자기한테는 한마디도 안 하고 왜 여학교에 전화했는지 괘씸하다나 뭐라나 하면서 대단히 화를 내더라고. 박똥팔 선생(훈육 주임 별명)한테 크게 혼이 난 것은 아니었다는 말로 진정시켜 드리며 우리는 유쾌하게 웃었다만. 당고모와 나는 여고 동문이기도 해서 걸핏하면 꽥꽥 소리치고 무릎 꿇리기를 잘하던 악명 높은 박똥팔 선생을 잘 알고 있었으니까. 아, 지금 생각이 났어. 당고모 혼인 식장에서 아버지가 슈베르트 '아베 마리아'를 이 절인지 삼 절까지 기도하듯 정성 들여 부르셨다. 축가 반주 청을 받고는 몇 날 며칠을 수도 없이 연습은 했지만 그 식장에서 처음으로 한 번 맞춰 본 자리였는데, 성 시인이 자칭 박치답게 감정에 취해 더러 박자를 무시하고 열창하는 바람에 노랫말 따라가느라고 진땀을 뺐던 기억이 나는

구나. 아마 당고모가 나한테 웨딩마치를 부탁했었던 것 같아. 까맣게 잊고 있던 오십 년도 훨씬 넘은 옛날 옛적 얘기다.

　어느 날 성 시인이 장시長詩를 탈고했다면서 A4용지 몇 장을 끈으로 묶은 것을 우리 넷에게 보여 주셨어. 아버지의 첫 시집 제목이기도 한 그 유명한 「화형둔주곡」을 필사한 것이었지. 14연이나 되는 7행시를 굵은 만년필로 썼으니 부피가 상당했다. 문학소녀인 우리들이 「화형둔주곡」을 읽은 첫 독자가 아니었을까 싶어. 우선 길이를 보고 놀라는 우리들에게 한 연씩 자상하게 해설해 주시더구나. 다 이해되는 것은 아니었지만 뭔지 아프게 청춘을 장사葬事지내고 새롭게 비상하려는 한 성숙한 영혼의 미래에 대한 다짐이랄까. 깊은 고독이 전해져 우리도 덩달아 비장해지던 기억이 난다.

　그해 겨울방학 때 뜻밖에 성 선생이 보낸 우편물이 당진 송산 고향집으로 배달되었다. '용 항아리와 사각 제기' 이렇게 큰 글씨로 쓰고 실제로 용 항아리와 사각 제기를 색깔이 있는 선만으로 단순하게 그리고는 "May you have the celestial music in your happiest season!" 1957. Chan.이라는 영문을 곁들인 수제 크리스마스카드와 짤막한 편지였어. 처음 보는 'celestial'이라는 단이를 사전에서 찾기며 "행복한 계절에 하늘의 음악을 누리소서!" 이렇게 뜻을 새기노라 애쓰던 일이 생각난다. 왜 하필 'celestial music(천상의 음악)'이라 했을까. 아버지가 천상으로 떠난 지금에 와서 생각해 보면 무슨 예언적인 말 같기도 하다. Chan.이라는 영문 수결手決로 내가 받은 몇백 통(혼인 후 미국 영국

등지에서 보낸 것 포함)의 편지 중 최초의 것이었을 텐데 어쩐 일로 이 빛 바랜 성탄카드가 묵은 편지들 속에서 요새 나왔어. 헤아려 보니 지금 으로부터 57년 전 얘기구나.

어린 시절 피아노로 해서 받은 상처와 고생에 비하면 내 인생에서 피아노는 아무런 쓸모나 도움이 안 됐던, 그야말로 허망한 도로徒勞였 다는 생각으로 착잡했었다. 헌데 근래, 보잘것없는 나의 피아노 솜씨 나마 아버지와 나를 잇는 끈이 되었던 것은 아니었을까 하는 생각이 문득 들었어.

고통의 제물을 많이 바치는 삶이
참으로 귀하다는 생각이 든다.
까닭은 역시 신비이리라.

이렇게 읊은 아버지의 시구를 대하면서였을까. 피아노는 그 당시의 내게 정말 '고통의 제물'이었다.

중학교에 입학하면서 처음 만난 피아노라는 괴물에 매료되어 왕복 40리가 넘는 시골길을 도보 통학하는 와중에 피아노를 배우노라니 어린 나이에 얼마나 힘이 들었겠어. 그때는 버스도 없었고 하숙은 엄 두도 못 내던 시절이었다. 아무리 빨리 걸어도 꼬박 두 시간 이상 걸리 는 거리를 방과 후에 악보가 잘 안 보일 때까지 연습하고 두려움에 떨 면서 오밤중에 집에 와 한숨 자고는, 날이 밝기도 전에 새벽밥 먹고 또 학교로 달려가는 생활의 반복이었으니 이만하면 피아노가 '고통의 제

Dear Moon Ja

May you have the celestial
music in your happiest season!

Chan.

(X mas, 57)

한아리와 저1기

Fruitful
New Year
For 7, &C.

'66

Chan

물'이 아니겠느냐.

요즘 나는 틈틈이 아버지의 시를 외운다. 아버지한테 너무 미안한 일이 많아 보속補贖하는 심정이기도 하다.

매월 공간시 낭독회 때 가서 한 편 씩 아버지의 시를 읊어 보는 건 어떨까 하는 생각을 방금 했다. 너희들도 알다시피 '공간시 낭독회'는 아버지 생전에 초창기부터 40여 년간이나 이어 온 역사 깊은 시 낭송회가 아니냐. 이번 달 첫째 목요일(4월 3일)에, 얼마 전 아버지 일주기 때 회원들이 참석해 준 답례로 1986년 작 「삶」을 암송해 보니 그냥 보고 읽는 것과는 그 맛이 아주 다르더구나. 19행으로 된 송운의 「삶」을 간추려 본다.

번뇌 많은 삶이다.
겪을 만큼 겪지 않고
번뇌를 넘는 방법은 없다.
……
즐거움은 날아가 버리고
슬픔은 남아 가라앉는다.
……
슬프고도 황홀한 삶이다.

길을 걸을 때나 아버지가 늘 텔레비전을 보시던 마루의 그 자리에 앉아서나 혹은 내 컴퓨터 앞 창 너머로 보이는 앞 동 아파트 꼭대기에,

가끔 새가 날아와 하늘을 배경으로 앉아 있던 곳을 바라보면서 시구로서가 아니라 그냥 내 말로 '슬프고도 황홀한 삶이다.' 이렇게 중얼거리곤 한다.

5월 첫째 목요일에도 공간시 낭독회에 참석하여 기왕에 외워둔 짧은 시 「눈물」을 또 암송해 볼까.

"눈물을 통해서 세상을 본다." 이렇게 시작되는 아버지의 오십대 중반의 시다. 이 시를 외우다가 나는 「눈물을 통해서 세상을 본다」는 제목의 시 같은 수필을 써 보면 어떨까 하는 생각을, 아버지가 떠나신 후 처음으로 해 본다. 슬프고도 아름다운 슈베르트 연가곡 풍으로, 아니 나의 사랑 청금루주인清襟樓主人 송운松韻 성찬경 사도 요한의 밀핵시론密核詩論적 가락으로.

"눈물이 마음 안에 고운 노을로 퍼진다."는 마지막 구절을 떠올리며 전철 안에서 눈 감고 앉아 있노라면 정말로 내 온 몸에 따뜻한 눈물이 고운 노을로 퍼지는 것 같아서 아릿해지고 그런다.

2014년 4월 19일
어미가 썼다.

슬픈 시 두 편

눈물

눈물을 통해서 세상을 본다.
눈물 안에 여러 빛이 어려 온다.
무지개 사리 알 구슬 따위가 뿜는 그런 빛이다.

어쩌다가 고인 눈물이다.
그러나 이 눈물 밑엔
무거운 삶의 짐이 산으로 솟아 있다.

잠시 고인 눈물에서 깊은 평화를 느낀다.
눈물에 비치는 세상은 역시 아름답기 때문이다.
눈물이 마음 안에 고운 노을로 퍼진다.

春春

국민학교 입학이 가까운 아이는 오늘도 고개를 숙인 채 제 고무신 코를 내려다보고 서 있다. 마음씨 좋은 친척 아주머니가 길에서 우연히 마주친 서울서 온 아이의 머리를 자꾸 쓰다듬으며 혀를 끌끌 찬다. 아이의 까만 머리에 싸사삭 전기가 인다. 머리카락과 손바닥 마찰로 생긴 전기에 아이의 머리카락이 몇 올씩 일어섰다 달라붙다 한다. 따끔따끔한 듯 묘한 감각을 정수리에 느끼며 아이는 흥건히 고이는 눈물을 삼키려 애쓰지만 몇 방울이 후두둑 발등으로 떨어진다. 졸지에 엄마를 잃고 시골 할머니한테 내려온 아이가 요즘 자주 겪는 일이다.

이렇게 찬의 시를 타고 내 유년의 바다를 천천히 떠다녀 볼까나.

어릴 적부터 이미 겹겹의 슬픔에 길들여진 아이다. 눈물에 어리던 슬픔 저 너머에 '무지개 사리알 구슬' 따위가 뿜어내는 그런 신비한 색깔도 있음을 어렴풋이 느끼고 있는 아이는 오늘도 할머니가 계신 집을 나와 마을을 서성인다. 간간이 노고지리가 우짖고 아지랑이가 아른거리는 동네 풍경을 바라보며 걷다가 뒷동산 아늑한 소나무 숲 아래 풀밭에 털썩 주저앉는다. 푸른 하늘이 망망대해인 듯 온 세상에 펼쳐져 있다. 스르르 눈이 감긴다. 이느새 하얀 구름이 쪽배가 되어 아이를 싣고 수평선 너머 먼바다로 흘러흘러 떠간다. 물결 따라 한가롭게 떠다니는 게 호숩고 편안하다. 허나 주위에 아무도 없다는 것에 생각이 미치자 차츰 불안한 그늘이 드리우기 시작한다. 아득한 저 멀리에 아이를 맞아줄 무릉도원이라도 있으려나? 아이는 두렵고 외롭다.

순풍에 밀려 석양이 퍼지는 줄도 모르고 마냥 떠다니다가 바로 옆 소나무에 날개를 접으며 앉는 새의 기척에 놀라 눈을 뜬다. 왕소나무 가지에 앉은 꽤 큰 새가 아이를 내려다보고 있다.

다시 시야 가득 푸른 하늘. 눈이 부셔 깜박이는데 어찌어찌 또 고이는 눈물. 이번엔 마음을 차분히 가라앉혀 주는 따뜻한 눈물을 머금고 '무지개 사리알 구슬'이 뿜는 고운 색색깔에서 깊은 위안을 얻는다.

할머니가 찾으실라. 얼른 일어나 집을 향해 달려가는 발걸음이 가볍다.
품에 안기는 손녀 등을 토닥이는 할머니도 코가 시큰하여 눈을 감는다.
달게 저녁밥을 먹고 나서 하나둘 별이 보이기 시작하면
할머니 무릎을 베고 누운 아이는 잠시 엄마 생각도 잊고 곤히 잠든다.
노고지리가 우짖고 아지랑이가 아른거리는 산모퉁이를 돌아
지천으로 피어 있는 색색의 들꽃 사이를 흥얼흥얼 노래 부르며
춤추듯 사뿐사뿐 걸어 다니는 꿈을 꾼다.

이듬해 아이는 시골 국민학교에 들어간다. 그 학교에 풍금이 하나 있다. 아이는 풍금소리가 좋아 풍금 주위를 뱅뱅 돈다. 다리가 짧아 엉덩이를 조금 들고 발놀림하며 열심히 건반을 누르면 부드러운 풍금소리는 낯익은 노래가 되어 아이를 감싸 안는다. 아이는 그 소리에 맞춰 이것저것 아는 노래를 부른다.

엄마가 섬 그늘에 굴 따러 가면 / 아기가 혼자 남아 집을 보다가

바다가 불러 주는 자장노래에 / 팔 베고 스르르르 잠이 듭니다.
아기는 잠을 곤히 자고 있지만 / 갈매기 울음소리 맘이 설레어
다 못 찬 굴 바구니 머리에 이고 / 엄마는 모랫길을 달려옵니다.

어느 날 빈 교실에서 풍금을 치며 노래하는 아이를 보고 놀란 선생님. 조금만 가르쳐도 잘 알아듣고 따라하는 아이에게 언제고 맘 내킬 때 풍금 치기를 허락해 준다. 풍금에 재미 들린 아이는 차츰 엄마 잃은 슬픔을 잊어 갔다.

나의 별아

나의 별아. / 너 지금 어디에 있니?
내가 아무리 찾아도 나타나지 않는 / 나의 별아.

나의 별아. / 너는 어떻게 생겼니?
내가 그렇게 그려 봐도 떠오르지 않는 / 나의 별아.
나의 별아. / 내가 마침내 너를
찾아낼 것이라고 믿어도 되겠니? / 내 마음 하늘 신비로운 빛
나의 시의 별아.

학교를 졸업하면 두 언니와 마찬가지로 새엄마와 아버지가 계신 서울로 가게 돼 있었다. 허나 육학년을 마칠 때까지 육이오 전쟁이 끝나지 않아 나의 서울행은 좌절됐다. 서울 필운동 집에서 언니 손을 잡고

사직공원에 놀러 다니던 꿈을 전엔 가끔 꿨었는데 이젠 꿈에서조차 서울 집은 나오지 않는다. 이렇게 서울이 기억에서도 사라져 가는 게 나는 슬펐다.

이십 리 밖 당진 읍내에 중학교가 하나 있었다. 이 남자 중학교에서 전쟁 중 비상시라 여자 한 반을 뽑는다고 했다. 특수학교 말고는 중학교에 남녀공학이라는 제도가 없던 시절이었다. 진명학교에 입학하자마자 전쟁이 나서 피난 와 있던 언니가 왕복 사십 리가 넘는 시골길을 걸어서 통학해야 했다. 난리 통에 1년을 온전히 끓고도 매사에 적극적인 언니는 매우 기뻐했다. 다음 해 나도 그 학교에 입학했다.

그 학교에 피아노가 있었다. 발로 바람을 넣지 않아도 건반을 치면 소리가 나는 피아노! 언니와 나는 방과 후에 한두 시간씩 피아노를 연습하느라 일주일에 두서너 번은 한밤중에 집에 왔다. 음악 선생님이 주신 바이엘 교본을 놓고 둘이서 함께 칠 때도 있었다. 선생님은 한 권밖에 없는 책을 뜯어서 각자의 진도에 맞춰 쓸 수 있도록 배려해 주셨다. 나는 높은 소리 쪽에서 기초를, 언니는 낮은 소리 쪽에 앉아서 조금 어려운 부분을 쳤다. 연탄곡이 아닌 불협화음이었지만 우리는 웃어 가며 행복해했다.

나의 별아 너 지금 어디에 있니?

칠흑 같은 밤에 산 넘고 내 건너 2시간 이상 걸어 학교에 다니면서도 고달픈 줄을 몰랐다. 집에 올 때 나는 길 위에서 꿈을 꿀 때도 있었지. 정말이다. 시골 비포장도로 이십 리 길에는 논두렁 밭두렁만 있는 게 아니고 비교적 판판한 신작로도 있었네. 춥지도 덥지도 않은 어느 기분 좋은 달밤에 나는 언니 손을 잡고 기계적으로 발걸음을 옮기면서 눈을 감은 채, 건성으로 언니 이야기에 대답도 하면서 비몽사몽 꿈을 꿨다. 종종 낯익은 얼굴이 보일 때도 있고 더러는 처음 보는 아름다운 풍경을 대할 때도 있었다. 헤아려 보니 그때가 1953년과 54년. 문제는 언니가 중학교를 졸업하고 서울 이모 집에 숙식하며 고등학교에 간 이후 나 혼자 남아 이십 리 밤길을 걸어 다니게 된 그해였다.

여름방학에 내려왔다가 언니가 서울로 떠나는 날부터 한 일주일간 내내 울어 눈알이 빨갛던 아이. 전쟁 때문에 시골로 내려와 있던 새엄마와 나는 그다지 사이가 좋지 않았다. 생각해 보면 내 쪽에서 엄마한테 다가가기를 꺼렸던 것 같기도 하다. 왠지 나를 바라보는 엄마의 복잡하고 탁한 시선이 내 마음을 산란하게 했다.

어찌어찌하다 밤늦게 집에 오게 된 겨울날이었다. 모두 잠자리에 들어 집안이 괴괴한 중에 흐릿한 남폿불만 처마 밑에 걸려 있고 누렁이와 검둥이가 꼬리를 흔들며 나를 반겼다. 추위뿐만 아니라 밤길의 무서움에 더욱더 온몸이 굳어 있었는데 내 방문 앞에 덩그러니 밥상이 놓여 있었다. 찌개는 식었어도 밥만은 따뜻한 아랫목 이불 밑에 있었지만. 나는 차디찬 밥상을 들고 들어와 깨끗이 비워 윗목에 밀어 놓고는 교복을 입은 채 그대로 쓰러져 잤다.

엄마는 나더러 그놈의 피아노가 네 고생길이라고 입버릇처럼 하셨다. 아닌 게 아니라 내 일생 피아노와의 악연은 꽤 오랫동안 나를 괴롭혔다. 아니 지금도 그 후유증이 남아 있다. 사서 고생 모진 고생. 피아노 때문에 받은 갖가지 수모와 상처.

  내가 혼인하고도 한참 후 1970년대 말에서야 내 고향 충청도 두메 산골에 전기가 들어왔다. 그전까지는 제삿날에나 환한 촛불을 구경할 수 있었고 평소에는 가물가물하는 등잔불뿐이었다.

  내가 아무리 찾아도 나타나지 않는 / 나의 별아.

  학교에서 나올 때는 눈부신 석양이었는데 이십 리 길을 걸어오노라면 금세 날이 저물고 별이 빛난다. 가을걷이가 끝난 텅 빈 들판이나 부슬비 내리는 캄캄한 밤의 사무치는 적막감과 두려움은 열여섯 소녀가 겪기에는 모진 풍파였다. 소리 없이 내리는 눈에 새벽 공기가 더욱 차가워질 때 혼자서 책가방 들고 집을 나서며 가슴에 스며드는 슬픔을 삭이는 십대 소녀는 벌써부터 녹록치 않은 운명을 타고난 아이가 아니겠는가.

  내가 그렇게 그려봐도 떠오르지 않는 / 나의 별아

  그랬다. 그때 나는 왠지 나의 별이 끝내 나타나지 않을 것 같은 불길한 생각에 젖어 있었다. 이미 그랬던 것처럼 행운은 늘 나를 비껴갈 것이라고, 어린 마음에도 그런 예감에 시달리며 자주 가위에 눌리는 밤이 무서웠다. 재수 없는 아이, 내게 꼭 필요한 것은 가질 수 없는 운명,

나는 왠지 이런 마음으로 사춘기를 보냈다.

　　나의 별아. / 내가 마침내 너를
　　찾아낼 것이라고 믿어도 되겠니?

　　나의 믿음은 부실했으나 열심한 수녀가 된 언니의 피나는 기도로 사랑이신 하느님께서 나를 불쌍히 여기시어 이제까지 돌봐 주신 것 같다. 그리고 그 '찾아낼 것이라고 믿었던' 별이 혹시 성찬경 요한이 아니었을까 하는 생각이, 그가 떠난 지 5년이 지난 이제야 든다.

(인용한 시 두 편은 성찬경 작)

2018년 10월

벌의 농장 꽃

철쭉과 벌

만발한 철쭉을 본다.

아아, 눈부심.

비치는 꽃잎.

어디선가 벌이 날아와

꽃잎 자리 속에 비비대기치고 든다.

벌이 매달릴 때

시위 당긴 활처럼 굽고 나서 단진동單振動하는 대.

벌의 중량과 대의 탄력의 오묘한 조화 놀이.

벌이 뜨자 도로 발딱 일어서는 대.

한 대. 두 대 다음 대.

들린다. 벌이 뜯는 수술 하아프의 미시음微視音이.

들린다. 수술대들의 기쁨의 고함소리가.

꿀을 모으는 벌.

시간을 모르는 벌.

죽음이 없는 영원한 순수현재純粹現在.

수정기를 암정기에 대주는 벌.

보인다. 간지러운 암술의 보랏빛 황홀이.

벌의 농장, 꽃.

착한 벌.

착한 꽃.

1974년 5월 성찬경 작, 2014년 6월 5일 '공간시 낭독회'에서 암송

철쭉꽃 무리. 집은 옹색하나 터는 꽤 넓은 수재민 주택에서 살 때부터 때 되면 마당을 환하게 밝혀 주던 꽃 철쭉. 백련산 중턱에 시인이 설계해 지은 새집으로 이사할 때도 파다가 옮겨 심은 철쭉을 테마로 쓴 시 「철쭉과 벌」. 나는 이 시가 당연히 신축 집에 살 때 쓴 시로 여겼는데 새집에 입주하자마자 치른 첫 행사가 1975년생 막내 기우의 돌잔치였던 일이 생각나서 헤아려 보니 1974년은 수재민 주택에서 살 때라는 것을 알게 됐다. 그렇다면 내 기억 속에서도 가물가물한 50년

이 넘은 그 시절 얘기를 해야겠구나.

삼십 넘은 노총각이 어머니와 단둘이 살던 응암동 산 8 (나) 603호 시절, 당시 시아버지는 작은댁과 예산 어디서 사셨던 모양이다.

학생 시절 어느 날 성 선생이 자기 집에 놀러 오라고 해서 처음으로 그 집을 방문한 적이 있다. 사립문처럼 생긴 허술한 문을 열어 줘 들어가니 바로 왼쪽 방 앞에 어머니의 흰 고무신, 오른 쪽 방 앞에는 아들의 신발이 놓여 있는 단출한 구조의 집이었다. 나는 미닫이문을 열고 들어가는 성 선생을 따라 그의 방으로 들어갔다. 겨우 누울 자리만 남기고 테이블과 책으로 꽉 차 있던 정갈하게 치운 방에는 횡으로 쓴 예서 큰 글씨가 천정과 책꽂이 사이에 압핀으로 고정돼 있었다.

"명환이를 집에 오라 해서 진적眞蹟은 아니고 쌍구전묵雙鉤塡墨한 것이지만 내가 좋아하는 추사 글씨라서 꺼내다가 걸어 놓았네."

우에서 좌로 써 나간 유천희해遊天戱海. 진짜 하늘과 바다를 넘나드는 듯한 호방한 획의 대형 예서다. 맨 왼쪽의 노완老阮이라 작게 쓴 초서 낙관까지 정교하게 쌍구전묵되어 있었다. 특히 사람이 노를 젓고 있는 듯한 *遊*자가 인상적이었다. '쌍구전묵'이란 남의 글씨를 그대로 베끼는 방법의 하나로, 원작에 얇은 종이를 대고 수본 뜨듯 가는 붓으로 글자의 윤곽을 정밀하게 그리고 나서 빈 곳에 먹칠하여 완성하는 것을 말한다. 직접 쌍구전묵을 하신 것이냐고 물었더니 그건 아니고 집안에 내려오는 물건이라 했다. 그 시절에는 빼어난 명작을 이렇게 만들어 돌려 봤던 모양이다. 대단한 공력이다. 하긴 나도 예전에 서예 책이 귀하던 시절 오창석 석고문石鼓文과 위나라 육조체 정문공비鄭文

公碑를 쌍구해 만든 책이 아직도 서가에 꽂혀 있다. 붓글씨를 쓰지 않은 지 오래지만 서예가 여초如初 김응현 선생이 책 겉장에 제목을 쓰고 낙관까지 해 준 이 쌍구본은 간직하고 있다.

1950년대 말 한강이 범람하여 큰 홍수가 난 적이 있었다. 주변에 살던 많은 수재민을 백련산 골짜기에 있는 시유지 응암동에 이주시켰다. 방 두 개짜리 시멘트블록 집은 두 동을 한 동처럼 붙여 지은 날림이었으나 대지가 각각 사오십 평은 됐다. 시유지이기는 해도 앞으로 땅을 불하받을 수 있다는 생각에, 무료로 들어온 이들이 조금 살다가 웃돈 얹어 팔고 떠나는 바람에 성 선생도 수재민 주택 한 동을 샀던 모양이다. 민완기자이며 소설가인 외사촌 서기원 씨의 제보로 셋집을 면하게 됐다면서 고마워했다.

성 선생 집과 붙은 동에 살던 옆집의 진짜 수재민, 이발사 한씨가 집을 판다는 소식을 듣고 홍성에서 병원 하시던 매부가 처남한테 사 주셨다. 몇 년 뒤 그 집 마당과 합하여 담도 치고 쪽마루도 놓으면서 대대적으로 손봤으나 물도 없는 열악한 환경이었다. 천 세대가 넘는 큰 단지였으나 공동수도가 몇 군데 있을 뿐 전기도 없었다. 내가 처음 성 선생 집을 방문했을 때도 전기가 없으니 해가 지면 일찍 자게 되어 건강에는 도움이 된다고 했던 기억이 난다. 그때 그는 오랜 투병 생활이 끝나가는 시점이었던 모양이다. 전기는 얼마 후 들어왔다.

세월이 흘러 흘러 이 수재민 주택이 신혼집이 됐다. 다행히 마당을 고를 때 우물을 파 보았더니 수질이 괜찮은 샘물이 펑펑 나와 여기에 펌프를 설치하고 십여 년을 잘 지냈다. 집이 좁아 불편하긴 했지만 팔십여 평 되는 마당에서 아이들이 맘껏 뛰놀았다. 개인이 수도를 설치하려면 비용이 문제가 아니라 수도국으로부터 허가받는 일이 불가능하던 시절이었다. 부지런하신 어머님은 집 뒤에 있는 백련산에서 진달래 철쭉 등도 캐다 심으시고 꽃밭과 채마밭을 만드셨다. 진달래는 키만 크고 꽃이 부실했던 반면 철쭉은 자그마한데 해가 갈수록 옆으로 둥그렇게 퍼져 보기 좋았다. 앵두 석류 목련뿐만 아니라 마당 귀퉁이에 가을 국화가 노랗게 피어 있던 기억이 난다.

대학 졸업 후 취직도 못하고 소설 쓴네 하며 고향 집에 내려가 있을 때 성 선생은 하루돌이로 편지를 보냈다. 원래 꽃에 무심한 편인데 가을 국화는 심기를 쓸쓸하게 한다면서 시 한 수를 지어 보낸 적도 있다.

1960년부터 살던 집에서 1966년에 혼인하고 10년간 지내다가, 백련산 중턱에 시인이 설계하여 지은 새집으로 이사했다. 거기서 30년 넘게 살면서 오남매를 다 성가시켜 내보냈고, 시부모님 장례까지 치루었으니 일생을 다 보낸 셈이다. 2009년에 정부의 재개발 계획으로 떠난 신축 집 응암동 670-5호는 성찬경의 <응암동 물질고아원>으로 유명했다.

성 시인은 일찍이 지구의 생태 환경에 관심이 많았다. 1974년 3월 20일에 온 세계 인류의 마음에 이 시를 던진다고 선언한 「공해시대와 시인」, 「물권시」, 「태아의 기도」, 「물권말살시대」, 「지구의 허파 아마존 강」, 「춥지 않은 겨울 풍자」 등 생태 환경시를 발표하면서 영역 팸플릿을 만들어 배포하기도 했다. 물질 학대를 경고하는 차원에서 이른바 '물질 고아'들을 집으로 데려오기 시작했고, 이 고아들로 수준급

조각 작품을 다수 만들었다. 작업복까지 입고 쉴 새 없이 치지직 불똥이 튀는 전기 땜질도 하고, 나무뿐 아니라 쇠를 자르는 톱질도 하면서.

그의 3주기에 이들을 모아 '응암동 물질고아원'이란 이름으로 인사동 '백악동부白岳洞府' 전시관에서 2주에 걸쳐 전시회를 열었다. 이때 만든 도록 『응암동 물질고아원』은 응암동에서 50여 년 살다 떠난 그의 자전적 기념집이 됐다. 길에 버려진 '물질 고아'들을 주워 모아 난장판을 이룬 절정기에 누가 제보했는지 '세상에 이런 일이'라는 공영 텔레비전 프로그램에 우리 집 마당이 방영돼 많은 사람들을 놀라게 했다. 자칭 '물질고아원장'인 그뿐만 아니라 나까지 곁다리로 등장한 바람에 인사를 많이 받았다. 매스컴의 위력이 대단함을 그때 알았다.

물질 고아들이 들이닥치기 전 20여 년간은 시어머님이 만드신 꽃밭과 채마밭에 파란 잔디가 있는 평범한 집이었다. 꽃을 사랑하시던 어머님은 시골 따님 집에 다녀오실 때 영산홍이나 간지럼나무 능소화도 모종해 오시고 붓꽃 채송화 분꽃 백일홍 봉선화 등 별별 꽃씨를 받아다 심고 가꾸셨다. '공간시 낭독회'에 가서 세 번 째로 암송하던 그날, 하고많은 시 중에서 내가 이 시를 고른 것은 어느 초여름 시내버스에서 틀어 준 라디오에서 진행자가 남편의 시 「철쭉과 벌」을 낭송하면서 재미나게 해설하던 일이 생각났기 때문이다.

"만발한 철쭉을 본다. 아아, 눈부심. 어디선가 벌이 날아와 꽃잎 자리 속에 비비대기치고 든다." 진행자는 이 끝부분을 봄바람에 '바람난 벌의 몸부림이 보이는 듯하다'는 쪽으로 입담 좋게 풀어 나갔다. "벌이 매달릴 때 시위 당긴 활처럼 굽고 나서 단진동하는 데. …… 벌이 뜨자 도로 발딱 일어서는 대. 한 대. 두 대 다음 대.”

만발한 철쭉꽃 더미에 벌 여러 마리가 달려들어 붕붕대는 정경이 눈에 선하지 않느냐고도 했다.

“꿀을 모으는 벌. 시간을 모르는 벌. 죽음이 없는 영원한 순수현재.” 꿀을 모으는 데만 정신이 팔려 시간 가는 줄도 모르고 미구에 닥칠 죽음조차도 아무 걸림돌이 안 되는 그런 상태에 들면 그것이 영원한 순수현재, 곧 천국이 아니겠느냐고.

그날 집에 돌아와 딱 20행인 이 시 얘기를 그이와 한참 나누었다. ‘수술 하아프의 미시음微視音’에 대해서: 평소에는 들을 수 없는 소리, 현미경으로 극미極微한 것을 확대하듯 몇백 배, 몇만 배로 키우고 정신을 모아야 비로소 감지되는 소리 미시음. 오묘한 이치로 가득 찬 삼라만상이로구나!

이 시가 탄생한 지 40년 뒤 그날 ‘공간시 낭독회’에서 신혼 초의 우리 집 마당, 특히 어머님이 가꾸시던 꽃밭에서 가장 탐스럽던 철쭉 꽃무리 얘기를 소상히 하고 난 뒤 이 시를 읊었다. 젊은 날의 내 모습과 지금은 모두 장성한 다섯 남매의 어릴 적 얼굴이 떠올라 만감이 교차하는 가운데 천천히 이십 행을 암송하고 자리로 돌아왔다. 그리고 시인들의 잔잔한 박수 소리가 멎을 때까지 눈을 감고 있었다.

2018년 4월

처자가 꿀벌처럼 붕붕 나는 꽃밭

모이 줍는 힘줄이 / 조금씩 닳는 쾌락.

두 어버이 바위처럼 도사리시고

처자가 꿀벌처럼 붕붕 나는 꽃밭.

1970년 작 「로마네스크」 첫 연

1970년이면 2남 1녀 시절의 우리 집 풍속도다. 수재민 단지살이를 로마네스크풍으로 보고 읊은 시라 해야 할까.

혼인 초기, 전혀 준비가 안 된 어설픈 새댁인 내가 수도도 없는 협소한 집에서 생활하던 때다. 여기서 10년 동안 5남매를 기르면서, 그 숱한 기저귀를 춘하추동 마당에 있는 우물물로 빨고 김장을 배추 60포기 이상 담그고 동치미 깍두기 등을 땅속 항아리에 묻어 놓고 겨우내 꺼내다 먹던 시절이 생각난다. 물론 60대의 시어머님께서 아이들과 살림을 돌보아 주셨을 뿐만 아니라 상주하던 도우미가 있던 시절이지만, 나의 활동 무대는 주로 부엌이었다. 이 수재민 주택에서 실내에 수세식 화장실이 있는 새집을 짓고 이사한 것은 혼인한 지 10년 만인 1976년 가을이었다.

이 시절에 우리 집을 방문했던 사촌 동서의 말을 생각하면 지금도 실소가 나온다.

이화대학교 가정과를 나온 동서의 친정은 상당히 부자였던 모양이다. 약혼 시절 그녀의 가난한 신랑감은 학벌과 재력에서 모두 밀리는 자기 처지가 마음에 걸렸는지, 우리 사촌 형수도 이화여대 출신이라고 은근히 자랑을 하더란다. 신혼여행에서 돌아와 큰댁인 우리 집에 인사를 왔는데 때마침 그 '이화여대 출신' 동서가 부엌에서 개수통을 들고 나와 밖의 하수구에 구정물을 버리면서 자기를 보고 활짝 웃더란다. 이 멋쟁이 동서는 주방에 하수구가 없는 집을 본 일이 없는 데다가 '울어도 시원찮을 판에 환하게 웃는 모습'이 너무도 신기하더란다.

이것은 그로부터 이십여 년 뒤, 집안의 화목을 도모하며 목돈도 마련하려고 만든 '성씨 모임'에서 공주 무령왕릉으로 나들이 갔을 때 점심 먹으면서 들은 얘기다. 1979년 8월에 시작한 이 '집안 계' 모임이 40년이 된 오늘까지 한 번도 안 거른 채 다달이 이어지고 있다고 하면 다들 놀란다. 더구나 셈에 어두운 내가 종손 집 맏며느리라 하여 계주로 장기 집권을 하는 것도 화제다. '울어도 시원찮을 판에 웃더라'는 말에 박장대소하던 계원들의 입에서, 내 흉이 쏟아져 나와 잠자코 듣고 있자니 가관이다.

어느 잔칫날 큰댁에 가서 상차림을 거드는데 교자상 한쪽 다리가 부실한 듯하여 살펴보니 쓰러지게 생겼더란다. 깜짝 놀라 손으로 상

춘春

을 지탱하고 있는데, 이것을 본 내가 어디서 책을 한 아름 안고 와 쓱 받쳐 놓고 별일 아니라는 듯이 딴 일 보러 가더라나. 또 누구는 큰댁 서방님(남편)이 애들이 흘린 음식이나 과자부스러기가 있으면 방석을 그 위에다 놓고 앉는걸 보고도 내가 본숭만숭하더라는 등 성토거리가 한둘이 아니었다.

　교자상 얘기를 하던 상우 엄마는 남편의 당고모님 며느리인데 깔끔하기로 소문난 그 댁 시어머니께서 사촌 오라버니(내 시아버지) 생신날에 새 며느리를 데리고 오시면서, 그 댁은 애들도 많고 집이 좁아 어수선할 터이니 그리 알라고 미리 귀띔하시더란다. 헌데 어수선한 건 둘째치고 자기 아니었으면 뜨거운 국그릇이라도 들어엎는 대형 사고가 날 뻔하지 않았겠느냐면서 생색을 내는데 내가 무슨 할 말이 있겠는가. 또 중학교에서 교편을 잡았던 한 동서 왈, 돈을 버는 자기도 국산 우유에 비해 값이 너무 비싸 엄두를 못 내는 미제 '씨밀락' 우유를, 형님은 태연히 그 많은 애들에게 먹이는 것을 보고 놀랐다는 둥, 방안 벽여기저기에 개구쟁이들이 색연필과 크레용으로 마구 환칠을 해 놓은 게 볼만했다는 둥 한이 없다.

　입덧도 유난했던 67년 1월 1일생 첫아이는 날 때부터 체중 미달에 배꼽도 탈이 나고 먹는 대로 토해서 심란할 때 누가 그 우유를 추천해 줘 겨우 배탈이 멈췄다. 그 후 월급 타면 맨 먼저 동대문 미제시장에 가서 아기 식량을 몇 박슨가 샀던 생각은 나지만, 쑥색 바탕에 붉은 글씨만 어렴풋하지 이름도 잊고 있었다. 연년생 둘째는 아직 우유를 떼지 않은 큰애와 같이 함께 먹으니 차별할 수 없었고, 셋째 딸은 두 오빠가 다 먹던 것을 바꾸자니 … 하긴 수재민 주택에서 다섯 남매를 뒀다는 것 자체가 뭇사람들의 입에 오르내리는 지탄의 대상이었다.

시인 가장이 모이 줍느라고 힘줄이 닳는 것을 '쾌락'으로 여기고 애들과 마누라가 뒤엉켜 소란을 피우는 어수선한 집 안을 '꿀벌이 붕붕 날아다니는 꽃밭'으로 봐 줬기 망정이지 요새 같았으면 경제적 무능력자로 찍혀 나의 종손 집 며느리 자리가 위태로웠을 것이다.

'로마네스크'라는 세련된 제목으로, 산山 8 (나) 603호 집에 살면서 쓴 14행 시 나머지를 소개해 본다.

시간은 갠 날 호수. / 의식은 잔물결. / 건강은 가야금 산조.
살랑이는 포플러 이파리에
영원한 신의 율동을 느끼곤 / 넋 잃는다.
하늘의 큰 그물을 / 솔솔 새는 나의 모반.
그러다간 또 피라미만 한 / 기도를 띄워 본다.

로마네스크! 한때 잠깐 시인의 스승이기도 했던 영문학자 김진만 교수가 어느 칼럼에 이 시 전문을 인용하면서 쓴 짤막한 글 중 한 토막이 잊히지 않는다. '견고하고 품격 있는 아름다운 시'라 했다. 박학다식하기로 유명한 김진만 교수님이 어째서 '견고하다'는 어휘를 쓰셨을까. 성 시인 살아생전에 본인한테 직접 물어보지를 못했기에 이 글을 쓰면서 나름대로 연구해 봤다.

알다시피 로마네스크란 화려한 고딕 양식이 나오기 전의 오래된 건축 스타일이다. 대표적인 고딕 건물로는 12세기에 지어진 파리의 아름다운 노트르담 성당을 꼽는다. 근래 대형 화재로 화염에 첨탑이 꺾이는 모습을 보고 전 세계인이 안타까움과 슬픔에 젖었던 바로 그 성당이 고딕의 대표적 세계 문화유산이다.

로마네스크는 둥근 아치형 천정에 철옹성처럼 단단하고 두꺼운 벽과 반원형 아치의 작은 창문 그리고 원형 기둥이 특징이다. 작은 창문은 세속의 험난함에서 신성함을 지켜 줌과 동시에 빛의 굴절로, 빛이 신 하느님을 깨닫게 하는 효과까지 생각했던 모양이다. 고딕 양식에 비해 단순하면서도 절제된 미를 간직한 이 로마네스크 형식은 12세기 이전의 수도원이나 성당 건축에 많이 사용되었다. 서기 800년부터 약 700년 간은 소위 '중세의 암흑기'로 불리던 시기였다. 로마네스크 성당의 건립은 이 불안한 시대에 안식처가 되어 주던 공간, 고독과 명상 그리고 영적 회복을 위한 위로의 공간으로 세워졌다는 설명도 건축사 해설서에서 읽었다.

어둠침침하고 초라하기 짝이 없는 수재민 주택을, 그러나 3대가 어울려 오손도손 살아가고 있는 이 가난한 집을 로마네스크로 비유한 시인의 해학과 감성! 이를 눈여겨보고 품격 있는 시로 평가해 주신 김진만 선생께 때늦게 깊은 감사를 드린다.

2019년 6월

응암동 수재민 주택 단지 풍경(1965~1975)

동네에 밭도 있고 논도 있었다. 그야말로 손바닥만 한 논이지만 우리집 대문을 열고 나가 길옆에 있는 왕소나무 아래를 지나노라면 오른쪽엔 논, 왼쪽엔 드문드문 잡목이 보이는 구릉, 그 구릉을 오르면 언제 적 것인지 모를 크고 작은 무덤이 죽 널려 있고, 묘지 입구에는 이장해 가라는 시한도 한참 지난 공고문 팻말이 삐딱하니 서 있었다.

1966년 혼인하고 입주할 당시 수재민 주택 단지에 자리한 신혼집 인근을 머릿속에 그려 봤더니 떠오른 풍경이다. 얼마 안 되어 그 공동묘지가 일부는 주택단지, 일부는 학교 부지로 탈바꿈되더니 순식간에 충암학교 건물이 들어섰다.

앞집 시각장애인은 외모가 반듯하고 꽤 교양도 있어 보이는 젊은 가장이었다. 건강한 애 엄마는 언제나 상냥하니 그늘이 없었고 안마하는 솜씨가 좋다고 소문난 남편과도 사이가 괜찮아 보였다. 우리보다 일 년쯤 늦게 이사 온 그네들은 구멍가게를 했는데 그 집 장애인

가장은 물건을 팔고 거스름돈도 정확히 건네는 아주 영특한 사람이었다. 그는 물건을 팔고 돈을 받는 순간 천 원짜리인지 만 원짜리인지 금세 알 뿐만 아니라 별로 지체하지 않고 거스름돈을 건네는 게 자연스러워 오히려 이쪽 손님들을 놀라게 했다.

어느 날 줄담배를 피는 남편의 담배 심부름 갔다가 어떻게 돈을 그리도 잘 구별하는지 물어본 적이 있다. 장애인 학교에서는 촉감 훈련 시간에 수백 번 만져 보아 가면서 감별법을 익히게 하는데 자기는 그중에서 꽤 빨리 감지하는 축이었다 한다. 그 말 끝에 다 커서 너무 잘난 척하고 날뛰다가 사고로 이리 되었는데, 지금 생각해 보면 시력을 잃어서 얻은 것도 있다는 말을 하도 담담하게 하는 바람에 내심 깜짝 놀랐다. 그가 내 또래의 맹인이어서 충격이 더욱 컸는지도 모르겠다.

뒷집 사는 기찬이 엄마는 나보다 한참 연배가 위인 호인으로 온 동네일을 훤히 알아 할 이야기가 아주 많은 사람이다. 길에서 나를 보자 공동수도에서 길어오던 물지게를 아예 내려놓고 서서, 짱구 엄마는 빚 받으러 온 빚쟁이가 말실수를 하는 바람에 그 말꼬리를 잡고 교묘하게 둘러쳐 오히려 혼내주고 돌려보냈다는 등 이 집 저 집 얘기를 하느라고, 함석 물 초롱의 바늘구멍만 한 흠집에서 물이 새 거의 반으로 주는데도 아랑곳하지 않는다.

나는 마당 우물물로 허드렛일은 다하고 식수로만 수돗물을 조금 길어다 썼다. 십년 후에 새집으로 이사할 때까지 깊은 우물이 냉장고였다. 여름에는 네 군데에 고리 달린 둥근 오렌지색 플라스틱 통에 김치를 담가 줄 매고 늘어뜨려 시원하게 보관했고, 수박이나 참외도 망에 담아 우물에 넣고 필요할 때 꺼내 먹었다.

몇 해 뒤 함석으로 우물 뚜껑을 만들어 덮고 옆에 펌프를 설치해 그 많은 빨래를 전보다는 수월하게 하던 생각이 난다. 층층의 애 다섯 기저귀를 허구한 날 빨아대던 나와 아줌마들. 나는 직업소개소에 뻔질나게 드나들며 파출부를 데려와 소개소에 꽤 많은 돈을 갖다 바치는 단골이었다. 사연도 많고 많은 불행한 여자들은 그때 소개소를 통해 일자리를 구하러 왔고 피차 다급해서 나온 사람들이라 금방 구하기는 했어도 그리 오래가지는 못했다.

얼굴이 반반한 포항 마누라와 기운 좋은 남편이 귀찮아 아예 젊은 첩을 구해 주고 나왔다는 인천 새침이, 다리 절던 무던한 성격의 정읍 여자, 신에 지핀 일본 혼혈 성자 엄마 그리고 외딴 섬 처녀 순조 ……, 까맣게 잊고 있었는데 얘기를 하다 보니 마치 노리끼리하게 바랜 흑백 사진첩을 넘기듯 내 기억의 망막에 흐릿하게 남아 줄줄이 나타나는 게 신기하다. 자기 생모가 일본 여자라는 성자 엄마는 소개소에서 데려온 게 아니고 홍성에서 시누님이 구해 준 터라 내가 각별히 공을 들이던 사람이다.

"기완 엄마, 나 괴루워 괴루워!" 온 지 몇 개월 안 됐는데 자기 방에서 뒹굴며 하는 소리를 듣고 깜짝 놀라 가 봤더니, 자기는 어려서 일본인 생모와 함께 접신接神한 사람인데 한동안은 잠잠하더니 며칠 전부터 "저거 저거 빨리 떼어 내라! 이 집에서 얼른 나가라!" 귀에 대고 속삭인다는 것이었다. 벽에 걸려 있는 십자고상을 가리키며 부들부들 떨고 있었다. 이 소리를 들은 남편이 당장 보내라고 호통을 치는 바람에 미처 사람을 구할 사이도 없이 한겨울에 내보내고 내가 얼마나 고생을 했던지 지금도 잊히지 않는 사람.

육십여 평 우리 마당 귀퉁이 가장 먼 쪽에 있던 재래식 변소는 측량하여 담을 칠 때 자연히 담에 붙여 짓게 됐다. 얼마 후 우리도 모르는 사이에 그 담 밖에 우리 집 화장실 슬레이트 지붕과 잇대어 지은 방 한 칸짜리 거처가 생긴 모양이다. 어느 날 화장실에 다녀온 남편이 웃으면서,

"우리 집에 세 들어 사는 가족이 생겼구먼."

"뭐라고요?"

며칠 전에 나도 그쪽 담 밖에서 무슨 소리가 나는 낌새를 느끼기는 했었다.

항상 술 취한 소리로 고래고래 시비를 거는 가장과 수심 가득한 아낙이 아들 둘과 사는 모양이었다. 우리 큰애가 유치원생일 때 걔네는 초등학교 고학년이었다. 아침결에 화장실에서 들으면 달그락달그락 아침을 먹는지 애들이랑 엄마가 도란도란하는 인기척이 있을 뿐. 한데 저녁나절 그 집 술고래 아빠만 있으면 시끄러웠다. 애들은 어디로 달아났는지 소리가 없고 색시한테 술주정하는 혀 꼬부라진 소리,

"야야, 내가 벌어다 준 거 다 어쨌어? 너 날 똑바로 쳐다봐? 우습다 이거지!"

마당에서도 다 들리게 소리치는데 애들 엄마는 잠잠하다. 나는 잠깐잠깐 들렀다가 나오지만 남편은 좀 시간이 걸리는 편이다. 화장실 다녀온 그이가 혀를 차며 하는 소리,

"술고래가 애들 잡도리를 하는군. 매를 맞는지 애들이 울고 아우성 이야. 큰애가 어디 가서 일하고 일당을 받았나 봐. 그걸 애비 몰래 혼자서 쓱싹했느냐면서 회초리를 ~~"

아닌 게 아니라 그쪽이 시끌시끌해서 담 밑에 가 듣자 하니,

"야 이놈아, 네가 누구 덕에 이만큼 컸는데 애빌 모른 척해! 안 내 놔? 벌써 다 썼어?"

노동자 애비의 완력을 못 벗어나고 죽는소리를 하는 걸 보니 어디 를 단단히 옥죄나 보다. 마누라가 일찍 일 나가고 없는 사이에 술도 안 취한 애비가 작심하고 애들을 잡는 모양이다. 열 두서너 살 애가 돈을 벌면 얼마나 벌었을까. 한심한 애비 같으니라구.

나는 한 번도 그쪽으로 돌아가 본 적이 없다. 우리 집 대문과 반대쪽 일 뿐만 아니라 그쪽은 공터로 있는 어느 집 밭이었다. 한 일 년쯤 지 나자 술고래가 병이 들었는지 낮에도 일 안 나가고 끙끙 앓는 소리가 들리던 어느 날 외출에서 돌아온 내게 어머니가 얘기 하셨다.

"에미야, 오늘 변소 집에서 난리가 났었다."

"왜요?"

"동사무소 사람들이 와서 무허가라고 그걸 허는 모양인데 술고래가 악을 쓰다가 기함을 한 모양이야."

"그래서요?"

"모르지. 사람들이 술고래를 어디로 떠메 가고 변소 집은 다 헐리고 그랬나 보더라."

본디 어머님은 시끄러운 소리가 나도 내다보지 않는 분이다.

그 뒤 우리 집 변소 쪽은 다시 조용해졌고 몇 개월 후 기찬이 엄마를 통해 그 술고래가 죽었다는 소식을 들었다. 응암동에서 몇십 년 살다 보니 어느 날 그 변소 집 큰아들이 청년이 되어 오토바이에 텐트 설치하는 물건을 가득 싣고 길쭉한 삼각형 하늘색 깃발을 휘날리며 부지런히 달려가는 모습을 본 것이 마지막이다. 아마 곳곳에 비바람이나 햇빛을 막아 주는 텐트를 치는 일을 하는 것 같았다. 바지런한 어머니랑 두 아들이 오순도순 잘 살고 있겠지.

아, 팔뚝에 철봉鐵棒이라 자그마한 한자 문신을 하고 다니던 독거 영감 얘기로 오늘은 끝내자. 체격도 좋고 등이 꼿꼿한 영감인데 집집의 변소를 치러 다니는 사람이었다. 그때만 해도 인분을 주는 밭이 많아 녹번 삼거리에서 좌회전하여 수색 쪽으로 버스가 들어서면 창밖으로 거름 냄새가 났다. 우리 집 거름을 퍼 가는 날 그 영감한테 공동 수도에서 물을 길어다 줄 수 있느냐고 물었더니,

"거름지게는 져도 물지게는 안 집니다." 해서 앞 집 맹인 다음으로 나를 또 놀라게 하던 늙은이. 누구의 아이인지 예쁜 여자아이를 혼자서 정성껏 기르던 그 정갈한 독거 영감. 똥지게는 져도 물지게는 안 진다는 꼬장꼬장한 그 영감은 언제 어떻게 세상을 떠났을까. 그 예쁜 여자아이가 커서 곁에서 종신終身이라도 했을까.

2018년 12월

연애편지의 무게를 다는 저울

흔히 '사랑의 힘'이라는 말을 한다. 얼핏 생각하기에 사랑과 힘은 본질 면에서는 잘 맞지 않는 것 같기도 한데 그러나 사랑이 다져져 힘을 발휘할 때 가공할 결과가 나타남을 우리는 종종 경험한다.

'1963 Chan.'이라는 탄생 연도가 새겨진 아주 영묘한 물건이 지금 내 앞에 놓여 있다. 이름하여 '연애편지의 무게를 다는 저울'. 1963년이면 내가 대학 4학년 때다. 이제는 고인이 된 남편 송운 성찬경 시인이 연애 시절에 나에게 편지를 보낼 때 사용하던 실용품이라 했다. 1966년에 혼인하여 한집에서 살게 됐을 때 비로소 내가 본 물건이다. 「연애편지의 무게를 다는 저울」이라는 시를 학교로 보내주어 읽어 본 적이 있었지만 실제로 그가 이렇게 수제품을 만들어 사용하는 줄은 몰랐다. 시에서 사용하는 상징이나 은유, 비유쯤으로 여겼나 보다.

20그람 우표 한 장
40그람 우표 두 장

이 예쁘고 작은 저울이
활화산 분화구의 정열을 실은
연애편지의 무게를 달다니
그러나 그것은 사실이다.

이렇게 시작되는 42행의 짧지 않은 시다.

1960년대의 서울 변두리에는 우체국이 뜨문뜨문 있는 대신에 골목 문방구에서도 우표를 팔았다. 근처에는 당연히 우체통이 서 있었고.

내게 학교로 집으로 편지를 꽤 자주 보내던 송운은, 연애편지이다 보니 매수가 조금 많을 때 매번 얼마짜리 우표를 붙여야 하나 망설여 졌던 모양이다. 원래 손재주가 좋아 별것을 다 만드는 그는 생철조각 등 갖고 있는 희귀한 물건을 동원, 정교한 저울을 고안해 내어 매수가 들쭉날쭉 하는 편지의 무게를 알아내고자 했다. 그래서 우체국에 가지 않고도 이 저울로 무게가 일정치 않은 두툼한 편지를 척척 처리했다 하니 이 얼마나 기발하고도 신기한 일인가.

저울은 정확히
내가 님에게 보내는 연애편지의
열정의 등급을 매긴다.
60그람 우표가 석 장
아아 100그람 우표가 다섯 장
이보다 더 예쁜 마술은 없다.

예쁘고 섬세하게 눈금이 뚫려 있고 12cm 높이밖에 안 되는 중심축을 중심으로, 귀엽게 생긴 추錘가 장식처럼 매달려 있는 것이 보면 볼수록 예사 저울이 아닌 영물로 보인다.

벌이 날아 앉은 철쭉의 수술처럼
저울 바늘이 가볍게 가볍게 미동한다.

정말 종이를 한두 장씩 올릴 때마다 바늘이 미동하는 모습이 그야말로 살아 있는 물건 같다. 처음엔 이렇게 단순히 무게만 알고자 했던 저울을 거듭 사용하는 사이, 차츰 재미가 나면서 여러 가지 상상이 피어나는 시인 정신이 발동했던 모양이다.

저울바늘이 문자판 끝까지 돌아가면
나 한 사나이는
님에게 다이야 반지 하나쯤 선물한 기분이 되어
기쁘고 흐뭇하다.
몇 날 며칠의 노고도 사라진다.

사랑의 입김을 계속 불어넣으니 점점 더 영묘해져서 마음의 양을 달 뿐만 아니라 품질도 가려내는 영능靈能까지 지니게 됐던 모양.
이 편지는
비록 우표 한 장짜리지만

그 안에는

나의 심장을 쪼아서 완성한

정상급 사랑의 소네트 한 쌍이

들어 있는 것이다.

이제 저울은 편지에 담긴 정성과 사랑을 감지하면서 무딘 나의 마음까지 어루만지는 기막힌 영물이 되었다. 그가 보낸 수많은 편지 중에서도 이 저울을 거쳐 내게 전달된 사랑의 소네트 한 쌍은 여러모로 준비가 안 된 황량한 내 영혼이 하느님 안에서 그와 서로 의지할 수 있는 힘이 되어 주었다. 저울은 한 시인이 사랑의 힘을 모아 레이저로 쏘듯 하여 기적의 저울로 탈바꿈할 수 있는 경지에까지 다다랐다.

님과 상관있으면

다 예쁜 것

님 생각하면

가만히는 못 있는 법

그래서 이 저울도 생겨났던 것

그가 내 곁을 떠난 지 3주기가 됐다. 평소에 길가에 버려진 쓸 만한 물건들을 고아라 부르며 데리고 들어와, 우리 집 마당을 '물질고아원'으로 부르던 사람. 그 고아들로 희한한 조각품을 만들어 새로운 작품으로 탄생시킨 자칭 물질고아원장. 그가 만들어 놓은 많은 오브제들을 모아 지난 3월 두 주일에 걸쳐 인사동 백악미술관에서 《성찬경 추모전 ─ 응암동 물질고아원》을 열었다.

관람객 중 전문가들도 이 물질고아원장의 뛰어난 창작력과 예술성에 찬사를 보낼 때 이 '연애편지의 무게를 다는 저울'도 한몫을 했음은 물론이다. 나는 앙증맞은 이 저울에 그가 쓴 시 「연애편지의 무게를 다는 저울」을 손으로 적어 물려 놓았었다. 그리고 두 주간의 전시회가 끝날 무렵, 전시회장에서는 20여 명이 넘는 시인들의 '송운 선생 추모 시 낭독회'가 열렸다. 나도 그가 쓴 이 시를 낭송하는 자리에서 다음과 같은 이야기를 했다.

"오늘 성 선생이 만든 '연애편지의 무게를 다는 저울'을 여러분 앞에 들고 나와 바라보면서 그의 시를 암송하겠습니다. 저울을 만들고 더불어 시까지 쓴 송운의 정성에 대한 나의 작은 보답으로 시간 들여 외웠습니다."

......
살아 있는 님의 얼굴을 닮은
나의 수제품인
연애편지의 무게를 다는
이 저울이
태어났던 것.

42행의 시는 이렇게 끝이 난다.

"흩어져 있는 물질 고아들을 모아 영능한 저울을 만든 1930년생 송운 성찬경 요한은 하늘나라로 떠나고, 그의 정열의 무게와 일편단심의 순도純度를 달던 영능한 1963년생 저울만 여기 남았습니다. 감사합니다."

이렇게 마무리 인사까지 끝내고 조용히 자리에 와 앉았다.

<연애편지의 무게를 다는 저울>, 쇳조각, 저울추, 철사, 11x6x14cm, 1963

연애편지의 무게를 다는 저울

하 夏

夏

그늘 좋구나

그늘에서

*그늘 좋구나.
따가운 햇살 피해
시원해서 좋구나.
햇살과 그늘 사이
밝음과 어둠의
미묘한 계단이 아름답구나.
인간은 너무 밝은
실재를 견디지 못하나니.
*그늘 좋구나.
출애굽 하여
사막을 가는 나그네길
인간에게는

그늘이 자비로운 손길이구나.

*그늘 좋구나.

그늘에서 바라보니

하늘가

먼 풍경이

더욱 아름답구나.

1989년 성찬경 작

송운이 59세, 나는 50세 혼인한 지 23년 차, 장남과 차남은 22, 21세 대학생, 막내는 14세 중학생, 사제가 된 삼남이 고 1, 바로 위 누나는 고 3. 내게 갓 쉰은 '사막을 가는 나그넷길' 위에서 햇빛에 달달 볶이던 시기였다. 고 3생 포함 3명의 도시락을 싸면서 고단하게 지내던 시절. 생활비가 턱없이 부족한데도 도무지 돈 벌 궁리를 못했다. 등이 휘는 남편더러 고작 살림 밑천 딸 하나 더 둔 셈 치라고, 너무 염치가 없어서 이런 소리나 했으니 짜증 안 내고 참아 준 남편이 미안하고 고맙다. 그런 와중에도 송운은 그늘에서 쉬면서 하늘가 먼 풍경을 음미하고 있었던 모양인데 나는 그러지를 못했다. 정신적으로나 육체적으로 너무 고단한 무능력자인 데다가 심란증까지 끼고 살았으니.

지난달엔 '공간시 낭독회'에 가서 짧은 시 「눈물」을 두 번째로 암송했는데 갑자기 진짜로 울 뻔했다. 마지막 구절 '눈물이 마음 안에 고운 노을로 퍼진다.'를 읊고 나서 내 자리로 돌아오는데, 아뿔싸! 눈물이 마음 밖으로 나오는 게 아닌가. '울면 안 돼. 울면 안 돼!' 애써 웃음으로 얼버무려 가며 표 안 나게 잘 넘겼다.

그 공간시 낭독회장에 가서 세 번째로 이 시를 암송할 때는 그이가 생전에 '말예술' 공연을 하듯 나도 조금 색다른 시도를 하고 싶어져서 궁리를 했다. 나는 송운처럼 아이디어가 샘솟지를 못하는 위인이니 그가 했던 공연 중 가장 간단한 방식을 차용하기로 했다.

이 시에 '그늘 좋구나'라는 구절이 몇 번 나오는 데에 착안, 집에 있는 작은 종을 소도구 삼아 들고 가 내가 종을 흔들면 다 같이 "그늘 좋구나!"를 추임새처럼 합송하라 주문했다.

딸랑딸랑~~ "그늘 좋구나!" …… 너무 밝은 실재를 견디지 못하나니, 딸랑딸랑~~"그늘 좋구나!" 사막을 가는 나그넷길 딸랑딸랑~~ "그늘 좋구나!" 누구나 쨍쨍 내리쪼이는 햇빛은 피하고 싶게 마련. 인간에게는 그늘이 자비로운 손길이구나. 딸랑딸랑~~ "그늘 좋구나!" 마지막엔 흥이 나서 그냥 딸랑딸랑~~ 종을 흔들어 "그늘 좋구나!"를 유도했더니 모두들 즐거워하며 더욱 우렁차게 가락을 붙여 "그늘 좋구나!" 연속 삼세번으로 마지막을 장식했다.

아암 그늘 좋지. 오뉴월 염천 오후 느티나무 아래 평상에 부채 하나씩 들고 마을 노인들이 모여 앉아 이 얘기 저 얘기. 아낙들은 그늘 짙은 큰 나무 골라 밀짚 방석 깔아 놓고 물에 불린 삼 쩰 것 한 바구니씩 들고 나와 앉아, 앞니로 톺아가며 삼도 째고 맨무르팍에 비벼 실을 잇기도 하며. 농한기 긴긴 겨울밤에 짤 길쌈 준비하노라 재게 손놀림하면서 얘기꽃을 피운다. 매미들도 귀청 떨어져라 "뜨름따름뜨름따름" 소리 맞춰 합창하던 60년도 훨씬 지난 한여름 정경이 떠오른다.

생전에 그가 「야오 씨와의 대화」를 암송할 때는 꼭 기타를 메고 "내가 말했다~" "야오 씨가 말했다~" 하는 구절이 나오기 직전에 줄을 뜯겼다. 그러면 청중도 소리 맞춰 "내가 말했다~" 디리링 "야오 씨가 말했다~" 그것도 청중을 '내가 말했다' 패와 '야오 씨가 말했다' 패를 좌우로 가르거나 남녀로 나누기도 하면서 가락 맞춰 응송하도록 시켰다. 수십 번은 더 이런 공연을 하면서 신명나게 읊었다. 송운이 기타를 메고 나타나면 청중들은 미리 알고 대비, 모두들 즐겁게 따라했다. 송운은 1971년 미국 아이오와대학의 '문학창작 프로그램'에 일 년간 갔었는데 당시 대만의 극작가 야오 씨와 한 부엌을 썼다. 그 긴 시를 좋아해 줄줄 외우는 사람이 몇 있을 정도다.

이렇게 하늘이 맑고 해가 빛날 때
방안에 앉아 있는 건 죄지요.
(디리링) "하고 내가 말했다~" (합송)
죄구말구요. 이런 때 밖에서 바람을 쐰다는 건
바로 덕을 쌓는 거지요.
(디리링) "하고 야오 씨가 말했다~" (합송)

저승으로 떠나기 두 달 전 송운은 1월 초 매섭게 추운 밤에도 공간사랑에 기타를 메고 가 「야오 씨와의 대화」를 마지막으로 읊었다.

아마 섭씨 영하 15도는 될 겁니다.

보세요, 저 눈의 평원은 마치 영원의 도포자락 같군요.

(디리링) "하고 내가 말했다 ~ " (합송)

우리나라에선 이런 설경을 볼 수가 없지요.

겨울은 계절의 제왕입니다.

(디리링) "하고 야오 씨가 말했다 ~ " (합송)

늘 짙은 색깔 옷이나 모자 여기저기에 크고 작은 하얀 헝겊 조각을 매달고 '공연'했다. 눈 속을 헤치고 와 옷에 눈이 묻은 형상이라고.

우리는 마치 어린애 같습니다.

이런 소리 듣는 것 좋아하십니까?

(디리링) "하고 내가 말했다 ~ " (합송)

좋구 말구요.

어린아이 같다는 말 제일 좋습니다.

(디리링) "하고 야오 씨가 말했다 ~ " (합송)

성말 어린아이처럼 전진한 웃음을 띠고 청중과 함께 즐기던 모습이 눈에 선하구나.

2017년 3월

금요일에 비가 온다

금요일에 비가 온다.

아이오와의 금요일에 비가 온다.

이런 말을 중얼거려도 별 수 없다는 것을

뻔히 알면서도 중얼거려 본다.

여기 아파트는 비가 안 새는군.

그렇지. 한국의 나의 집은 결코

비가 안 새는 집이 아니었지.

비가 퍼부을 때마다

대야 준비를 해야 했었지.

지금 한국에도 비가 내리고 있을까?

그럼 나의 처자들은 또 빗방울을 맞고 있을까?

지금 나는 앨런 긴스버그의 무지하게 긴 시를

막 읽었다.

그리고 창밖을 내다보고 있다.

......

하夏

1971년 초여름에 출국하여 10개월 동안 미국 아이오와 대학의 국제 창작프로그램 <International Writing Program>에 참석했을 때 남편 성찬경이 처음으로 써서 보낸 시다. 아무 걱정 없이 창작에만 전념할 수 있도록 일체의 비용을 그쪽에서 부담하는 프로그램이었다. 송운이 가기 얼마 전에는 황동규 시인이, 귀국한 다다음 번쯤에는 최인훈 소설가가 참가했던, 매년 세계 각국의 시인 소설가 극작가 평론가 등 십여 명을 초청하던 프로그램이었다.

이 워크샵을 기획한 아이오와 대학교수 폴 엥글 씨는 시인 소설가 평론가로도 꽤 유명했다. 아주 오래전 여행 중에 어느 공항에서 심장마비로 쓰러져 타계했다는 소식을 들었는데 그 후에도 이 프로그램이 계속됐는지는 잘 모르겠다. 혹시나 하고 인터넷에서 'Paul Engle'을 검색해 봤더니 상세한 신상 정보가 올라 있어 반가웠다.

"1908~1991. 아이오와 대학교 라이터스 워크샵을 창설, 특히 동양권 작가들을 초청해 창작 활동을 도왔다."는 등의 긴 기사와 약력이 젊었을 때의 사진과 함께 실려 있었다. 중국계 부인 화링과 함께 1974년쯤이었나 그가 한국을 방문했을 때 나도 만난 적이 있다. 머리가 희끗희끗하고 유머 넘치는 초로의 거구 신사였다. 그 당시 아이오와에 가 있던 최인훈 씨의 젊은 부인이 한여름인데도 고운 연보라색 한복을 차려입고 나와 우리와 함께 폴 엥글 씨 내외를 만났던 생각이 난다. 몸을 푼 지가 얼마 안 돼 일부러 편안한 한복을 입었다고 내게 말했는데, 그때 그 아기도 지금은 장년이 됐겠지.

남편이 아이오와에 가 있던 1972년 정초에 나도 넷째를 출산했다.

폴 엥글 씨가 이 소식을 듣고 축하한다면서 미국에 온 기념으로 아기 이름에 폴을 넣으라 해 남편이 엉겁결에 약속을 했다고 한다. 천주교 신자이므로 출산 후, 우리 아이들은 삼칠일 이내에 유아 세례를 받는데 세례식 바로 전날, 나는 폴 즉 바오로로 세례명을 바꾸라는 국제전화를 받았다. 미국에서 전화하려면 전화국에 가야 하고 요금이 비싸 통화할 기회가 흔치 않던 터라 뜻밖에 그의 음성을 듣고는 울컥 눈물을 흘렸던 기억이 난다. 아기를 안은 채 고개를 숙이고 있는 내게 눈치가 빠한 여섯 살 배기 큰애가 "엄마, 왜 울어?" 해서 "글쎄, 나도 잘 모르겠다." 하면서, 눈물을 감출 필요가 없어진 때문이었는지 그냥 맘 놓고 실컷 울던 일이 생각나는구나.

사실 우리는 대만의 유명한 사상가 오경웅吳經熊 박사의 『동서의 피안』에 심취하여 몇 번이고 탐독하기도 했고, 저자가 태생적인 유교에서 천주교로 개종하는데 크게 영향을 받은 프란치스코 성인을, 새로 태어날 아기의 세례명으로 이미 정하고 있었기에 많이 섭섭했지만 이를 받아들이는 수밖에 없었다. 그리하여 후에 사제가 된 그때 그 아기는 성기헌 바오로 신부가 됐다. 여담이지만 이미 사남매도 충분한데 다섯째 성기우 프란치스코를 하느님께서는 기어이 주시었다.

몇 해 뒤에 한국을 방문한 폴 엥글 씨가 그때 그 아기 폴을 보고 싶다 해서 두 돌쯤 된 아이를 데리고 나갔다. 서양 사람을 처음 본 아기가 두려운 시선으로 엥글 씨를 한참 바라보더니 고사리 손가락으로 그의 얼굴을 가리키면서 "엄마! 하야버지 눈 쩌~기 있쪄!!" 눈자위가 움푹 패었다는 뜻이란 애 아빠의 설명을 듣고 엥글 씨를 포함하여 거

하夏

기 있던 모두가 박장대소를 했다.

아, 그러니까 또 생각나는 일이 있네. 남산 밑 회현동 황순원 선생 댁에서 장남 황동규 씨가 폴 엥글 씨 내외랑 우리 내외와 장왕록 씨 등을 집으로 초대했다. 그 자리에서 영미 소설 스무 권인가를 번역했다 하여 우리를 놀라게 했던 혈기 왕성한 장왕록 선생을 처음 뵈었다. 감동적인 글로 나를 매료시키던 서강대 영문과 장영희 교수가 장 선생 따님이라는 말을 듣고 부지런한 그 아버지에 그 딸이라 생각했다. 황순원 선생이 우리더러 한국말로,

"저 폴 엥글 씨의 호탕한 웃음소리며 말하는 품이 대인풍이야." 했다. 그날 폴 엥글 씨 부인이 대만의 초록색 비취가 박힌 귀걸이와 브로치를 황동규 씨 부인과 내게 선물했던 생각은 나는데, 별로 사용해본 적이 없는 그 물건들이 지금은 다 어디로 갔는지 알 수가 없구나.

"대만 극작가 야오이웨이姚一葦 씨가 처음엔 영어를 한 마디도 못하더니 미스터 성과 지내면서 영어가 늘어 코리안 잉글리쉬로 말을 잘했다."는 폴 엥글 씨의 유머에 우리 모두는 유쾌하게 웃었다. 한 아파트에서 친하게 지내던 극작가와 주고받은 이야기체로 쓴 시 「야오 씨와의 대화」는 그곳 아이오와에서나 한국에 돌아온 뒤에나 꽤 유명한 시가 됐다. 아마 폴 엥글 씨도 그 시를 염두에 두고 하는 말 같았다.

그쪽에서 지급하는 돈을 아껴 한국으로 보내주는 것을 생활비로 받아 쓴 일이 지금까지도 나를 곤혹스럽게 한다. 아무리 넷째 임신 중이었다고는 하지만 1년도 채 안 되는 동안의 생활비도 마련할 주변이 못 됐던 내가 부끄럽다. 아무튼 나로서는 아주 어려운 시기에 편지로 받

은 시였으므로 지금도 이 시를 대하면 만감이 서린다. 지금 시행을 헤아려 보니 68행이나 되는 장시로구나.

      ......
      그렇게 神이 미울까.
      그렇게 신이 大敵일까.
      그렇게 해서 그는 노상 神에게 매달려 있다.
      현대의 웅장한 서정시로군.
      허나 슬픈 詩로군.
      원심력뿐이지 구심력이 없어.
      ......

언제부터인지 우리 집에 담배꽁초를 주우러 오는 동네 할머니가 있었다. 줄담배였던 남편은 담배를 반쯤만 태우고 비벼 껐기 때문에 하루 지나면 꽁초가 재떨이에 수북했다. 대문 밖 쓰레기통에 버린 꽁초를 주워 가던 할매는 나더러 쓰레기통에 버리지 말고 따로 모아 뒀다 달라 해서 우리 집에 늘 담배꽁초를 모으는 애들 우유 깡통이 있었다. 대문이 열렸을 때 살그머니 들어와서 아무 말 없이 구석에 앉아 꽁초의 필터는 떼어내고 담배 있는 쪽으로 발라 가지고 슬그머니 일어나 나가던 할머니. 입성도 깔끔하고 단정하게 쪽을 찐 모습이 눈에 선한데 어느 집에 살던 노인네였는지 아무 것도 생각나는 게 없다. 몇 년을 드나들던 할매인데 시인이 미국으로 떠난 뒤 우리 집에서 꽁초가 사

하夏

라지자 자연히 발길이 끊긴 사람.

（이것도 여담이지만 괄호 안에 넣겠다. 나는 그 할매가 자기가 피우려고 꽁초를 주워가는 줄만 알았는데, 바오로 사제가 조정래 태백산맥을 읽다보니, 1970년대에 서울역 근처에 꽁초 주워서 돈을 버는 사람들 이야기가 나오더란다. 펜촉 박힌(당시에는 볼펜이 없었다) 적당한 길이의 막대기를 들고 다니며 길바닥에 버려진 꽁초들을 콕콕 찍어다 팔면 그것으로 담배를 말아 파는 곳이 있었다하네. 꽁초에는 양담배도 끼어 있어서 맛이 괜찮아 장사가 되었대요. 하하）

비가 퍼부을 때 천정에서 떨어지는 빗물을 받느라 대야를 준비해야 했던 그 여름에 담배꽁초를 주우러 우리 집에 오던 할매처럼, 나도 어렵게 방문하던 남의 집이 있었다. 민씨네. 이 집은 우리 동네에서 유일하게 수재민 주택이 아닌, 피아노가 있는 전원 주택이었다. 이삼백 평이 넘는 꽤 넓은 터에 아담한 이층 양옥을 짓고 살아 부잣집으로 통했다. 학생 때 더러 붓글씨 쓰러 다니던 김충현 선생의 일중묵연一中黙緣에서 만나 나와도 안면이 있었고, 친정 삼촌의 친구이기도 했던 민백기 씨. 젊어서는 출가하여 중이 되려 했던 적도 있고, 왠지 눈꺼풀이 무거워 자꾸만 눈이 감기는 이상한 병이 생겨 부득이 직장인 서울 세관을 떠났다는 말을 전혜 듣고 내가 관심을 가졌던 분인데 알고 보니 그 민백기 씨가 나와 지척에 살고 있었다.

남편이 미국에 가고 없는 사이 나는 몇 번 어렵사리 그 집 벨을 누르고 들어가 피아노를 치며 쓸쓸히 회포를 푼 적이 있다. 상냥한 부인은 나더러 아무 때고 와서 피아노 치라 했지만, 나는 그 집 아이들이 학교에 가고 없을 때를 골라 악보를 들고 가서 흥얼거리며, 두어 시간 남짓 머물다 서둘러 돌아오곤 했다. 오래 전 약혼식장에서 나의 예비 신랑이 부른 아일랜드 민요 '한 떨기 장미꽃'과 평소에 우리가 다 같이 좋아하던 슈베르트의 '세레나데' '아베 마리아' '보리수' 등 왠지 그 무렵에 나는 거의 매일 슈베르트 가곡을 낡은 전축으로 들으며 따라 불렀다. 연가곡 '물방앗간의 아가씨' 중 여섯 째 곡인 '답답한 이 마음' (Der Neugierige)은 그 시절의 애창곡으로 지금도 어쩌다 이 노래를 들으면 마음의 현絃에 색다른 기별이 온다.

꽃에게도 묻지 않으리. 별에게도 묻지 않으리.
내가 알고 싶어 하는 것, 꽃도 별도 말해 줄 수 없을 것이기에.

이렇게 시작되는 노래인데 이 노랫말보다도 그 멜로디가 좋아서 그냥 너무너무 좋아서 내내 듣고 부르던 노래. 헌데 남편이 돌아온 후에는 별로 듣지도 않고 부르지도 않았다. 거의 잊다시피 한 상태로 후딱 긴 세월이 갔다. 이상한 일 아닌가. 그렇게 오매불망 가까이하던 것을. 몇 해 후 집에 피아노가 있는데도 그랬다.

돌이켜 보면 나 스스로에게도 이해가 안 되는 성격적인 결함이 많았다. 꾸준함이 없다. 그중에서 가장 두드러진 것이 나와 창작의 관계이다.

......

하夏

추수감사절 다음 날, 아이오와의 금요일에 비가 온다.

어저께는 칠면조를 먹어 봤지.

「평생 처음입니다.」하니까

「마지막이 되지 않길 바랍니다.」

하고 폴 엥글 씨가 말했었지.

앞으로 몇 번 더 칠면조를 먹게 될지 모르지만

결국 먹는 일이 중요하지.

지금 나는 안전하게

비 안 새는 아파트에서 숨 쉬고 있다.

그러나 비가 나의 가슴의 絃을 묘하게 뜯으며

긴스버그의 詩와는 또 다른

어두운 그림자를 퍼뜨린다.

골똘히 생각해 본다.

狂亂의 時代.

狂亂의 詩.

그리고

沈默의

詩.

이후 내 기억에 나는 물론 송운도 칠면조를 입에 대본 적이 없다.

2018년 12월 25일

成贊慶의 시에 부치는 李明煥의 이야기

　시인 Chan.의 작품은 내게 단순한 시가 아니라 하나의 역사다. 그가 살고 간 시대의 역사이자 가까운 친인척과 우리 가족의 역사이면서 나 개인의 정신사이기도 하다. 그의 시 속에 그러한 여러 흔적이 고스란히 녹아 있다.

　그가 내 곁에 있을 때는 모든 시가 그냥 시였다. 자필로 정성껏 적은 시고詩稿를 건네받아 자판을 두드려 저장하던 당시의 내 마음 따라, 즉 의식이 맑게 개어 있을 때와 그렇지 못할 때에 따라 그것은 아주 다른 일이 되었다. 기분이 우울하거나 단순 노동인 이런 일이 하기 싫어 괜히 심통이 날 때는 기계적으로 손가락만 놀려 저장했다. 그런 날은 프린터에서 뽑아 건네고 나면 시 제목도 생각이 안 났다. 반면에 그의 예언적인 시구가 내 마음에 쏙쏙 박히면서 밋밋한 나의 감성에 색색깔의 물감칠을 해 줄 때도 더러 있긴 했지만 말이다.

　그는 컴퓨터를 싫어해 2013년에 저세상으로 떠날 때까지 이 기적의 상자를 멀리했다. 내가 권하면 시작한다 한다 해서 어느 해인가 애들이 생일선물로 마련해 준 적이 있다. 컴퓨터는 서재 책상 옆에 늘 있었는데 끝내 이용하지는 않았다. 그는 절대로 편협하지 않고 복잡한 기계도 잘 다루는 사람이다. 게다가 어린이처럼 순수한 호기심까지도 많은 사람이었는데 왜 이 최첨단 요술상자를 탐탁해하지 않았을까. 이것은 지금도 풀지 못한 수수께끼 중 하나다. 혹시 자기 영감靈感을 끌어내고 깊은 사고思考를 하는 데에 이 컴퓨터라는 장치가 방해된다고 여긴 것은 아닐지. 휴대전화도 자기 이름으로는 끝내 개설하지 않고 떠난, 좀 까다로운 사람이기는 했다.

그는 1.2미리 굵은 볼펜으로 꾹꾹 눌러 백지에 시를 쓴다. 유념성이 많은 그는 에이포 용지보다 조금 길고 큰 흰 종이를 틈나는 대로 사다가 쟁여 놓고, 볼펜도 몇 갑씩 사다가 서랍에 쌓아 놓고 산문용 200자 원고지는 한꺼번에 듬뿍 사다 놓고 썼다. 마치 예전에 식솔들을 위해 쌀이나 장작을 풍족하게 준비하던 가장들처럼.

그는 시에서 한 단어가 바뀔 때라도 전체를 꼭 다시 옮겨 적고, 또 적으면서 수정했다. 몇 번이고, 어떤 시는 수십 차례 번호를 매겨 가며 그렇게 했다. 이 과정을 거쳐 완성됐다 싶으면 내 방문을 슬그머니 열고 들어와, 그 시를 쳐서 저장하라거나 어디에 보내라고 했다. 내가 한글 자판기를 익히기 전의 작품을 제외하고는 모든 시들이 다 내 손을 거쳐 갔을 것이다. 한데 얼마나 건성으로 일을 했던지 생전 처음 보는 것 같은 낯선 시가 많다.

그가 떠나고 이런저런 행사를 치르며 나는 그의 시를 깊이 음미할 기회가 많아졌다. 생전에도 그가 '말예술'이란 이름으로 퍼포먼스를 곁들여 자작시를 읊어 내게도 특별히 낯익은 시가 꽤 된다. 이 특이한 예술 공연도 열 번을 채운다더니 여덟 번으로 끝나고 말았지만, 그 시들에 전에 없던 독특한 음영陰影이 생겼다 할까. 그림자를 길게 짙게 때로는 도포자락을 휘날리듯 겉모습까지도 시시각각 변화하며 하늘 높이 나른다.

오늘도 무심코 책꽂이에서 시집 하나를 뽑아 아무 데고 펼쳐 본다. 「죄의 지도」. 아, 그게 두드러기 얘기였지 아마? 어느 가을날 세종문화회관에서 슈베르트의 「미완성 교향곡」을 듣는데 팔뚝에 벌겋게 솟고 있는 두드러기를 보여 주며 살살 문지르던 그의 모습이 떠오른다. 시 내용은 전혀 생각나지 않지만 긁어 돋아나는 두드러기를 은밀히 숨어 있는 자기 죄의 형상으로 보는 시인의 감각이 신기하게 느껴지던 일은 내 의식 속에 남아 있다. 이것은 기억 속 오솔길에 떨어져 있는 솔방울 같은 것이다. 이 표현 괜찮네. 그래, 솔방울이나 상수리나 낙엽이나. 아니 낙엽은 아니고 동산에 가면 이름 모를 열매들이 발갛게 노랗게 줄기에 달려 있다가 나중엔 꺼멓게 마른 채로 붙어 있기도 하고 바닥에 떨어져 있기도 한 그런 작은 열매들처럼. 그의 시가 품은 좋은 기운이나 에피소드는 어디엔가 숨어 있다가 슬며시 내비친다. 자주는 아니고 한 해 몇 번 시인에겐 두드러기가 난다. 하필이면 세종문화회관에 간 그날 두드러기가 심해서 긁다가 내게 보여 주었다.

요즈음 가려워서 긁으면
피부에 돋는 두드러기가

어쩐지 나의 죄의 지도라는 생각이 든다.
나는 귀한 만남으로 알고
이것을 골똘히 들여다본다.

　그때 나는 천의무봉天衣無縫인 슈베르트의 멜로디를 음미하며 투명
한 슬픔에 젖어 있었지. 숨을 죽이게 하는 여린 단조의 가락에 귀를 기
울인 채 나는 팔을 뻗어 그의 팔뚝 성난 두드러기 위에 손을 얹고 있
었다. 2악장 솔(높은)미도 솔(낮은)시레파미레도~~솔(높은)라솔미도 솔
(낮은)시레파미레도~ 미~~솔(높은)~~도(높은)~~~~~길게 조용
히 끝나는 슈베르트 「미완성 교향곡」의 착한 여운이 시인의 죄의 지
도를 슬그머니 잠재웠다.
　98행이나 되는 장시 「죄의 지도」 이야기를 계속하려면 우선 독자
의 이해를 돕기 위해, 독자와 친해지기 위해 성 시인과 나의 호칭 얘기
를 해야겠다. 그는 서재의 당호 청금루淸襟樓에서 유래된 청금루 주인
송운(松韻) 솔소리 사도 요한 찬 Chan. 등 다양한 수결手決을 썼다. 특히
영문 활자 'Chan'은 그가 가장 빈번히 애용했다. 내게 보낸 백 통이 훨
씬 넘는 편지들은 물론 그가 육중한 쇠붙이에 구멍 뚫고 구부려 만든
조각 작품에도 끌 대고 망치로 때려 언제나 'Chan.'을 새겨 넣었다.
　내게는 '환이Fanny에게' 등으로, 따라서 나도 편지를 쓸 때 예전에
는 'Chan 선생님께'라고 하다가 'Chan에게'라 썼다. 호칭이 선생님에
서 …에게로 바뀌는 과정의 'Chan'은 내게 색다른 느낌으로 다가왔다.
샤갈의 그림에 등장하는 환상적인 연인들 같기도 한. 그는 왜 그러는

지 꼬부랑 글씨 수결 'Chan'에 꼭 점을 찍어 'Chan.'이라고 썼다.

1966년 2월 12일에 혼인한 후 67년생 장남으로 시작하여 75년생 다섯째가 대학에 입학할 때까지 30년간 내 삶이 따로 없었다. 원래도 똑 부러지는 성격이 못 되는 사람이지만 어찌어찌하다 보니 30년, 아니 장수하신 시어머니의 된 병수발까지 합치면 35년은 그저 찬과 다섯 아이와 한 배를 타고 떠내려가며 가장(家長)의 비서 노릇과 가사 노동에 얽매어 살았다 해야겠지. 한데 이게 뭐 어때서. 보람찬 중년이었구면. 다만 이 일을 즐겁게 해내지 못한 것이 후회스러울 따름이지.

이 지도의 내력
그 뿌리의 깊이에
차츰 현기가 인다.
죄의 심연
죄의 산맥.

찬의 죄의 '지도地圖의 내력'에서부터는 환이의 삶의 궤적도 끼어들기 시작한다. 왜 그랬을까. 그날 나는 만사가 귀찮아 조막만 한 식모애한테 모든 일을 맡기고 온종일 우두커니 앉아 있었다. 전날 밤 사건의 충격파衝擊波가 생각보다 컸다.

어느 문학모임에서 찬이 소설가 안수길 선생을 만났더니 자기를 따로 불러 당신 마누라 이 아무개는 숨은 재주가 많은 사람이니 각별히 마음을 쓰라 하더란다. 거나하게 취한 그가 그냥 지나가는 말로 무심한 듯 이 이야기를 꺼내는데 순간 나는 긴장하여 가만히 듣고 있었다. 술이 취하면 다소 거칠어지는 버릇이 있는 찬이, 그가 그랬을 리가 없는데, 약간 자조적인 웃음을 띠면서 안수길 선생의 말을 비웃는 듯한 어조로 얘기한다고 나는 느꼈다. 그 즈음에 무엇 때문이었는지 그와 나 사이에 저기압이 흐르고 있을 때였을 것이다.

이날 잠을 설치며 혼자서 중대 결심을 했다. 절대로 절대로 소설가가 되지 않을 것이다. 절대로 글을 쓰지 않을 것이다. 이것은 내가 꿈꾸던 것과 정반대로만 가는 나의 운명에 대한 반발심과 실망스러운 자신에 대한 자괴감이 빚어낸 결단이었을 것이다. 하지만 그 30여 년 후 어찌 됐던 소설은 아니지만 뭐에 떠밀리듯 글을 쓰기 시작했다. 돌이켜 보면 하느님께서 하시는 일인데 난들 어쩌랴 싶기도 하다.

죄의 '뿌리의 깊이에 현기증이 나기'로 말하면 나도 찬보다 덜하지는 않았을 것이다. 여러모로 부족하고 굼뜬 내가 놀랍게도 혼인 9년 만에 애 다섯을 낳고 둥갤 때, 잘못했으므로 사철하신 시어머니께 당연한 핀잔을 들을 때라 할지라도, 화를 삭이지 못한 내 마음의 '죄의 심연'이나 '죄의 산맥'은 냉철한 찬보다 몇 배로 깊고 높았을 것이다.

아득히 올라가서 / 실낙원의 한숨
후려칠 때의 / 카인의 쾌감
쓰러지는 아벨의 / 이지러지는 표정

그 세계에서 완전히 추방당했고 스스로 깨끗이 단념을 하긴 했다

해도 나의 '실낙원의 한숨'이 깊은 것은 어쩔 수 없는 일이었다.

　나는 나의 죄의 지도로
　삶을 항해한다.

　Chan.의 장시 「죄의 지도」는 이렇게 끝났다. 나도 나의 죄의 지도를
나침반 삼아 문학의 루비콘강을 건너 볼까.

2018년 9월

하夏

사도 요한 사도 요한나

세례명 얘기를 하자면 자연스레 세례받던 날이 함께 떠오른다. 나는 일껏 교리 교육을 다 받고도 세례식 당일에 성당에 안 나타나 몇 년을 이름 없이 지낸, 좋지 않은 경력의 소유자다. 성체를 안 모시면서도 꽤 긴 세월, 한 사오 년여 미사에는 더러 참석했다. 좀 이상한 일로 여겨지는 이 일을 이 기회에 찬찬히 되짚어 보고 싶다.

천주교와는 전혀 인연이 없던 가정에서 언니가 갑자기 수녀원에 들어가겠다는 바람에, 놀란 할아버지 할머니를 위시해서 우리 집이 온통 발칵 뒤집혔던 것은 아마 1960년이 아니었을까. 여러 형제 중 특별히 매사에 적극적이고 모범생이었던 바로 위 언니의 수녀원행은 특히 내게 큰 충격이었다. 더구나 6·25전쟁 여파로 살기 힘든 시기에 영어교사 자격증까지 받은 성실한 언니가 대학 졸업 직전에 영영 집을 떠날 결심을 한 것은 보통 일이 아니었다.

악바리 언니가 서울대 의대에 지망했다가 낙방한 후 실의에 빠져 방황할 때 집근처에 있는 혜화동 성당에 우연히 가게 됐다는 정도로 알고 있던 나는, 조금 전 전화로 맨 처음 어떻게 성당에 가게 됐느냐고 물어봤다. 좀 망설이다가 털어놓은 언니의 얘기가 하도 극적이어서 여기에 소개하고 싶어졌다. 나도 처음 듣는 사연이기 때문이다.

언니가 진명여중에 입학하던 해에 6·25 전쟁이 터져 고향으로 피난 왔을 때, 우리 집에서 20리 넘게 떨어져 있는 읍내(충남 당진)에도 여중은 없고 남자 중학교가 딱 하나 있었다. 그때 나는 고향 마을 초등학교에 다니고 있을 때다. 전쟁 이듬해에 남자 중학교에서 여학생 한 학급을 모집하게 되어 언니가 그 학교를 다니게 됐는데 숫자가 모자라 남자들 서너 반 중에 여자가 한 20명 끼게 됐다. 공부밖에 모르는 언니는 남자들을 제치고 전체 수석을 하고 있었다.

어느 날 교복은 늘 꾸깃꾸깃한 데다가 항상 성적도 안 좋아 뒷전에 조용히 있던 명순이라는 애가 뜬금없이, "얘, 너 성당에 안 다닐래?" 하고 물었다. "뭐? 성당? 거기 갈 시간 있으면 공부 한 자라도 더 하겠다." 여기까지만 했으면 좋았으련만 큰 소리로, "명순이가 나더러 성당 가자네. 남더러 그런 말 하기 전에 저나 좀 잘하지." 그러자 남자애들까지 와 하고 웃으니 명순이가 책상에 엎드려 울더란다. 언니가 원래 그렇게 경솔한 사람이 아닌데 그때 왜 그랬는지. 순간 아차 싶어 두고두고 그 친구한테 미안했지만 끝내 사과를 하지 못한 채 졸업하고 말았다. 그 후로 언제나 성당을 보면 문득문득 명순이 생각이 났다.

불철주야 공부만 했는데도 대학 입시에 실패한 언니는 너무도 창피하여 죽고 싶은 심정으로 온종일 헤매다 해 질 녘 집에 오느라 혜화동 로터리를 지나게 되었다. 성당을 개축하려는지 돌무더기가 성당 앞 길가에 잔뜩 쌓여 있어 다리도 쉴 겸 판판한 돌을 골라 그 위에 앉았다. 한참 그러고 있으려니 날이 어두워지고 하늘엔 별이 총총한데 성당 쪽 어느 방에 불이 켜져 있어 하염없이 그 불빛을 바라보다 집에 왔다. 그때 우리 집은 명륜동이었다.

이튿날 어젯밤 그 불빛 생각이 나기도 하여 슬슬 그 쪽으로 올라가 봤더니 어느 방 앞에 몇 사람이 줄을 서 있기에 자기도 그냥 맨 뒤에 섰는데 그게 고해소였던 모양이다. 들어가는 사람이나 나오는 사람이나 아무 말이 없어 자기 차례가 되기에 그냥 앞사람이 하는 대로 비좁은 데에 들어갔다. 얼굴은 안 보이고 칸막이 저쪽에서 몇 마디 물어보더니 대뜸 문을 열고 밖으로 나와 여기가 어딘 줄 알고 들어오느냐며 호통을 치는데, 마침 어제 불빛 비치던 방 쪽에서 나오는 젊은이한테 언니를 인계하고 노인 신부님은 사라지셨다.

조용한 방으로 데리고 들어가 언니의 긴 이야기를 들어 준 분은 보좌 신부님이었다. 언니는 왜 그랬는지 처음 보는 분 앞인데도 많은 말을 하게 됐고, 도중에 목이 메어 몇 번이나 이야기를 중단했다 한다. 그날 젊은 신부님이 건네준 윤형중 신부님이 쓰신 책『진리의 증언』을 가지고 와 밤을 새워 읽었다. 언니는, '이렇게 중요한 진리를 왜 학교에서는 가르치지 않았을까?' 의이해지더란다. 이후 열심히 기도문 외우고 찰고察考하여 속성으로 세례를 받았다. 이상이 언니의 천주교 입교 스토리다. 아무튼 집안의 온갖 반대를 꿋꿋이 이겨내고 언니는 명동성당 뒤에 있는 살트르 성 바오로 수녀원에 들어갔다.

얼마 후 언니의 주선으로 언니 친구 두 사람과 나 셋이서 교리 공부를 시작했는데, 하도 오래전 일이라 시기는 정확히 기억나지 않지만, 장소가 계성여고에 있는 작은 방이었던 것은 확실하다. 당시 수녀원에서 수련 중인 언니의 간청으로 나이 지긋하신 장상 수녀님께서 특별히 마련해 주신 자리였던 듯, 모든 것은 다 잊었는데 웬일인지 그분이 종이에 蒙召昇天(몽소승천)이라 써서 보여 주시면서 성모님에 대해 말씀하신 기억 하나가 생생하다. 매년 성모 승천 대축일이 돌아올 적마다 요새는 잘 쓰지도 않는 어휘인 蒙召昇天이라는 한문 글씨와 더불어 흰 테 안경을 쓰신 갸름한 수녀님 얼굴이 떠오른다. 예전에는 성모 승천 대축일을 몽소승천 대축일이라고 불렀는데, 혹시 몽소승천 시기에 계성학교 단체 세례식이 명동성당에서 있었나 싶기도 하다.

춥지도 덥지도 않은 세례를 받기로 되어 있던 날, 성당에 가려고 집을 나섰다. 헌데 수도원으로 사라진 언니에 대한 섭섭함 때문이었는지 명동성당 쪽으로 내 발길이 가지지 않아 엉뚱한 곳을 헤매다 그 시간을 놓치고 말았다. 그 뒤 나는 착잡한 심정으로 음악 감상실 '르네쌍스'에 가서 으레 마지막에 틀어 주는 브람스 자장가가 끝날 때까지 앉아 있다가 늦게 돌아와 잠을 설쳤던 일은 기억하고 있다.

비교적 단숨에 여기까지 쓰고는 글이 막혀 처음부터 죽 훑어보는데 마지막 대목에서 울컥하면서 눈물이 핑 돌아 나도 깜짝 놀랐다. 그랬다. 여러 형제 중 언니와 나는 각별했다. 고향에 여고가 없어 언니는 서울로 가고 나는 시골에서 중학교에 다닐 때도 언니가 방학에 왔다가 개학해서 떠나고 나면 나는 얼마 동안 지향志向을 못하고 울며 심란해하던 아픈 기억이 있다. 언니는 내가 세례 잘 받고 열심히 신앙생활을 하고 있으려니 했는지, 한때 내게 자기 수도회에 입회하기를 권한 적이 있었다. 내가 아직 세례도 안 받았다는 사실에 놀라 기막혀 하던 일을 생각하면 지금도 허탈해진다. '본명'을 주제로 글을 써달라는 '가톨릭 문우회'의 원고 청탁이었는데 샛길로 너무 멀리 빠져나왔다.

고 성찬경 사도 요한이 나와 혼인하기를 희망할 때, 언니가 내건 조건이 세례를 받고 성당에서 혼배 미사를 드리는 것이었다. 그가 수락하여 나와 함께 세례 준비를 시작하자 언니가 하는 말, "다 하느님의 계획이었다." 내가 옛날에 세례를 안 받은 일을 두고 하는 말이겠지.

혼인하기 열흘 전에 수색성당에서 김규영 토마스 선생님 내외분이 대부, 대모를 서 주시는 가운데 우리는 세례를 받았다. 그날 임충신 마티아 신부님이 주신 입교 신청서 본명 적는 난에 성 선생은 미리 생각해 둔 듯 사도 요한이라 썼고, 나는 준비해 온 본명이 없다 하자 신부님께서 "부군이 사도 요한이라 했으니 부인도 요한나로 하시지요." 하셨다. 이래서 나는 요'한'나가 됐다. 처음 얼마 동안 나는 멋모르고 요'안'나 행세를 했는데 요안나가 사도 요한이 아닌 잔 다르크라는 말을 듣고 성 선생이 이의를 제기해 세례를 주신 임충신 신부님 뜻을 따라 사도 요한나로 굳히게 됐다. 우리보다 조금 늦게 오신 대부님께서,

"찬경은 본명을 사도 요한으로 하지. 시를 쓰는 사람이니 성령이 충만한 복음사가이신 요한 사도처럼 하느님의 감도(感導)하심으로 영감적인 시를 쓰도록 하게."

무시지시(無始之時 무시의 때. 세상이 생기기 전을 뜻함.)로 성찬경 본명은 사도 요한이었던 모양이다.

보배론 約婚반지에 붙임

永遠 우리의 約婚을 위하여 생겨난 반지

...

보배론 約婚 반지에 붙임

運命은

1966. 2.

예수님 곁에 달려가기까지

글_성찬경(시인, 예술원 회원)

1

'말', '논리論理'를 뜻하는 '로고스'는 그리스 말이다. 그러나 이 말은 영어사전에도 들어와 있다. 찾아보았더니, 이 말의 첫 번째 뜻이 'l'자를 대문자로 써서, '3위 일체의 제 2위인 그리스도' 이렇게 나와 있다. 그러니 '말씀'을 뜻하는 '로고스'는 '예수 그리스도'와 동의어다. 얼마나 중요한 말인가.

그러니 정말 두뇌의 명석하기가 하느님 근처에 가 있는 사람이라면 이 '로고스'란 말을 곰곰이 생각하는 것만으로도 이 우주의 근원이자 근본원리 자체이신 「하느님」, 「신神」의 존재를 깨달을 것이다.

나는 이러한 수준이나 경지境地에서는 멀리 떨어져 있는 사람이다. 하나도 자랑스럽지 못한 고백이지만, 하느님에게까지 도달하는 이러한 논리적 추리는 지루한 공염불이나 실감나지 않는 추상적 놀이(play)로 밖에는 여겨지지 않는 그러한 사람 됨됨이다. 그래서 나의 젊은 시절의 정신적 영도자 멘토나 다름없던 김규영金奎榮 토마스 아퀴나스 선생께서는 무던히 애를 쓰셨지만 소용이 없었다. 이렇게 저렇게 여러 가지로 각도를 달리 해서, 나로 하여금 하느님의 존재를 깨닫게 하시려고 많이 설명하셨지만 머리로는 끄덕끄덕 하면서도 정서적으로는 요지부동이었다.

머리가 나쁘다는 소리를 들을 정도는 아니지만, 그래도 순수 추리에 의해서 하느님 곁으로 간다는 것은 바랄 수 없었다. 먹고, 싸고, 자고, 놀고, 일하고 하는 중에서 하느님을 붙드는, 아니, 하느님에게 붙들리는 길, 이것이 나에게 허용된 길이었다.

그런데 세상에는 순수추리에 의해서 일순간에 하느님 곁으로 비상하는 지성도 있다. 토마스 머튼Thomas Merton이 그런 사람이다.

머튼의 주저라 할 수 있는 『칠층산』에는 감동적인 장면이 많이 나오지만 그 중에서도 그가 절대자이신 하느님 앞에서 무릎을 꿇는 장면은 매우 인상적이다.

머튼은 원래 프로테스탄트 집안의 분위기에서 성장했다. 그리고 '가톨릭적인 하느님'에 대해서는 늘 혐오에 가까운 감정이 있을 정도였다. 그런데 어느 날 길가 서점에서 우연히 에티엔느 질송의 『중세 철학의 정신』이라는 책이 눈에 띄어 사 가지고 집으로 가는 기차에서 펴보았다. 책장을 넘기자마자 그것이 가톨릭이 인증한 서적임을 알고 실망한 나머지 차창 밖으로 던져 버릴까 생각도 했지만, 읽다 보니 흥미가 일어 탐독하게 되었다.

그리고 하느님에 대해 언급하고 정의를 내리는 곳에 이르르는데,

하느님에 대한 핵심적인 말은 '자존성(自存性, aseitas, 영어로는 aseity)'이다. 하느님은 모든 사물에게 적응되는 인과율에서 초연한 존재이시다. 따라서 하느님의 존재의 원인을 하느님 이외의 것에서 찾아서는 안 된다. 하느님은 하느님이 창조한 모든 피조물의 존재의 원인이지만, 피조물이 하느님 존재의 원인이 될 수 없다. 하느님은 스스로 '있는 자'이시며, '존재하는 순수현실유純粹現實有'이시며, 하느님의 존재 이유를 하느님 밖에서 찾을 필요가 없는 그러한 분이시다. 이것이 하느님의 '자존성(自存性, aseity)'이다.

인간의 입장에서 보면 말도 안 되는 비논리이지만, 공리적公理的 성격을 띤 이러한 설명은 시비를 따질 수 없는 초 논리 절대논리다.

프로테스탄트에서는 신에 대한 이러한 설명을 들을 수가 없었다. 머튼은 이러한 명쾌한 신에 대한 풀이를 만난 것이 너무도 속 시원하고 기뻤다. 그리고는 깨끗이 하느님 앞에 무릎을 꿇고 가톨릭에 귀의했다.

바로 이 대목이다. 순수 로고스 앞에서 군말 없이 승복하는 머튼의 행동은 그 명석과 용기와 결단에 있어서 거의 천사급이며, 보는 이로 하여금 심미적 쾌감마저 느끼게 한다. 나 같은 됨됨의 사람은 죽었다 살아나도 머튼의 흉내를 낼 수는 없다. 다만 이런 경지에 대한 바람은 깨끗이 체념하고 머튼에게 찬탄을 보낼 뿐이다.

2

하느님은 그러나 나 같은 사람도 당신 곁에 불러들이는 방법을 마련하고 계셨다. 먹고, 싸고, 자고, 놀고, 일하고 하는 일상사를 통해서 나를 길들이는 방법이다.

지금의 나의 아내(이명환)와 연애하다가 약혼하는 단계에 이르렀다. 나나 그녀나 가난뱅이였으므로 다이아 알 없는 백금반지를 서로 주고받았다. 그래도 보내는 반지에는 「보내는 약혼반지에 붙임」이란 시를 곁들였다. 그 시구에는 '… 아아 과연, 반겨 끼어주시는 그대 손가락/ 무지개 선 듯 황홀하게 고와라/ 길이 귀애貴愛하소서.' 이런 구절이었다.

약혼녀가 보내온 반지는 「보내온 약혼반지에 붙임」이란 시를 준비해서 맞이했다. 그 시에는 '… 약손가락에 심듯 너를 끼자/ 내 영혼의 혈액이 빨리 스미누나…' 이런 구절이 들어 있다.

여기까지는 괜찮았는데, 약혼과 혼례식 사이에는 단순치 않은 문제가 가로놓여 있었다. 그 당시 신부감의 언니는 이미 「바오로 수녀회」의 수녀였으며 말할 것도 없이 삶의 축軸은 단연 천주교였다. 그리하여 우리 두 사람이 영세를 받고 성당에서 혼례식을 올리는 일 말고는 딴 어떤 상황 아래에서도 자기 동생의 혼례에 동의할 수 없다는 것이었다. 약혼녀의 언니 수녀의 결의가 문자 그대로 요지부동이라는 것을 나는 거의 감각적으로 느낄 수 있을 정도였다. 나는 양자 중 하나를 선택할 수밖엔 없었다. 영세를 받느냐, 약혼녀와의 혼례를 포기하느냐….

나는 이 조건 앞에서 '무조건 항복'했다. 나의 평소의 고집이고 주장이고 또 설익은 철학이고 무어고 완전히 다 버리고 천주교의 하느님 앞에 무릎을 꿇기로 결심을 한 것이다. 아버지는 장자長子가 전통 깊은 유교 집안에서 딴 종교로 개종을 한다는 사실을 (아버님에겐 사실상 그것은 개종이었다) 개탄하며 눈물을 흘리셨다.

나의 이러한 선택도 하나의 결단이라고 할 수 있을는지는 모르겠다. 여기에서 다시 토머스 머튼 생각을 하게 된다. 머튼은 순전히 '로고스'의 안내에 따라서 하느님께 무릎을 꿇었고, 나는 한 여성한테 장가를 가기 위해서 하느님께 무릎을 꿇었다. 이것저것 딴 것은 다 포기했다는 점만은 공통점이지만, 그렇게 포기를 한 동기를 들여다보면, 천사와 세속인世俗人 만큼의 차이가 벌어진다.

김규영 스승께 이런 점을 솔직하게 시인하고 죄송하다고 말씀드렸다. 그랬더니 김 선생님은, '모든 것이 다 때가 있다.'고만 간략하게 코멘트하셨다.

언니 수녀님은 직업적인 실력과 영향력을 발휘해서 일을 급진전시켜 주었다. 우리는 중요한 기도문만 외우는 약식 찰고察考를 마치고 1966년 2월 2일(주님 봉헌 축일) 같은 시각 같은 자리 수색성당에서 임충신林忠信 마지오 신부님의 집전 하에 김규영 선생님 내외분이 먼 곳에서 일부러 오셔서 대부 대모를 서 주셨다. 수년 전 나의 약혼녀는 언니의 주선으로 교리도 끝냈고 준비가 다 된 상태에서, 어쩐 일인지 영세 받는 그날 그 장소에 가지 않아 보류 상태에 있었다. 이 일로 언니 수녀님이 아우에게 꾸중을 많이 했던 모양인데, 하느님의 계획을 자기가 몰랐다는,- 한마디로 그 일은 해피엔딩이 되었다.

3

　무슨 일이든 하느님이 하시는 일을 사람이 속속들이 알 수는 없다. 단순해 보이는 일도 그 진행이 너무 미묘하다. 하물며 규모가 큰일이나 사건이라면 사람의 척도로써 어찌 잘 헤아리랴. 나는 하느님께서 나를 일단 붙들어 놓으시고는 그것으로 고만인 줄 알았다.

　1980년 8월부터 만 1년간 문교부의 '교수 국비 파견 계획'에 따라 나는 영국 옥스퍼드 대학교에서 문학 연구를 하게 되었다. 나의 표면상의 연구 계획은 윌리엄 블레이크를 연구하는 일이었지만, 블레이크는 논문 한 편 완성할 만한 범위 내에서 마무리하고 나머지 시간은 대부분 신·구약 『성경』을 읽는 데에 바쳤다. 하느님께서는 나를 영국에 부르시어 신학 공부를 하게 하신 셈이었다. 나를 불쌍히 여기시어 나에게 가장 부족한, 따라서 나에게 가장 시급한 공부를 시켜 주신 것이다.

　나는 그때까지 평생을 두고 공을 들여 연마해 둔 독서의 능력을 총동원해서 약 3개월에 걸쳐 구약 신약 성경을 탐독 정독했다. 그리고 『성경』이 인류 역사에서 비길 바 없이 귀중한 문헌임을 실감했다. 세상에 이렇게 위대한 책이 또 있을 수 있겠나!

　『구약』을 읽어 보니, 내가 평소에 존경과 감탄을 금할 수 없었던 윌리엄 블레이크의 작품 세계가 마치 『구약』에 대한 하나의 각주脚註에 불과하다고 느껴질 정도로 『구약』은 엄청나게 크고 깊었다.

　『신약』에 들어와서 예수님의 언동과 행적을 읽을 때 나의 감동과 찬탄의 감정은 절정에 다다랐다. 이국 만리에서 밤낮없이 『신약』에 침잠

　　　　　　　　　　　　　　　　　　　　　　　　　　　하夏

할 수 있는 환경은 말할 수 없는 큰 은총이었다. 타국 생활의 외로움도 나의 감성을 더욱 맑고 예민하게 만드는 데에 보탬이 되었을 것이다.

다 아는 바와 같이 『신약』의 문체는 적확하며 간결하다. 간결하기 때문에 좀 더 궁금한 점은 상상력으로 보충해야 한다. 이 상상의 날개로 나는 2000년이란 세월의 안개를 헤칠 수 있었다. 예수님 곁에 바짝 붙어 좇아다니면서 그분의 말씀에 귀를 기울였다. 나중에는 예수님께서 내 곁에서 살아서 움직이셨다.

예수님 말씀은 사람의 지혜의 한계를 넘어서는 것이었다. 사람이 어떻게 저렇게 말을 할 수 있나. 저것은 성령님께로부터 곧바로 나오는 말씀이 아닐 수 없다!

이 시기에 많은 눈물을 흘렸다. 특히 예수님께서 부활하시어 다시 모습을 나타내셨을 때에는 너무도 감격해 큰 소리를 내어 울었다.

옥스퍼드에서 가졌던 은총의 시간, 이 시기는 예수님과 아주 친해지는 시기였다. 이 시기에 예수님께서는 나의 하느님이신 동시에 나의 아버지, 영적 스승, 형님, 나의 친한 벗이 되셨다. 예수님께서는 나의 모든 응석을 짜증내지 않고 모두 다 받아 주셨다.

예수님과 나의 관계는 지적知的인 관계가 아니다. 오히려 정情과 의義의 관계이다. 마치 한 가족끼리의 관계처럼 말이다. 오히려 이런 점이 더 좋다. 나 같은 됨됨의 사람에게는 이러한 관계가 오히려 감당할 수 있고 마음 편한 관계이기도하기 때문이다.

그·립·습·니·다 성찬경 시인

그해 2월은 몹시 추웠다.

용평스키장 입구의 대형 탑시계에 영하 14-15도를 가리키는 숫자가 예사로 뜨곤 했다. 몇 년 사이 한겨울에도 없던 추위로 이상 한냉이 밀어닥친 2월, 남편 성찬경 시인이 1964년에 지구온난화를 염두에 두고 쓴 시 「춥지 않은 겨울 풍자」의 예언이 엇박자로 맞아 가는 현상이라 해야 할까.

2013년 2월 당대의 명필 김충현 선생 '한글 서예전'이 열리는 자리에서 축사를 해 달라는 부탁을 받고, 성 시인은 서울로 가고 나는 그냥 남아 스키를 타기로 했다. 오랜만의 스키장 나들이였기 때문이다. 그날 밤늦은 시간에 일중 선생의 장녀 김단희 씨가 내게, 아주 훌륭한 축사였노라는 치하의 전화를 해 왔다. 다음 날 그는 다시 용평에 와 하루 휴식을 취하고 함께 3-4일 더 묵으며 스키를 탔다.

서울로 돌아오고 며칠 뒤 우리는 주최 측의 점심 초대를 받아 전람회가 열리고 있는 인사동 '백악동부' 건물 지하 안동국시에서 식사를 마쳤다. 그 뒤 일중 선생의 일대기가 상영될 예정인 3층으로 걸어 올라가 가죽 소파에 털썩 앉은 오후 2시경 남편 송운은 이 세상을 떠났다. 84세 생일을 목전에 둔 시점이었다.

그가 떠난 지 6주기를 맞는 올해 초 '문학의집·서울'에서, 작고 문인들을 기리는 금요문학마당 3월 행사를 '성찬경 시인' 편으로 하고 싶다는 연락이 왔다. 그때 사용할 초청장용으로 자작시와 간단한 시론이 필요하다 해서 나는 서슴지 않고 그의 시 「몽상」을 골랐다.
시참詩讖이라는 말이 있다. 우연히 지은 시가 뒷일과 꼭 맞는 경우를 두고 생긴 어휘 시참. 이런 단어가 있는 걸 보면 시인은 예언자적 기질이 있다는 뜻도 되고, 언어에 언령言靈이 숨어 있다는 뉘앙스도 풍긴다. 여북하면 "말씀이 사람이 되시어 우리 가운데 사셨다."(요한 1,14)는 어마어마한 성경 구절도 있지 않은가!
2008년에 그가 쓴 4,4,3,3 행으로 된 14행 시 「夢想」의 마지막 연,
……
순수 사랑으로 다 삭은 몸으로
백금 같은 노년의 위엄 뿌리며
안락의자에 묻히는 행운아가 몇이나 될까.

2013년 2월 26일 오후 2시에 그는 이 모습 그대로 "순수 사랑으로 다 삭은 몸으로 / 백금 같은 노년의 위엄 뿌리며 / 안락의자에 묻히는 행운아"가 되었다. 어디 그뿐인가. 그해 2월 5일 공간시 낭독회장에서

읊은 시 「흙」이 그가 이 세상에서 육성으로 들려준 마지막 시다. 우리 나라 시 낭독의 효시라 할 수 있는 시 낭송회에서 그해 2월 초는 같은 해 4월 '공간시 400회 낭독' 큰 행사를 목전에 둔 398회 낭송 자리였다. 흙! 이보다 더한 시참이 있으랴.

그의 마지막 낭독회가 있던 그날도 영하 10도를 넘는 매서운 날씨였다. 무슨 예감이 있었는지 남편은 사전에 딸 기영이더러 반주하라면서 평소에 즐겨 부르던 슈베르트의 <세레나데>와 <음악에>를 그야말로 '순수 사랑으로 다 삭은 몸으로 / 백금 같은 노년의 위엄 뿌리며' 원어로 노래하고, "이미 시간을 많이 썼다."면서 일 초밖에 안 걸리는 밀핵시 「흙」을 읊었다. 공간시가 창설된 이래 40년 동안 참석했던 그로서 이런 조합은 처음 있는 일이었다.

송운이 다다른 시의 종착지인 일자 시, 그 밀핵시 중의 밀핵은 '흙'이었다. 그의 생애 마지막 낭독 시는 일자 시집 제목으로 뽑힌 「해」가 아닌 「흙」. 아무런 부연 설명 없이 "흙!" 하고는 잠시 청중을 바라보았다. 그리고 마치 재의 수요일 미사 때 사제가 '사람아, 흙에서 왔으니 흙으로 돌아갈 것을 생각하여라.'(창세 3,19) 하며 이마에 재를 십자로 발라 주는 의식이라도 치르고 난 듯, 조용히 자리에 가서 앉던 그날의 모습을 나는 잊지 못한다.

삼우제를 마치고 돌아와 장남 기완이 문상 온 분들에게 보낸 글 <삼가 아룁니다>를 다시 보니 황망했던 그날이 어제인 듯 생생히 떠오른다.

2월 26일 오후 1시 40분경.

아버지 성찬경 사도 요한은 이승과 저승의 심연을 단숨에 넘으셨습니다.

그날 당신이 오르신, 일중 김충현 선생의 회고전이 열린 백악동부의 계단은

천국으로 가는 계단이 되었습니다.

3층에서 당신이 마지막 큰 호흡과 함께 주저앉으신 소파는

영원한 안식처가 되었습니다.

아버지는 더 이상 이 세상에 안 계십니다.

충남 아산 잔골 선산에 아버지를 뉘어 드리고 불효자들만 돌아온 지금도

어리석은 저희는 이 갑작스러운 이별에 담긴 뜻을 헤아리지 못해

……

생애 마지막 낭송이 된 공간시 낭독회에서 읊으신

일자시의 제목이자 내용처럼

몸은 '흙'으로 돌아갔지만

'응암동 물질고아원의 파쇠'로 지어진 물질 고아들도

밀핵으로 응축된 의미도

그리스도의 몸과 피로 이루어진 사랑과 가난도

모든 것이 하나되어 별처럼 빛나게 되리라는 것을.

저희도 아버지의 길을 따라, 가고 또 가면

끝내 아름다운 은하수의 나라에 이르러 "포폴로 포"(시 「포폴로좌의 별들」)

노래 부르며 기쁨 가득한 만남을 이룰 수 있으리라는 희망 속에서

시간에 감사하고 예술을 사랑하며 모든 일에 정성을 들여
아버지가 추구하신 그 자취대로 살아가도록 노력하겠습니다.

슬픔을 자기 것인 듯 고통을 몸소 겪는 듯
크나큰 위로와 격려를 주신 모든 분들께
다시 한번 몸을 낮춰 감사의 큰절을 올립니다.

시 「몽상」은 차남이 저의 아버지 소네트 시집에서 찾아낸 시다.

2월 26일 화요일에, 서둘러 축사한 원고 받기를 바라는 김단희 씨의 점심 초대에 응한 우리는 이런저런 환담을 나누던 중에 송운이,

"이상하네. 왜 이 세상을 떠난 일중 선생이 바로 곁에 계신 듯 다정하게 느껴지나?" 해서 김 여사가,

"아마 진정한 예술가끼리는 서로 통하기 때문이 아닐까요?" 이런 대화를 나누었다 한다. 그렇다면 식사할 때부터 영민한 시인은 이승에 있으면서 저승과 통교하고 있었단 말인가? 내 뇌리에 그날의 자잘한 일은 통 남아 있는 것이 없다.

10분 이내에 도착한 119 구급차 안에서 그가 손목에 차고 있던 시계와 구두를 누가 벗겼는지 나중에 보니 그것들이 내 손에 들려 있었다. 구두는 저의 아버지와 발 사이즈가 똑같은 아들 사제가 가져가고 시계는 가끔 내가 사용하기도 한다.

시인의 서재 기도 코너에 본인의 은수저를 손수 두드려 만들어 걸어 놓은 고색이 창연한 십자고상이 있다. 그 앞에 요일별로 환희, 고통, 영

광, 빛의 신비 묵주 기도 한 것을 표시해 둔 달력 몇 년 치가 놓여있어서 살펴보니, 그날 26일 화요일 새벽에 고통의 신비 5단을 이미 묵주 기도로 바친 기록이 남아 있다. 그랬다. 고통의 신비 1단 예수님께서 피땀 흘리심, 2단 매 맞으심, 3단 가시관 쓰심, 4단 십자가 지심, 5단 십자가에 못 박히심.

지상을 떠나는 이 특별한 날 새벽에 사도 요한은 주님의 기도와 성모송, 영광송을 묵주 한 알 한 알에 새기며 탈혼 상태에서 십자가 길의 신비를 묵상했겠지.

<그립습니다. 성찬경 시인> 추모 행사는, 애달파 눈물지으며 시인을 추모하는 사람들과 더불어 '그는 죽지 않고 시로서 살아 있음'을 내게 일깨워 주었다.

2019년 3월 30일

아! 그때 그 방울은 어디로 갔을까.

"1959년 말, 동부이촌동 수재민 1,200세대를 서대문구 응암동 시유지에 블록 벽돌집 600동을 지어 이주시켰다." 네이버 어디에서 막내아들이 찾아낸 기록이다. 비용 절약 차원에서 방 두 개짜리 한 가구를 둘씩 묶어 600동에 1,200세대를 입주시켰다는 뜻인 듯하다. 방 앞에 부엌으로 사용할 수 있는 최소한의 공간이 있고, 난방용 연탄불로 취사炊事도 겸하도록 설계된 구조다. 출입문을 밀고 나서면 바로 한데〔露天〕였고, 식수는 드문드문 공동수도, 화장실은 두 집 공용이었으며 전기는 한참 뒤에야 가설됐다.

1959년은 봄부터 가을까지 가뭄과 홍수로 어느 해보다 천재지변이 많은 해였다. 특히 추석 무렵 부산을 강타한 태풍 사리호가 남부 지방은 물론 서북진한 여파로 사망 781, 실종 206, 이재민 40만 ….

지금 이렇게 소상히 적을 수 있는 것은, 1960년대 초에 내가 성찬경 시인 모자가 사는 응암동 수재민 집을 방문한 적이 있기 때문이다. 무료로 분양받은 원 수재민들이 몇 개월 살다 웃돈 얹어 팔고 나가는 바람에 시인이 저렴한 값에 구매하여 입주한 것이다.

　이 집 출입문에 방울이 달려 있어서 처음 갔던 날 밖으로 나오면서 "방울 소리가 참 예쁘네요." 했더니 어머님이 "찬경이 어려서 외출할 때 몸에다 달아매 주던 방울"이라 하셨다. 내가 의아해하자 성 선생이 설명했다. 서울 홍파동에서 미동국민학교 학생일 때 동네 화가 아저씨를 따라 더러 스케치하러 다녔다 한다. 그때마다 어머니가 저 방울을 자기 옷에 단단히 달아매 줘서 온종일 딸랑거리며 다녔음은 물론이고 집에 돌아올 때도 꽤 멀리서 이 소리를 듣고 어머니가 마중을 나오셨다고 한다. 그 후 몇 번 더 그 댁을 방문할 기회가 있었는데 드나들 때마다 문에서 나는 방울 소리의 여운이 내게 묘한 감흥을 불러일으켰다. 어머니의 독특한 아들사랑 방식과 모자 간의 애틋한 유대감이랄까. 그동안 깊은 병고에 시달리는 아들을 지극정성으로 살려낸 어머니의 노고를 알고 있는 내게는 더욱 길고도 짙은 여운이었다. 아! 그때 그 방울은 어디로 갔을까.

　성 선생은 바로 옆에 붙은 수재민 주택 한 동을 마저 사 보태어 개조하고 축대를 쌓고 담을 치고 마당에 우물을 파 어렵사리 신혼집을 마련했다. 그리고 66년 2월12일 명동성당에서 나와 혼인했다.

　얼마 전에 나는 『한옥 건축학개론』을 집필하고 있다는 한 건축과 교수로부터 이색적인 전화를 받았다. 원래 시에 관심이 많아 그동안 모아 온 다양한 건축 관련 시들을 날줄 삼고 한옥에 대한 건축학개론을 씨줄 삼아 건축학 책을 만들고자 한다는 것이다. 우리의 시를 통해 전통 한옥의 미를 부각시키고 싶다는 말인 듯했다. 그분이 선택한 성찬경의 시 「나의 집」이 몇 년도 어느 시집에 실려 있느냐고 문의해 왔기에 한참 찾아서 알려드린 일이 있었다. 헌데 근래 두툼한 책, 장양순 교수가 쓴 『한옥 건축학개론과 시詩로 지은 집』이 내게 보내왔다. 이 책은 '1부 이런 집 저런 집, '2부 구석 구석 집 이야기' 이렇게 2부로 되어 있었다. 급격한 산업화에 밀려 집을 재테크 수단의 부동산으로 치부하는 것을 안타까워하면서 우리의 옛 조상들이 지내던 검소한 주거 공간에 대한 애착을 보여 주고 싶은 간절함도 엿보인다. '여는 글'에 본인의 지론으로 이렇게 말한다.

> "채움을 위하여 비어 있는 곳-空間-을 만들기 위한 작업이 건축이라면, 세속에 찌들고 삶에 지친 심신을 정화시켜 아름다움으로 채워주는 것이 시이다."
>
> 『한옥 시로 지은 집』, 7쪽

맨 첫 장에 보름달 사진과 더불어, 겨우 옹알이를 끝낸 아기들한테 할머니가 자장가 삼아 불러 주는 민요가 나와 있다.

> "달아달아 밝은 달아 / 이태백이 놀던 달아 / 저기저기 저 달 속에 / 계수나무 박혔으니 / 옥도끼로 찍어내고 / 금도끼로 다듬어서 / 초가삼간 집을 짓고/ 양친부모 모셔다가 / 천년만년 살고 지고 / 천년만년 살고 지고" (같은 책, 13쪽)

이 '달아달아 밝은 달아 이태백이 놀던 달아'를 들을 때 옥도끼와 금도끼로 다듬어 지은 초가삼간에 양친 부모를 모셔다가 천년만년 살고 싶다는 내용을 나는 구체적으로 생각해 본 적이 없다. 국민 누구나 알고 있는 이 노래가 효도는 물론이요 이 안에 우리 선조들의 안빈낙도安貧樂道하는 삶의 철학이 들어 있음을 이번에 처음으로 깨달았다.

그다음에는 단칸 옴팡 집에서 유유자적하는 전래 시조가 등장한다.

다만 한 간 초당에 전통 걸고 책상 놓고
나 앉고 임 앉으니 거문고는 어디 둘꼬
두어라 강산풍월이니 한데 둔들 어떠리.

십 년을 경영하여 초당 한 간 지어내니
반 간은 청풍이요 또 반 간은 명월이라
청산은 들일 데 없으니 한데 두고 보리라.

처음 접하는 첫째 시조는 여러모로 나의 흥미를 돋운다. 임과 함께 있는 한 칸 초당에 거문고가 놓여 있는 정경도 멋스럽고, 전통 걸고 책상 놓은 방 안 풍경을 그려 보노라니 방 임자의 신분까지도 대충 알 수 있다. 사전에 전통箋筒이란 나라에 길흉이 있을 때 왕에게 바치는 보고문인 전문箋文을 넣던 통이라 되어 있는 걸 보니 예사 사람이 아니라 짐작된다. 이런 초당에서 방이 좁아 거문고를 문밖 강산풍월 가운데에 내다 놓고, 임과 함께 담소하는 정경은 호연지기마저 한껏 느끼게 한다.

이 책에 동원된 현대 시인 76인의 시 중 맨 먼저 등장하는 것이 성 찬경의 시 「나의 집」이다. "1940년대 지어진 왕십리 한옥의 1960년대 말 풍경" (이 책 23쪽), 다닥다닥 밀집해 있는 기와지붕 쪽에서 찍은 사 진과 곁들여 실려 있다.

"잠시 단칸방에서 아이들과 어떻게 지내는지, 그 속을 들여다보자."

(같은 책 23쪽)

주문呪文 찍힌 잡동사니가
탑처럼 쌓이는 유기질 동굴.
드러누우면
북통만 한 방이 슬그머니 늘어나
내가 찾는 개미 구절句節이
먼지 덮인 책갈피에서 기어 나오고
구불구불 굴절하는 틈서리로

이 사이에 왕십리 촘촘한 한옥 기와지붕 사진이 담겨 있고 이어서

달빛이 스민다.
빗방울이 천정에 해도海圖를 그리고
어린것들은
유년의 마술로 기적소리를 내며

아! 그때 그 방울은 어디로 갔을까.

책상다리 사이로 만국유람을 한다.

별구경이나 할까

한밤중에 뜰에 나서면

나의 외피外皮인 식물들이 독 바람 속에서도

말없이 푸른 호흡을 하고 있다.

다행히 가난이 나의 편을 들어주어

집이 좁아질수록

깊이 뻗는 뿌리.

1982년 문학예술사 『시간음』 성찬경 「나의 집」

(같은 책 24쪽)

요즘 내게는 나의 잃어버린 시간을 찾아 나서는 심정으로, 남편의 시편들을 들여다보는 버릇이 생겼다. 1966년 혼인하던 해 발간된 첫 시집 『화형둔주곡』으로부터 2012년에 열한 번째로 낸 소네트 시집 『바스락 바스락 작업을 한다』와 그 사이사이 나온 시선집, 그리고 본인이 다 추려놓고 2013년 2월 갑자기 떠난 뒤에 나온 마지막 시선집 『풍선 날리기』를 곁에 두고 무시로 펼쳐 본다. 시란 응축된 시간의 산물이어서일까. 그의 시가 내 지난날의 '시간의 정거장' 구실을 한다.

수재민 주택에서 10년, 시인이 설계하여 지은 새집에서 33년, 이 집도 백련산 중턱에 있는 수재민 주택 두 동을 (이번에는 붙은 집이 아닌 이쪽 저쪽으로 떨어져 있는 한 동씩 사서 모아) 완전히 헐고 지은 것이다. 터가 백

평 가까워 여기에 그 유명한 성찬경의 「응암동 물질고아원」도 만들 수 있었다. 백련산 밑 이 동네가 2009년 도시 재개발 지역으로 지정 돼 천지개벽이 되는 바람에, 4년을 전세로 다닌 뒤 새로 입주한 아파 트, 지금 살고 있는 이 새 아파트 11층에서 만 1년을 살고 떠난 사람.

다행히 가난이 나의 편을 들어주어
집이 좁아질수록
깊이 뻗는 뿌리.

오래전에 나는 이 마지막 구절을 어느 수필에 인용하면서, 시인 가 장은 집이 좁아질수록 '뿌리가 깊어졌던' 모양인데 허약한 나는 '뿌리 가 뽑힐' 지경이라고 푸념한 생각이 난다. 말은 그렇게 했어도 뿌리가 아주 뽑히지는 않았기에 지금 이렇게 옛일을 회고하며 글을 쓰고 있 는 게 아니겠는가.

해 저문 나그넷길에 서서 그의 시집을 손에 들고 지나온 세월을 더 듬어 본다.

2019년 6월

인간미 넘치는 신비한 백제의 미소

"서산 마애불 같아요."

"예? 내가요?"

"네, 그래요."

성천 공부방에 간 날 나는 개량 한복을 입고 있었다. 말을 느리게, 그러나 또박또박 하는 성천 아카데미 이사인 남우정 여사가 웃으면서, 강의실에 들어오는 내게 한 말이다. 서산 마애불이라면 꽤 친숙한 돌부처다. 고향 집에서 오십 리 이상 떨어져 있지만 왠지 가깝게 느끼는 마애불이다. 한데 얼마 뒤 개량 한복도 입지 않고 있는데도 또 날더러 '웃는 얼굴이 마애불을 닮았다' 한다. 듣기에 나쁘지 않은 멘트다. 백제의 미소라 불리는 마애불의 천연한 자태를 좋아하기 때문이다.

"정말 그렇게 보여요?"

순간 남 여사가 근래 그곳을 다녀왔는지 모르겠다고 생각했다.

이십 년도 훨씬 전에 친구들과 대학로 어느 건물 지하에서 유홍준 선생의 한국 미술사 강의를 몇 개월에 걸쳐 재미있게 들었다. 그 뒤 유 선생이 이끄는 답사 팀에 합류하여 당간 지주만 서 있는 옛 사지, 추사 고택과 파락호 시절 흥선대원군이 야심을 품고 연천에서 덕산으로 이장한 아버지 남연군 묘, 1박 2일로 갔던 경주 남산, 정선 아리랑 마을 등등 여기저기 꽤 오래 쫓아다녔다. 아마 1990년대 말 『문화유산답사기』가 두 권쯤 나왔을 때였을 것이다. 지금은 문화재청장까지 지낸 명교수, 명문장가로 이름을 날리는 분이지만 그때만 해도 우리는 서울대 출신의 입담 좋은 젊은 실력파 미술사가 정도로 여겼다.

너무 오래되어 가물가물하지만 유 선생의 안내로 처음 서산 마애불을 방문하던 날을 떠올려 본다. 마애불을 보호하는 전각 안으로 모두 신발을 벗고 따라 들어갔다. 선생은 거기 설치된 긴 장대에 매달린 전등을 손수 작동하여 마애불 정면을 향해 조명을 켰다 껐다 이리저리 돌려 가며 특유의 입담으로 구성지게 웃기기도 하면서 설명했다.

"아침 해가 동쪽에서 얼굴을 비추면 이런 미소를 짓고 정오에는 그 미소가 사라지는데 석양빛에는 또 이렇게 미소가 돌아옵니다."

정말 다양한 표정 변화가 신기했다. 보호전각 때문에 햇빛을 받을 수 없는 마애불의 신비한 미소를 보여 주려고 조명 장치를 설치했다는데, 그것을 담당한 해설사가 마침 출타 중이라 본인이 그 사람한테 들은 대로 해 보는 것이라 했다. 우리는 더욱 잘된 일이라 여기고 경청했다.

맨 처음 부여박물관장 홍사준 선생을 이곳으로 안내한 나무꾼이, 우측 반가상을 작은 마누라로 좌측 봉주보살을 큰마누라로 보더라는 웃지 못할 홍 관장의 말을 전하며, 유 선생은 그 충청도 나무꾼의 어투까지 흉내 내어 좌중을 즐겁게 해 주던 기억이 난다.

가야산 개심사 아랫동네 고창굴이 내 할머니 친정이어서 어렸을 때부터 이 마을이 친숙했고 남녀공학 당진중학교 시절에 더러 소풍가던 개심사다. 이 절에서 멀지 않은 한갓진 인바위〔印岩〕에 대단한 가치를 지닌 마애삼존불이 먼 옛날부터 그 자리에 있었건만 나무꾼들이나 알고 있었지 중앙 학계에서는 전혀 모르고 있었다. 1959년에 와서야 비로소 알려진 이 삼존불은 백제 불상의 진면목을 처음으로 알게 된 실로 위대한 발견이었다. 부여박물관장 홍사준 선생의 보고로 김재원 중앙박물관장이 황수영 김원용 교수들과 함께 대거 내려와서 현장을 조사하고 이 마애불이 백제 시대의 뛰어난 불상임을 확인했다. 주요 일간지들이 앞다투어 삼존불이 제각각 신비한 미소를 머금고 있는 사진으로 도배하는 바람에 온 나라가 떠들썩했다. 만면에 친근한 미소를 짓고 있는 삼존상은 1962년에 국보 제84호로 지정됐다.

　유 선생은 발견된 지 30년이 지나도록 이렇게 빼어난 마애불에 부치는 제대로 된 찬문의 수필이나 시 한 편이 없다는 게 대단히 유감스럽다고 말했다. 그때 내포內浦 출신으로서 이 지방에 있는 마애불이니 내가 한번 써 보리라 내심 다짐했었는데, 이십 년도 훨씬 지난 옛날 일로 완전히 까맣게 잊고 있던 것을 남 여사가 자꾸만 일깨워 주었다. 서산 마애불 같기만 한 게 아니라 웃는 얼굴도 비슷하다나.

　무엇에 대해서 글을 쓴다는 게 보통 일은 아니다. 충분히 알아야 될 뿐만 아니라 쓸 수 있는 분위기가 만들어져야 한다. 인내심이 부족한 나는 흥이 나야 쓰지 논문 쓰듯 하면 재미가 없어서 못 쓴다. 이래저래 미적미적하고 있던 어느 날 남 여사가 또 김홍근 선생을 만난 자리에서 이 아무개가 서산 마애불 닮지 않았느냐고 물었더니 그분도 그렇다고 하더란다. 안목 높으신 분들의 화제에 올랐다는 과분한 얘기를 듣고는 그 길로 서점에 가 마애불에 관한 책을 두 권 사 밑줄 치며 읽기 시작했다. 그 뿐만 아니라 지난 가을 고향에 사는 동생더러 당진에 갈 터이니 버스 터미널에 와서 운산 마애불까지 차로 안내하라고 했다. 맨 처음 유 선생과 답사한 뒤에도 더러 다녀오긴 했지만 너무 오래돼서 마애불에 대한 감흥이 다 사라졌기 때문이다.

유난히 하늘이 푸르고 청명한 가을날이었다. 운산 입구 초입부터 마애삼존불 안내판 큰 사진이 여기저기 보였다. 물이 찰랑대는 고풍 저수지를 지나 용현계곡을 따라가다가 주차장에 차를 세우고, 우리는 고즈넉한 시골 풍광을 둘러보며 계단 길을 오르기 시작했다. 관광 철에는 사람이 많아 혼잡하다는데 그날은 우리밖에 없었다.

그런데 이게 웬일인가. 언제 헐렸는지 보호각이 없어져서 바위를 등지고 선 아담한 마애삼존불이 바로 보이는 게 아닌가. 미소 띤 삼존불도 숨통이 트여 그런지 전보다 더 활짝 웃으면서 반기는 것 같았다. 빨리 오르느라 턱까지 오른 숨을 고르고 난 뒤 다가가 공손히 인사 드리고 한동안 조용히 서 있었다. 중후한 체구에 희로애락을 초월한 원초적인 평안함으로 만면에 미소를 띠고 맞아주는데, 문득 오래전에 돌아가신 외할머니가 생각난다. 본존불의 따뜻한 미소 앞에 한동안 서 있노라니 저절로, 덧없이 흘러가 버린 지난날을 뒤돌아보게 된다. 아무래도 건성건성 살아온 세월이 아니었나 싶어 가슴이 아릿하다.

용현계곡 한쪽 벼랑에 새겨진 마애불이 보호각을 걷어 내자 천오백 년 전 그때 그 모습으로 되살아난 듯, 둘러싼 바위와 그 위 푸른 하늘을 배경으로 뻗어 있는 소나무 가지가 어우러진 가운데 서서 먼 옛 이야기를 마애불과 나누는 듯, 오늘 나를 반겨 주는 삼존불이 새삼 가깝게 느껴지는 것도 기적 같은 일이 아니런가. 왼손 끝 두 손가락을 구부려 늘어뜨리고 오른손바닥을 쫙 펴 앞을 향하고 있는 시무외施無畏 여원인與願印, 곧 두려움을 물리치고 소원을 받아 준다는 뜻의 부처님과 똑같은 자세로 나도 잠시 서 보았다. 때마침 불어오는 미풍에 몸을 맡기고 눈을 감으니 맑은 정적이, 천오백 년 묵은 곰삭은 정적이 여명처럼 밀려와 나를 감싸누나. 생명의 신비 존재의 신비 안에 심신이 녹아든다. 아, 생과 사가 하나인 서방정토 면형무아麵形無我여!

　이 마애불의 위치 설정에 대한 유홍준 선생의 설명을 더 들어 보자.

　주변의 자연 경관과 흔연히 어울리면서 인공과 자연의 절묘한 조화를 보여 준다. …… 진짜 과학적 배려에서 위치가 설정되고 방향이 결정되었다. 향하고 있는 방위는 동동남 30도. 동짓날 해 뜨는 방향으로 그것은 일 년의 시작을 의미하며, 일조량을 가장 폭넓게 받아들일 수 있는 방향이다. 경주 석굴암의 석불이 향하고 있는 방향과 같다. 정면에는 가리개를 펴듯 산자락이 둘러쳐 있어 바람이 정면으로 마애불을 때리는 일이 없도록 막아주는 역할을 한다. 마애불이 새겨진 벼랑 위로는 마치 모자의 차양처럼 앞으로 불쑥 내민 큰 바위가 처마 역할을 하고 있어서 빗방울이 곧장 마애불에 떨어지는 일이 없도록 하는데, 마애불이 새겨진 면석 자체가 아래쪽으로 80도의 기울기를 갖고 있어서 더욱 효과적으로 빗방울을 피할 수 있다. 한마디로 광선을 최대한 받아들이면서 비바람을 직방으로 맞는 일이 없는 위치에 새긴 것이다.

『나의 문화유산답사기』, 3권 23쪽

1990년대에 유홍준 선생 안내로 다녀온 뒤, 2000년대에 두 번 더 마애삼존불을 방문한 적이 있다. 2007년 12월에 보호각을 해체했다고 하니 두 번 다 그 이전이었나 보다. 나의 친정과 시댁이 모두 충청도 내포 지방이다. 어느 봄날 동서들과 선산에 성묘도 할 겸 나들이하는 길에 예산 신암면에 있는 추사 고택과 서산 마애불을, 예전에 답사 다니던 기억을 떠올리며 앞장서서 안내했다. 보호각에서 설명해 주는 나이 지긋한 분한테 전등을 다시 이쪽으로 더 비쳐 보라느니 훈수까지 하면서 말이다. 게다가 옛날에 유홍준 선생이 말한 나무꾼 에피소드도 내 버전으로 들려줬다.

"부처님은 못 봤구유 저 인바위에 가면 환허게 웃는 산신령님이 한 분 새겨져 있는디 양옆에 본마누라와 작은마누라도 있슈. 왼쪽 다리를 척 꼬고 앉어 있는 작은마누라〔半跏佛〕가 큰마누라헌티 용용 죽겄지 약 올리니께 뭐여? 허맨서 우측 큰마누라〔奉珠보살〕가 손에 들고 있는 돌을 냅다 던질 채비를 허고 있능규."(같은 책 19쪽)

이러면서 동서와 시누이들을 웃기던 생각이 난다. 옛날에 서울 토박이 유 선생이 어설프게 충청도 사투리 흉내를 내는 바람에 본토박이인 내가 속으로 실소하던 일도 먼 추억이 됐구나.

또 한 번은 운산면에서 유서 깊은 부잣집 딸인 중학 동창 유기옥이네 집에 가 하룻밤 묵으면서 일대를 관광한 일이 있다. 그 아버지는 당진상고 유정노柳正魯 교장 선생님이었는데 퇴임하고 집에 계실 때였다. 해박하신 선생님이 마애삼존불뿐만 아니라 바로 그 근처에 있던 자그마한 비로자나불, 옛날 어느 해 큰 물 졌을 때 어디서 떠내려와 마을 사람들이 건져 모셔 놓았다는 전설의 미륵불, 보원사터 5층 석탑 등을 자상하게 설명해 주었다. 친구들 몇이 교장 선생님 뒤를 따라 마애불이 있는 비탈길을 오르는데 멀리서 선생님을 알아본 보호전각지기 아저씨가 황급히 달려와 코가 땅에 닿게 절을 하던 모습이 인상적이었다. 그날은 긴 장대에 매단 갓을 씌운 전등을 들고 지난번 왔을 때보다 더욱 열심히 공 들여 설명해 주었다.

"이 보호각이 생기기 전 자연광을 받고 있는 부처님들의 표정은 참으로 신비스러웠습니다. 전등을 아무리 애써서 비춰 봐야 하늘빛을 당할 수가 있겠습니까. 봄 여름 가을 겨울의 빛이 다 다른데요. 맑은 아침 햇살을 받고 살포시 웃는 모습과 저녁 노을에 취해 조금 크게 웃는 듯한 자비로운 모습은 보는 이의 마음을 설레게도 아주 평화롭게도 해 줍니다. 어느 때는 꼭 살아 계신 부처님이 나한테 말을 걸기라도 하려는 듯 더욱 다정하게 웃으십니다."

구름이 해를 가린 날이나 눈비를 맞고 서 있는 마애불에 대해서도 30년 넘게 이곳에서 고락을 함께한 자기 나름의 감회가 깊은 모양이었다. 무엇보다도 자비하신 부처의 최측근에서 한평생을 살아온 이의 행복한 얼굴이 우리들에게도 기쁨으로 전파되는 것이 좋았다.

보호각에서 나와 잠시 산그늘 판판한 장소에 앉아 숨을 돌렸다.

유 교장 선생님이 이 마애불을 처음 발견한 사람이라고 해서 놀랐

하夏

는데 사연은 이러하다. 당시 부여박물관장 홍사준 씨는 시간 나면 가끔 댁에 와서 머물며 근처 절도 둘러보곤 하는 가까운 친구였는데, 어느 날 등산로에서 마주친 나무꾼에게서 이 마애불 얘기를 들었다는 것이다. 놀란 두 분이 나무꾼을 앞세워 가 보니 정말로 눈부신 마애삼존불이 석양빛을 받아 활짝 웃고 있더란다. 너무나 황홀하여 홍 관장과 선생님은 넋을 잃고 바라보면서 이게 꿈인가 생신가 하셨단다. 정신을 차려 주위를 둘러보니 사람의 발길이 닿지 않는 외진 곳이면서도 어찌나 양지 바르고 아늑한 자리인지 탄성이 절로 나오더란다.

"그날 이후 나는 틈만 나면 저절로 발길이 이쪽으로 향해져서 아무때고 여기를 찾아왔네. 계절 날씨 가리지 않고 말이야. 종교가 없는 사람인데 저 마애불의 넉넉한 품에 기대어 이날까지 편안히 살아왔어. 저 너그러운 백제의 미소가 나의 종교가 된 거지. 허허."

선생님은 5년 전 95세로 편안히 임종을 맞으셨다 한다. 평생을 마애불과 가까이 지내면서 덕을 많이 쌓으신 모양이다.

설을 지내고 다시 마애불을 찾았다. 나 역시 마애불이 자꾸 눈에 밟혀 이 글을 마무리하기 전에 한 번 더 보고 싶기도 하고 근처에 있는 다른 석불들이며 오랜만에 개심사도 둘러볼 심산이었다. 마애삼존불 근처에 있던 이담한 비로자나불 좌상이 안 보여 수소문해 봤더니, 오래전에 도굴꾼이 훔쳐갔다 하네. 아니 의젓이 앉아 계신 부처님을 훔쳐가다니. 『답사여행의 길잡이 4: 충남』 102쪽에 '조용히 앉아 있는 자그마한 비로자나불'이라는 설명과 함께 사진도 실렸는데 이제 실물은 영영 못 보게 됐구나.

이번에 가서 찬찬히 둘러보니 보호각이 없어 시원하긴 한데 어쩐지 이 근처가 너무 허술해 보여 덜컥 겁이 났다. 일부러 굿은 날을 골라 마애불 앞에서 빗속 현장 회의를 한다는 관계자들 이야기, 좌측 보살상 옆으로 빗물이 흘러 발가락 두세 개가 마모되었음을 확인하기도 했다는 기록을 보니 이 보존 방면에 무식한 나도 걱정이 앞선다.

　마애불을 사랑하는 이들이 많다. 어떤 이들은 변화를 관찰하려고 해가 떠서 질 때까지 자리를 뜨지 않고 기록으로 남기고, 또 해가 갈수록 나무뿌리가 암반 위로 자라 틈새를 벌려서 빗물이 스며드는 것을 걱정하는 이들도 있다. 어느 유명한 석공은 몇 번을 가서 보고 또 봐도 저 마애불이 금세기를 넘기기 어렵겠다는 생각이 든다고 하니 (『서산의 문화 제 29호 14쪽』) 이를 어쩌면 좋은가.

　중지를 모아 보존에도 힘쓰고 또 장소를 물색하여 이와 유사한 백제의 미소를 피워낼 수 있는 마애불을 새로 조성하는 방안도 만년대계를 위해서 꼭 필요한 일이라는 이야기가 나오고 있는 모양이다.

　마애불 방문을 마치고 인근에 있는 개심사의 자랑인 적송赤松 숲을 거니노라니, "겨울은 계절의 제왕"이라던 남편 송운의 시구가 생각난다. 봄 여름 가을 산도 다 좋지만 속까지 꿰뚫어볼 수 있는, 스키장에서 바라보는 눈 덮인 겨울 산을 나는 사랑한다.

2019년 2월 12일

秋

나의 청색 시대

눈은 창窓이다. 마음은 물론이고 몸의 창이기도 하다.

나의 시야에 이상이 생겼다. 언제부터였을까. 어디선가 안개가 피어나는 듯 앞이 뿌옇다가 또 잠시 뒤엔 그 물안개 같은 것이 뭐에 쫓겨 도망가듯 슬금슬금 사라지기도 한다. 그러고 보니 몇십 년 동안 안경 없이는 아무 일도, 부엌 설거지조차도 못했는데 웬일인지 요즘은 티브이 보다가도 무의식 중에 안경을 벗었다 썼다 한다. 특히 무슨 세계적인 명화名畵를 보여 주는 때는 자세히 보려고 안경을 벗어 든 채 눈을 크고 작게 조절해 보면 그 윤곽이 조금 또렷해지는 것 같기도 하여 스스로도 놀란다. 전에 없던 일이다. 이러는 나를 보고 주위 사람들이 병원에 가 보라 하여 벼르고 별러 성모병원 안과에 갔다.

"노인성 백내장입니다. 양쪽 눈 동시에 왔네요. 요즘은 수술로 완벽하게 치료할 수 있지만, 그냥 놔두어도 생활에 큰 지장은 없겠네요. 연세도 있으시니 굳이 수술을 권하지는 않겠습니다만…."

그 말의 저의가 듣기에 미묘했다. 내가 손자 손녀들 재롱이나 보며 소일하는 할머니로만 보이는 모양이네! 하긴 눈도 침침 귀도 먹먹 다리 힘도 빠지면 하느님께 순명하는 마음으로 오관의 창을 모두 닫고, 오직 안으로 귀를 기울여 가며 심신을 정화하는 쪽으로 사는 방법도 나쁘지는 않다던 어느 수녀님 말씀이 생각난다. 하지만 아직 책도 봐야겠고 눈 쓸 일이 많은데….

용단을 내려 두 눈 백내장 수술을 받기로 했다. 내 상식으로 백내장은 안구 조직인 수정체의 혼탁도에 따라 인공으로 수정체를 만들어 끼울 때 맞춤형으로, 이를테면 근시용과 원시용으로 다소 조절이 가능하다고 들었다. 사실 책 읽을 때나 가끔 심심풀이로 피아노 칠 때 악보에 그늘이 생겨 불편했던 일이 많았지만 이러저러한 주문이 번거롭게 느껴져 그냥 모든 것을 집도의의 재량에 맡기기로 했다.

처음으로 왼쪽 눈 수술을 받던 날 수술복으로 갈아입고 침대에 누워 순번을 기다리는데 왠지 마음이 착잡했다. 아무리 내가 문학이나 음악의 전문가는 아니어도 허심탄회, 내 경우는 이러이러하니 여기에 초점을 맞춰 수술해 줄 수 있느냐는 정도의 의견은 사전에 전달했어야 되지 않았나 하는 자책 비슷한 느낌. 처음 의사가 건넨 "수술 시기는 됐지만 연세도 있으시고 하니 굳이 권하지는 않겠다."는 말이 내 어디를 건드려 일체 상담할 마음이 사라진 건 아닐까. 아니 아무리 대기하는 사람이 많기로 쓱쓱 지나치지 말고 당연히 의사가 먼저 환자에게 자상하게 물었어야 할 일 아닌가? 그리고 내 눈 수술인데 전적으로 의사한테만 내맡긴 나의 태도는? 기왕에 이렇게 된 이상 대범하게 그냥 지나치지 왜 또 곱씹는가 내가 자초한 일이면서 등등 … .

삼 주 간격으로 한 좌우 눈 수술은 별 이상 없이 잘되었다고 한다. 오른쪽 눈 수술마저 끝내고 조심조심 병원에서 말한 두 달을 무사히 넘기고 나서 정밀한 시력 검사 뒤 안경과 돋보기를 새로 맞췄다. 수술 직후 어떤 날엔 안경 없이 신문을 대충 읽고 티브이를 보며 현대 의술에 감탄하기도 했지만, 시간이 지나면서 안경의 도움이 조금은 필요해지는 것 같았다. 돋보기야 필수지만 그냥 먼 곳을 보는 데는 별 지장이 없었지만 안구 건조증이나 눈 보호 차원에서 평소에도 약간의 도수 있는 안경을 쓰는 게 좋겠다는 의사의 의견은 따르기로 했다.

그런데 수술 후 내 시야에 색상의 변조가 찾아왔다. 우선 주방의 가스 불이 종전과 달리 청색, 그것도 아주 새파란 보랏빛으로 보이는가 싶더니 차츰 모든 풍경에 평생 처음 보는 색다른 푸른색이 섞여 들어왔다. 순간 '어? 이게 뭐지?' 싶었는데 얼마 지나니 거기에도 차츰 적응이 돼 가는 것 같다.

그 청색은 마치 대기에 푸른 물감이 섞인 듯하달까, 색안경을 쓴 것처럼 그렇게 똑 고르게 파란 것은 아니지만 스키장 설원 위에 더러 나타나는 것보다는 훨씬 농도가 짙다. 특히 햇빛이 골고루 퍼져 있을 때 전체적으로 풍경의 바탕에 깔려 있는 파르스름한 기운은 모네의 '수련 연작'처럼 신비감마저 들게 한다. 그런데 흐린 날에는 그런 색조가 잘 감지되지 않는 걸 보면 이 현상은 분명 햇빛과 관련이 있어 보인다.

여기서 문득 색채는 감각의 내용이지 실재가 아니라던 남편의 말이 생각난다. 그는 특별히 색채에 관심이 많아 프랑스 인상주의 화가들이 시시각각 변화하는 빛과 대기의 상태를 화폭에 담은 그림들, 피사로나 마네 모네 세잔 등이 표현하는 풍경 인물 정물의 색상에 심취했었다. 아름다운 무지개도 빛의 원천인 태양광을 받아 생긴 현상이지만, 빛의 파동을 다양한 색채의 인상으로 바꾸는 것은 인간 감각의 신비, 생명의 신비임을 특별히 강조하는 그의 설명을 들을 때마다 하느님의 전능과 인간에 대한 크신 사랑에 감사하기도 했었는데 …. 어쩌다 한 발 앞서 천상의 나그네가 된 남편을 그리며 뒤늦게 내게 찾아온 신비스런 청색의 무리[暈]를 쓸쓸히 바라본다. 그동안 때가 많이 끼어 혼탁해진 안구의 수정체를 떼어 버리고 절묘하게도 내 눈에 맞는 새 것으로 갈아 끼워 준 현대 의술에 감사하며, 수술 뒤 빛의 오묘한 변화를 새로운 시력으로 감지할 수 있게 된 마음의 창을 통해 나의 깊은 내면까지도 잘 볼 수 있게 되기를 희망해 본다.

몇 년 전 홀로 스페인 산티아고 도보 순례를 마치고 바르셀로나 관광길에 올랐을 때다. 운 좋게 안토니 가우디의 그 유명한 '성가정 성당' 바로 앞 민박집에 여장을 풀고 일주일간이지만 바르셀로나를 둘러볼 기회가 있었다. 한 시간 넘게 줄서서 기다려 '피카소 미술관'에 들어가 보니 마침 그의 초기 그림들과 십여 점은 넘어 보이는 '자화상 특별모음전'을 하고 있었다.

말년의 정력 넘치는 피카소의 눈빛과 사생활을 기억하는 나는 도저히 그의 것이리 믿기지 않는 십 대와 이십 대 초반의 자화상들 앞에서 걸음을 멈추었다. 어두운 청색 톤에 둘러싸인 깡마른 청년에게서 풍기는 고독하고 암울한 분위기가 생경하다. 밝은 색상의 자화상도 몇 점 있었지만 내가 알고 있던 피카소가 아니다. 상당히 예민하고 섬약해 보이는 외로운 청년. 그중에 특별히 몇 년에 걸쳐 공들여 그렸다는 설명이 붙은 큰 그림 '외투를 입은 자화상'은 발표했을 당시 "안달루시아인(人)의 예리한 눈빛"이라 호평받았다 한다. 단조로운 암청색을 배경으로 검은 코트를 입고 선 이 청년 역시 불안하면서 고뇌에 찬 얼굴이다.

흔히 피카소의 청색 시대라 불리는 1900년대 초기 그의 20대 때 작품들에 끌려, 요즘 나는 이 시기의 그림들과 함께 많은 시간을 보내고 있다. 보면 볼수록 여기에 깊이 빠져들게 되는 것은 독특한 분위기를 만드는 피카소의 우울한 '청색'에 매료된 때문일 것이다. 젊은 피카소가 사랑한 단색들, 흑·녹·황·백·청·회 색과 모든 것을 체념한 듯 고단하고 외로워 보이는 각종의 등장인물이 나를 사로잡는다. 젊은 피카소가 바라본 지상의 나그네들 중에는 피골이 상접하여 보기에도 안쓰러운 지칠 대로 지친 군상들이 많다.

그림 제목만 봐도 짐작이 가는 힘들게 사는 사람들. '인생' '광대' '광대의 죽음' '기타 치는 늙은 맹인' '유랑 곡예사 가족' '줄타기 곡예사와 어린 곡예사' '피에로들의 밤' '관 속의 카사헤마스' '어부의 작별 인사' '다림질하는 여인' '맹인의 식사' 등 하나같이 차갑고 어두운 청색이 주조主調다. 실의에 빠진 가난한 사람들의 절망적인 표정과 몸짓을 다소 과장된 필치로 그려 내고 있는 청색시대의 많은 직품에서 장수한 피카소의 활력 넘치는 말년은 상상이 가지 않는다.

이제 인생 말기에 차례 온 '청색 시대'를 나는 어떻게 살아낼 것인가. 암청색은 아니나 미묘한 그늘을 만드는 색상, 때로 햇빛 아래 나무 그늘에서 눈을 감고 있다가 바라보는 풍경에 내 눈길 따라 물결처럼 푸르른 파도가 지나가기도 한다. 맑고 푸른 하늘이 우울한 청색으로 보인다. 아주 어둡지는 않지만 청색이 깃드니 을씨년스럽구나.

다행히 오늘 나의 내부로 향한 창은 꽤 투명해 보인다. 아! 하늘 구경, 내 마음의 호수에 비치는 하늘을 구경해 볼까나. 어린이의 깨끗하고 단순한 시선으로 내 마음 속 하늘을 구경하려는데 문득 남편의 시 한 수가 떠오른다.

마음 안의 하늘도 하늘은 하늘인지라
날씨가 내 마음대로가 아니다.

내가 할 수 있는 일은 오직 하늘 아래서
기다리는 일뿐이다.
슬퍼도 하루가 가고 기뻐도 하루가 간다.

그가 오십 대에 쓴 시 「마음 안의 맑은 하늘」 일부다.

그렇구나. 아무리 내 마음 안이라 해도 그 흐름이 내 마음대로가 아니라는 자각, 기다림. 슬퍼도 하루가 가고 기뻐도 하루가 간다는 구절이 내 마음의 창을 훑고 지나간다.

그러면 내 가슴의 이 파란 피멍은 언제쯤 가시려나.

2015년 여름

추秋

술주정의 유형 이야기

내가 한국산문 군단群團에 입문한 지도 어언 5개월에 접어들었다.

천성이 게을러 어디 매이는 것을 잘 안하는데 무슨 바람이 불었는지 내 발로 걸어 들어간 걸 보면 보통 인연이 아닌가 보다. 그뿐인가. 이 나이에 팔팔한 문인들과 중앙 유럽 4개국 문학 기행까지 다녀왔으니 짧은 시일인데도 여기 식구들과 정이 들 대로 들었다. 그 뿐만 아니라 여러 해 동안 거의 절필하다시피 한 내가 이 분위기에 젖어 글이 써지는 것도 매우 반가운 일이다. 화요일 강의에 가기 전 한국 산문 사이트에 들어가 보면, 게시판에 올라온 많은 글 가운데 임헌영 선생의 여담에 특히 주목한다. 우선 재미가 있어서다. 얼마 전의 '술주정의 유형'도 그중 하나다.

'추리력 테스트(술주정의 종류를 첨가해 봅시다)' 라는 글에 무려 열 가지 유형이 나열되어 있기에 술에 관심이 많은 나는 차근차근 훑어봤다. 1. 심봉사 눈뜨는 형에서 10. 대중가수 지망형까지 술주정의 유형도 다양하다. 숙취 속 혼절형 방랑시인 김삿갓형 분노의 질주형 동시상

영형 등등 재미있는 유형이 많은데 아무래도 나는 두 번째로 나온 상 갓집 아르바이트형에 속할 듯하다. 그런데 요즘 곡소리 내는 상갓집 이 어디 있다고 아르바이트하러 거길 가나? 옛날에는 상가에 곡이 끊 기면 안 돼 목청 좋은 곡꾼을 돈 주고 고용하는 수도 있었다지만. 내가 속한 2번을 누선淚腺 허약형쯤으로 해 두자.

나는 좀 취한다 싶으면 무조건 침통해지면서 눈시울이 붉어진다. 혼자 있을 때는 훌쩍거리지 않고 큰 소리 내어 울기도 한다. 차츰 고성 이 되면서 계속 5분이고 10분이고 거리낄 것 없이 울어 젖힐 때도 있 다. 한참을 이러고 나면 속이 다 시원하다. 나도 내가 왜 우는지 모른 다. 그냥 소리 내어 울고 싶어서 노래하듯 운다. 허나 매번 이러는 것 은 물론 아니다. 어떤 때는 괜히 반짝 하고 쓰고 싶은 이야기가 떠올라 그것을 노트에 끼적거리다가 그냥 제풀에 지쳐서 쓰러져 잘 때도 있 다. 통곡을 한다거나 평소에 하지 않던 행동을 술이 취하면 할 수 있다 는 것이 신기하기도 하다. 그리고 술 끝에 나른히 쏟아지는 잠은 각별 히 달다.

나의 이런 술잠 버릇은 아주 오래 전으로 거슬러 올라간다.

여섯 살에 엄마를 잃고 시골로 내려갔을 때 할머니는 할아버지의 외도로 쓸쓸한 나날을 보내고 계신 50대 후반이었다. 이 나이가 되고 보니 50대면 한창때라고 생각되지만 그때 내게 할머니는 30대에 돌 아가신 엄마를 대신하는 나이 지긋하신 할머니였다. 할머니는 훌륭 한 음식 솜씨에 특히 술까지 잘 담그셨다. 당시 우리 시골에는 음식점 이라는 게 없어서인지 당진 읍내에서 경찰서장이나 군수가 우리 동네

송산을 방문하면 지서 주임이나 면장이 손님들을 데리고 우리 집에 와서 대접을 하곤 했다. 사랑방 앞에 있는 노란 국화를 말려 넣고 담근 찹쌀술 국화주는 당진 읍내 경찰서에서도 꽤 유명했다. 어둠침침한 찬광 한구석 용수 박힌 술항아리에 작은 바가지가 동동 떠 있었는데 나는 항아리 뚜껑을 열고 그 바가지로 국화주를 조금씩 떠먹고는 곯아떨어져 할머니께 꾸중을 들은 적이 많았다. 노리끼리하면서 달콤 쌉싸름한 동동주가 내 입맛에 맞았다. 그리고 나른한 가운데 밀려오는 잠이 감미로웠다.

지금 세상 같았으면 할머니는 소설가이거나 요즘 들어 부쩍 붐을 일으키는 수필가라도 됐을 것이다. 할머니는 도저히 용서할 수 없는 할아버지의 행위에 대해 분노할 때, 장문의 편지를 써서 나를 시켜 사랑채에 전달토록 하셨다. 세 살 위 모범생 언니는 놔두고 왜 그 심부름을 언제나 나한테 시켰는지 지금도 그건 수수께끼다. 나는 할아버지가 무서워 벌벌 떨면서도 얌전하게 착착 접힌 할머니 편지를 사랑방에 들고 가서는 슬그머니 놓고 오는 것이 아니었다. 잘 보일 만한 장소에다가 그것도 할아버지와 시선을 마주친 다음에 놓고 왔던 기억이 있다. 할머니를 괴롭히는 미운 할아버지에 대한 일종의 시위였던 것 같기도 하다. 여러 차례 심부름한 그 편지들을 다 모았으면 아마 독특한 규방문학 작품이 되었을 것이다. 허나 나는 한 편도 읽어 보지 못했기 때문에 내용을 전혀 알 수는 없다. 대개 상사리로 시작되어 아무리 길어도 중간에 끊지 않고 한 문장으로 이어지는 할머니 특유의 편지

투 '… 하리로다.'로 끝나는 이야기를, 대충 미루어 짐작할 수는 있지만 말이다. 잉크를 찍어서 쓰는 철필을 붓처럼 쥐고 수전증이 있어 발발 떨리는 손으로, 그러나 집중하여 글씨를 쓰시던 할머니 모습이 지금도 눈에 선하다.

여기서 물 흐르듯 졸졸 흘러가던 나의 얘기가 잠시 웅덩이를 만난 듯 고여 빙빙 돌기만 한다. 왜일까?

일꾼 이 서방이 생각난 때문이다. 몽치 이 서방.

10년 넘게 우리 집에서 머슴 산 몽치 이 서방은 체격 좋고 인물이 출중했다. 육이오 전쟁 때 우리 집에 피난 왔던 당시 경기고녀 졸업반이던 할머니 여동생 딸 정숙 아줌마가 무슨 서양 배우 이름으로 부를 정도였다. 이 정숙 아줌마는 가끔 괴짜 천재인 자기 짝 전혜린 얘기를 했는데 그때는 예사로 들었다. 어찌나 머리가 좋은지 걔는 소설을 원문으로 읽는다는 것이다. 영어로 독일어로 불어로. 정말 그랬을까?

할아버지가 할머니 편지를 읽고는 화가 북받쳐 언성을 높이며 육탄전 하러 안채로 들어오시는 기척이 나면 나는 쏜살같이 이 서방을 찾아 나섰다. 내 생각에 완력으로든 말로든 사나운 할아버지를 말릴 사람은 세상천지에 큰 일꾼 몽치 이 서방뿐이었다. 내가 밭에 있는 사람한테 달려가 할아버지 할머니 말려 달라면서 울면 이 서방은 웃는 듯 묘한 표정으로 잠시 먼 하늘을 바라보다가 냉큼 쟁기고 괭이고 놓고 달려와 할아버지를 저지한다. 몽치 이 서방이 나타나 팔을 잡으면 할아버지는 화를 풀고 슬그머니 사랑으로 후퇴하신다.

이 사람을 왜 몽치라 했는지 알 수는 없지만 누구나 다 몽치 이 서방이라 불렀다. 일도 잘하고 허여멀끔한 사람이 남보다 두 배 사경을 받았으면 몇 년 살고 돈 모아 자기 집 일도 할 법한데 농한기에는 노름으로 다 날리고 다음 해 또 우리 집에 보잡이 일꾼으로 오기를 몇 해런가.

그 이 서방 딸이 여러 해 전에 동네 논 가운데 있는 깊은 포강에 빠져 죽었는데 논둑에 고무신 두 짝을 나란히 벗어 놓고 치마를 뒤집어쓰고 풍덩 빠졌단다. 나야 이유를 모르지만 걔는 왜 포강에 빠져 죽어가지고 아비를 매년 머슴 살게 했는지. 내 어린 소견에도 이 서방의 방황이 그 딸아이와 무관하지 않을 것 같다고 생각했었다.

오늘은 여기서 고만 하고 남은 얘긴 뒤로 미루자.

술주정 얘기로 시작했더니 정말 술도 안 마셨는데 술에 취한 듯 횡설수설 삼천포로 빠져드는구나.

2018년 11월

무지와 자만이 빚은 참사

왜 그랬을까? 그동안 다소 힘에 부친다 싶게 무게가 나가는 물건도 별로 꺼리지 않고 들고 다녔다. 요즘처럼 배달이 일상화되지 않았던 1970~80년대가 나의 새댁 시절이었으므로, 짐 들고 다니는 것이 거의 습관이 되다시피 해서인지도 모르겠다. 집 안에서 항아리나 꽤 큰 가구를 옮기는 일도 '할 수 있겠다' 싶으면 혼자 처리 해 버리는 편이었다. 순전히 몸을 혹사한 탓에 어깨 관절이 손상됐다고 하니 자연 지난날의 내 행적을 뒤돌아보게 된다.

산처럼 쌓인 책이 문제였다. 남편의 서재나 애들 방을 정리할 때 온종일 책을 이리저리 옮기고 나면 거의 탈진상태가 될 때도 많았다. 그뿐인가. 시장에서도 웬만한 것은 그냥 들고 오기를 마다 안했으니 이제 후회한들 무슨 소용이 있나.

등에 메거나 바퀴로 끌고 다니는 시장 가방의 등장은 가히 혁명적이었다. 예전엔 어린 초등학생 외에 중고생이나 대학생들의 책가방은 대체로 들고 다녔다. 고정관념 탓이었을까? 학생들의 무거운 책가방을 배낭으로 만들어 줄 생각을 왜 진작 못했던 걸까? 시골 중학생 시절에, 3년간 날마다 40킬로를 오가며 통학했다. 무거운 책가방에 치여 우리들의 여린 손바닥은 대부분 가방 못이 박혀 있었다. 꼬박 2시간이나 걸리는 먼 길을 배낭 메고 다녔다면 얼마나 좋았을까.

나이 들면서 무릎이고 등이고 문제가 생길 때마다 병원이나 동통 클리닉이라는 데 가서 연골 주사를 맞고, 찜질이며 자외선 치료 마사지 침 등으로 가라앉히면서 수술은 피하는 쪽을 택했다. 한데 얼마 전부터 왼쪽 어깨에 묵직한 둔통이 자리 잡기 시작했다. 무릎 때와 마찬가지로 단골 마사지 집에 다니면서 부항도 뜨고 침도 맞고 나름대로 신경을 썼는데 어쩐지 낫는 기미가 안 보였다. 아니 낫는 건 고사하고 은근히 더치는 느낌이었다. 차츰 왼팔을 거의 쓸 수도 없을 뿐만 아니라 욱신거려서 잠을 설칠 지경이 됐다. 얼마 동안 끙끙 앓다가 종합병원 정형외과에 갔다. 의사는 엑스레이 다음에 찍은 MRI를 면밀히 검토하더니 빨리 수술하는 길밖에 없겠다고 진단 내렸다. 약으로 통증을 완화시킬 수 있지만 치료는 안 된다는 얘기였다. 진찰실을 나와 간호사의 부연 설명을 다 듣고는 말했다.

"수술은 무슨, 그냥 달래면서 지낼 겁니다."

수술 안 하는 쪽으로 마음을 굳히며 약을 한 보따리 받아 왔다. 열심히 먹었더니 신기하게도 통증이 가시면서 차츰 왼팔을 사용할 수 있게 되었다. '안 아프면 됐지, 수술을 왜 하나.' 통증이 사라지자 자연 약 챙겨 먹는 일을 게을리하게 됐다. 얼마 후에 약이 안 보여 며칠 못 먹었더니 예의 그 둔통이 왼쪽 어깨 그 자리에 똬리를 틀기 시작하는 낌새다. 진통제라던 의사의 말이 생각나 내 MRI 사진 복사본을 들고 다른 병원 명의라는 분들의 소견을 들어 보기로 했다. 소개해 준 지인과 함께 강남에서 잘나가는 정형외과를 방문했다. 환갑은 지났을 법한 인상 좋은 뼈 전문의였다.

"연세도 있으시니 앞으로 고스톱이나 치면서 슬슬 지내시다가 통증이 심해지면 약으로 다스려 가며 지낼 수는 있겠지만 동통을 달고 살 각오는 하셔야겠네요."

"난 고스톱도 칠 줄 모르는데 … 그리고 아직 할 일도 좀 있고요."

"어깨 회전근개파열이 심해 백 원짜리 동전만 한 구멍까지 나 있어요. 이미 늦은 감이 있지만 더 지나면 봉합 수술도 하기 힘듭니다. 수술 외에는 방법이 없겠습니다."

마지막으로 '서울성모병원' 어깨 전문의를 만났다. 책상 위에 있는 작은 모형의 어깨뼈를 만지작거리면서 내게 설명해 주었다.

"이 부분을 감싼 힘줄이 심하게 손상되어 구멍이 나 있어요. 시기를 놓치면 인공관절 얘기가 나오겠는데요. 요즘은 비교적 간단히 시술하는 방법으로 완치가 가능합니다. 지금이 수술할 수 있는 마지막 단계입니다."

자녀들이 일제히 수술을 권한다. 고민하다가 결국 수술을 하기로 결정했다. 대기 환자가 많아서 수술 날짜는 40여 일 이후로 잡혔다.

수술 전날 입원했다. 환자복을 입고 병원 침대에 링거를 꽂고 누우니 정말 수술 환자라는 실감이 났다. 레지던트가 이튿날 있을 수술 전 주의 사항을 설명하다가 나더러, 어깨가 왜 이렇게까지 됐느냐고 묻는다. 오랜 직업병을 가진 사람 이거나 혹은 심하게 다친 사람에게서 볼 법한 정도라나? 그 말에 나는 다친 일도 없고 직장을 다닌 적도 없는 전업주부라 대답했다. 미련하게 몸 안 사리고 어깨를 혹사해서 자초한 그야말로 인재人災로구나. 어이가 없다. 어느날 수술 대기 중에 쓴 일기에 '무식과 자만이 빚은 참사'라 썼다.

오전 8시 반에 무균실로 이동하여 전신 마취하고 9시부터 수술에 들어갔다. 예정보다 한 시간 이상이나 지연되는 바람에 12시가 다 돼 끝났다. 마취에서 깰 동안 주치의가 보호자에게 수술 전후의 상황을 모니터링 해가며 설명한 것을 딸이 녹음해 놔서 그걸 수도 없이 반복해 들었다. 때마침 딸과 며느리 두 사람이 보호자로 입회했던 모양이다.

"사진을 보려면 이쪽으로 와서들 앉으세요. 아, 힘줄이 너무너무 안 좋으세요. 아휴, MRI로 보았을 때보다 환부에 들어가서 보니 진짜 여기저기 끊어지고 말이 아니더군요."

"저게 뭐죠?"

"동그란 게 카메라고 그게 관절 속에 들어가 살살이 보는 거죠. 힘줄이 다섯 개인데 1번이 아주 나빠서 우선 너불너불한 1번 힘줄을, 심은 실로 꿰맸어요. 모든 조직은 갈라져 있으면 안 되거든요. 다섯 개가 나란히 매끈하게 붙어 있어야 하는데 이렇게 너덜너덜하게 되어 있으니 아프죠. 3번, 4번 다 갈라져 있어서 그 사이로…, 여기 뼈 보이시죠? 하얀 뼈가 튀어나와서 뼈를 깎았어요."

"아이고 저런!" 셋이 합창을 한다.

"이건 또 뭔가요?" 막내며느리의 목소리.

"레이저 전기 소작기라는 건데 염증을 없애면서 여기저기 정리하고 다니는 기구예요. 원래 뼈가 저렇게 튀어나오면 안 되는 거거든요. 얘가 3번인데 구멍이 나서 뼈가 다 보이죠? 2번 힘줄을 잘라서 3번에 같이 묶었고, 잘 꿰매기 위해서 실을 안과 밖에 두 개씩 심어 가지고 통과시킨 실을 빼서 딱 눌러 주었어요. 이제 뼈가 안 보이죠? 이렇게 여기저기 왔다 갔다 하면서 원 상태로 만드는 건데 그게 상당히 어려운 기술입니다만, 애써 자기 자리에 잘 정리해 놓았습니다."

"저건 뭐하는 건가요?" 조심스러운 둘째 며느리의 목소리.

"그건 콜라겐 주사를 놓은 건데, 힘줄이 끊어지기만 한 게 아니라 퀄리티가 너무너무 나빠 힘줄 성분인 콜라겐으로 전체에 영양을 공급해 주는 거죠."

"이렇게까지 안 좋아진 원인이 뭘까요?" 거의 울먹이는 딸의 음성.

"글쎄요. 연세가 있으시니 퇴행성이기도 하지만 너무 많이 쓰셨어요. 심하게 다친 정도로요. 힘줄이 뼈에 붙으려면 3개월 걸려요. 그중 6주 정도는 꼼짝 말고 잡아 놓아야 합니다. 8주간은 어깨를 이러어어케 - 시늉을 하며 - 움직이면 안 됩니다. 그렇다고 계속 가만히 있으면 힘줄은 붙지만 관절이 굳어서 2차 증상으로 오십견이 올 염려가 있어요. 8주까지는 자기 근육을 쓰는 액티브는 안 되고요, 누가 잡아 주거나 해 패시브로 움직여야 합니다. 힘들게 수술한 만큼 끝까지 정성을 들여야 해요."

"선생님, 대단히 감사합니다. 수고하셨습니다." 셋이 공손히 허리 굽혀 인사하는 듯.

추秋

수술 3일째 되는 날 퇴원했다. 병원에 있을 때는 진통제를 주사해서 그런지 참을만 했었는데 집에 와서는 약을 먹는데도 통증이 심해 한 이틀간 얼음찜질을 하면서 꽤 고생했다. 각종 의료 기구들을 삽입하느라 어깨에 뚫은 구멍 6개의 상처 부위를 2주 동안 소독하고 실밥 뽑는 일까지 병원을 오가며 간호받았다. 불편한 환자를 위해 내가 다니는 본당의 간호사가 병원과 연계되어 집에까지 와서 치료를 해 주어 얼마나 감사한지 모르겠다.

어깨와 겨드랑이를 짓누르는 보조기가 아프고 쓰라린 건 어떻게든 참겠는데 애써 붙여 놓은 힘줄이 고정되도록 보조기 속 팔을 미동도 하면 안 되는 게 굉장히 힘들었다. 그나마 오른쪽이 성한 것은 다행이나 왼손 도움 없이는 제 기능을 할 수 없는 일이 너무 많구나. 독서대에 책을 놓고 보려 해도 한 손으로는 힘들고, 옷이나 음식 다루는 것 설거지 등 다 어렵지만 특히 자판기를 다룰 수 없는 게 당장 불편하다. 그래서 원고지도 사다 달래서 이 글도 옛날처럼 200자 원고지에 쓰는 참이다.

요새도 원고지에 글을 쓰는 작가가 더러 있다고 들었다. 이참에 나도 연필로 원고지에 글을 쓰는 습관을 들여 보는 것도 나쁘지는 않을 듯. 최소한 1년은 지나야 왼쪽 어깨가 제 기능을 할 수 있다 하니 그때까지만이라도 원고지와 친해져 볼까. 그러노라면 혹시 어린 시절처럼 생기 돋아 '생명의 빛으로 윤이 나는 문장'을 쓸 수 있게 되지 않을까 하는 엉뚱한 기대도 가져 본다.

2019년 7월

방랑의 왕자 슈베르트

중부 유럽 4개국 문학 기행 일정표에 폴란드의 쇼팽과 빈의 슈베르트 생가가 들어있어서 선뜻 동참하기로 결정했다. 물론 폴란드 헝가리 빈 체코도 평소에 가 보고 싶었던 나라이기는 했다. 체코의 카프카나 쿤데라 등 그쪽 문인들한테 관심이 없진 않았지만, 슈베르트의 생가 방문은 내게 색다른 설렘으로 다가왔다. 마치 꿈에 그리던 고향을 수십 년 만에 찾아가게 된 느낌이랄까. 2018년도 저물어가는 10월 20일부터 30일까지의 짧지 않은 일정이었다.

프란츠 슈베르트! 나의 유년에 잃어버린 낙원에 대한 동경을 묘하게 불러일으키는 따스하고 순진무구한 친구 슈베르트. 돌이켜보면 내 취향에 딱 맞는 다양한 그의 음악은 내 생애 곳곳에서 기념비적인 이정표 구실까지 했다.

독특한 천재 음악가 슈베르트의 가계家系가 궁금하여 조사해 보니 1784년에 빈에 정착한 아버지 프란츠 테오도어 슈베르트는 모라비아의 농가 출신이다. 빈에 와서는 초등학교 교사로 슐레지엔 철물공의 딸인 요리사 엘리자베트 피츠와 1785년에 혼인하였다. 모라비아는 역사에나 남아 있는 체코 동부 작은 국가였는데 비옥한 땅과 온화한 기후로 농축산업이 발달했고 슐레지엔도 폴란드 남서부 지역의 중공업이 발달된 작은 도시국가였다. 그녀는 14명의 아이를 낳았으나 4명만 살아남았다는데 열두 번 째 아이 우리 슈베르트는 넷 중 막내였다.

전기 작가 슈네데르(Marcel Schneider)의 책 『슈베르트』 서두에 "너무나 어린 나이에 잃은, 눈에 띄지 않게 숨어 있었던 부드러운 성품의 어머니"라는 안타까운 구절이 있다. 1812년 막 사춘기에 접어든 15세에 어머니를 잃었구나. 14명의 자녀를 낳고 그중 열 명을 잃은 어머니가 장수할 수는 없었으리. 또한 "슈베르트의 깊은 겸손함 부드러움 투명한 성품이 생활의 고통을 덜게 해 주었다."라 적은 걸 보면 슈베르트는 다행히 어머니의 고운 성격을 물려받은 것 같다. 고통을 가슴에 담아 두지 않는 기질이란 축복이 아닐 수 없다. 그의 마음이 너무나 깨끗해서 그리고 심혈을 기울여 할 일이 많아 근심걱정 따위가 머무를 수 없었던 것 같다. 그는 일찍이 자신의 작곡에 대한 소명을 자각하고 있었고 "세상의 명예를 얻기 위해 애를 태우지 않았다."는 대목에 나는 굵은 밑줄을 그어 표시해 두었다.

이승에서 겨우 31년 살고 떠난 슈베르트는 1797년 1월 31일 빈 누스도르퍼 슈트라세 54에서 탄생했는데, 2018년 10월 26일 오후에 내가 바로 그 집을 방문했다. 붉은 테를 두른 흰 깃발 두 개를 V자로 달아맨 표지 밑에 빨간 색으로 굵게 FRANZ SCHUBERT라 쓰여 있고, 그 아래로는 회색으로 작게 Geburtshaus(생가)라고 적혀 있었다. 그 생가 표지판 앞에 서서 사진을 몇 장이나 찍었다. 나의 사랑 슈베르트가 태어난 곳! 문을 열고 들어서니 단풍 든 관목 몇 그루가 보이는 조붓한 안마당이었다. 여기서 오래전 무슨 기념일에 몇 사람이 모여 현악사중주 「죽음과 소녀」를 연주했다는 글을 읽은 적이 있어서 어디쯤이 무대였을까 하고 둘러봤다.

한때 거의 매일 슈베르트의 유작인 이 사중주곡(D. 810)을 들으며 아픈 마음을 달래던 시기가 있었다. 무겁고도 황홀한 1, 2, 3, 4악장, 그중에도 2악장에서 생각나는 「죽음과 소녀」 노래 가사, "지나가세요. 아 그냥 지나가세요. 물러가세요. 제발, 무시무시한 죽음이여. …"를 음미하며 힘든 고비를 넘기던 일이 문득 떠오른다.

2층 기념관을 향하여 일행들과 낡은 계단을 오르는데 200년 세월을 거슬러, 어린 슈베르트가 뛰어다니는 형상이 저절로 눈앞에 그려진다. 이 가족이 살던 장소였을 방 몇 개에는 기념이 될 만한 물건이 여럿 전시되어 있었다.

의자 등받이에 오른팔을 얹고 비스듬히 앉아 허공을 바라보는 28세의 슈베르트 초상화와 사후에 그린 초상화가 나란히 걸려 있다. 친구였던 화가 빌헬름 어거스트 리더의 작품이다. 다른 사람이 그린 초상화와 연필 드로잉 몇 점도 걸려있다. 평소에 자기 외모에 전혀 신경을 쓰지 않아 너무나 털털한 모습으로 다녀서 빈축을 사기도 했다지만 무슨 상관이랴. 저렇게 맑은 눈을 가진 젊은이가 영혼 가득 천상의 멜로디를 담고 있는데.

마치 최근에 만든 곡을 방금 전 연주한 후 피아노 의자에서 돌아앉아 친구들을 바라보며 즐겁게 담소하는 듯해 보이는 또 하나의 액자를 보다가, 거기 등장한 사람을 세어 보니 남자가 아홉 여자가 여섯인데 슈베르트 뒤에 개도 앉아 있구나. 그 옆 액자에도 쌍두마차 타고 어디론가 놀러가는 젊은 남녀들, 슈베르트를 사랑하는 슈베르티아데(Schubertiade)의 흥겨운 모습이 보인다. 부자 친구 요제프 슈파운 저택에서 파티를 하고 난 다음에 참가자 42명 전체 기념 그림 액자에 일일이 번호를 매겨 가며 이름을 적어 놨다. 그야말로 원조 슈베르티아데의 명단이다. 첫사랑 테레제는 특별 대우로 피아노 바로 위 다소 큰 액자에 들어 있다. 젊은 슈베르트에 비해 아줌마 티가 나는 초상화다. 여기에서는 교회 성가대에서 17세의 슈베르트가 처음 만든 미사곡 4중창의 소프라노 파트를 잘 불렀다던 10대의 테레제는 상상이 안 된다. 그렇게 서로 사랑했다면서 어떻게든지 부모를 졸라 슈베르트와 결혼해 살지, 굶어 죽을까 봐 빵집 아들한테 시집을 갔나? 아, 딱한 사람들.

잘 때도 벗지 않고 썼다는 유명한 안경, 자필 「겨울 나그네」 악보와 텍스트인 뮐러 시집, 20대 초반 당시 그의 절친들인 쇼버 슈파운 마이어호퍼 등에게 보낸 아름답고 활달한 글씨체의 편지들. 1828년 3월 26일 남성 음악 클럽(Musikverein)에서 공연한 역사 깊은 음악회 프로그램, 생전 처음으로 자기 곡들만으로 꾸민 음악회였는데 우연인지 그날이 베토벤의 1주기 되던 날이었다. 그해 11월 19일에 본인이 사망할 줄은 꿈에도 몰랐으리. 오래된 가구 몇 점과 피아노를 어루만져 보고 나서는 협소한 기념품 가게에 들어가 우두커니 서 있었다. 하늘이 낸 작곡가의 짧은 일생을 생각한다. 아니 예술가의 인간의 한 생을 묵상

한다. 나그네로 잠깐 머물다 가는 이승의 시간에 길고 짧음이 있는가. 여기서 문득 남편의 장시 「미완성 교향곡」이 생각난다.

시간의 본질은 순간이다. / 시간의 본질은 영원이다.

영원에서 보면 / 아무리 긴 시간도 순간. / 순간에서 보면

아무리 짧은 시간도 영원.

순간이 영원 / 영원이 순간.

영원이 열매처럼 영그는 靈感 / 영감이 주렁주렁 열리는 순간.

음악은 순간, / 여운은 영원.

이게 음악이지. / 허지만 정말 이런 曲이 / 세상에 얼마나 될까.

하나 뽑는다면 / 나는 '미완성'이다.

슈베르트의 아버지는 귀여운 막내에게 5세부터 음악의 기초교육을 시켰고, 6세에는 학교를 보냈는데 늘 일등급을 받았다. 여가에 가족들이 모여 실내악을 협연하며 음악에 파묻혀 행복한 유년기를 보낸 슈베르트. 형 둘이 바이올린을, 아버지가 첼로, 슈베르트는 비올라 파트를 담당했다. 일취월장! 꼬마의 실력이 쑥쑥 느는 게 재미가 나서 아버지와 형들은 피아노와 여러 악기 다루는 법을 가르쳤다.

11세 때 슈타트 콘빅트에 입학하여 음악 전문 교육을 받기 시작했는데 노래와 오르간을 가르친 본당 신부님이나 학교의 음악선생은 이 아이를 가르쳐 보고서 "이제 더는 가르칠 것이 없다. 슈베르트는 신의 가르침을 받은 아이다."라 했다. 허나 음악에 비해 다른 과목의 성적

은 신통치 않았다. 음악에만 매달려 다른 과목을 등한시한다고 여긴 아버지는 급기야 작곡을 못하도록 다그치기 시작했다. 본인이 아이들을 가르치는 교사였다면서 슈베르트의 특출한 음악성을 알아차렸을 텐데 왜 그리 학교 성적에 연연했을까. 그깟 성적이 뭐라고 비범한 아들을 그렇게도 괴롭혔나.

작곡하기가 힘들어지자 온순한 슈베르트의 어디에서 그런 용기가 생겼는지 1813년에 스스로 학업을 중단하고 말았다. 아버지와의 불화로 가족을 떠나 친구 집을 전전하게 된 것이 슈베르트가 요절(夭折)하는데 한 몫을 했다고 생각한다. 생모가 살아 있었다면 이런 방랑 생활이 죽을 때까지 계속되지는 않았으리. 그리고 가족의 축복 속에 새 가정이라도 꾸릴 수 있었다면 그런 고약한 병에 걸려 동성애자니 뭐니 하는 소리를 들을 일도 없었으리라 믿는다.

학교 교사였던 아버지는 막내도 형들이나 자기처럼 착실한 직업인이 되기를 바랐다. 슈베르트의 탄생지에 있는 선물 코너에서 하얀 도자기 흉상과 소책자를 하나 샀다. 슈베르트 기념 머그나 이름 들어간 흔한 볼펜도 연필도 눈에 띄지 않는다.

책 『슈베르트』 첫 장, 서문의 첫 문장은 그가 어느 친구에게 "나는 오로지 작곡만을 위해 세상에 태어났어."라 말했다고 적혀 있다. 음악 신동 슈베르트는 작곡 외의 아무것에도 관심이 없었다는 얘기다. 음악만을 위해 이 세상에 태어난 슈베르트가 천상의 음계音界에서 노니는 천사였다면 아버지는 각박한 이 세상에서 열심히 살아가는 범부였다. 아버지에게 음악은 삶의 여기餘技였으나 슈베르트에게 음악은 삶

자체였으니 출발부터 차원이 달랐다.

짧은 기간 동안 하도 많은 곡을 썼기에 몇 살에 작곡한 곡인지 궁금하여 자주 계산하다 보니 무조건 끝자리에 3을 더해 슈베르트가 그 곡을 작곡한 나이를 바로 알 수 있게 되었다. 최초의 작품으로 되어있는, 1810년 피아노 연탄 환상곡 G장조, 하면 10에 3을 더해 13세 작곡.

1814년 괴테 시 「실을 잣는 그레첸」에 곡을 부침. 동네 리히텐탈 교회에서 4중창과 파이프오르간 미사곡 1번 F장조 작곡. 슈베르트가 지휘한 초연 때 소프라노 테레제가 노래했다. 차츰 테레제 그로프와 사랑에 빠짐. 실패한 첫사랑 17세.

1815년 가장 풍성한 수확이 있던 해다. 네 개의 오페라, 교향곡 2번과 3번, 4중주곡 9번, 세속 합창곡과 종교 합창곡들, 10여 편의 피아노 소품과 춤곡, 그리고 140여 가곡, 그 가곡 중에 드라마틱한 「젊은 수녀」와 「마왕」 매혹적인 「장미」 「세레나데」, 비통한 「환상」 「바닷가에서」 등이 들어있다. "그의 노래는 우리의 영혼에 곧장 다가온다. 어쩌면 지나치게 아름답고 슬퍼서 유명해지지 않았는지도 모르겠다." 전기 작가의 말이다. 15 더하기 3, 18세.

친구 슈파운은 회고록에서 "어느 날 오후 나와 마이어호퍼는 슈베르트 집을 방문했다. 그는 흥분하여 괴테의 시 「마왕」을 큰 소리로 읽고 있었다. 얼마 지나지 않아 종이 위에는 멋진 발라드가 써졌다. 이 집에 피아노가 없었으므로 우리는 콘빅트 학교로 달려갔다. 바로 그날 밤 「마왕」이 노래로 불러졌고 열렬히 환영 받았다." 슈베르트의 이 곡이 알려지면서 조금씩 유명해지기 시작한 18세. 후에 본인이 가곡

秋

「마왕」을 작품 번호 1로 했고 이 곡을 포함한 17개의 성악곡이 출판되어 어느 정도 수입이 생기기 시작했다.

1816년 교향곡 4번 현악 4중주 11, 피아노와 바이올린을 위한 6개 소나타 4, 5, 6, 7, 8, 9번. 60여 곡의 가곡에는 「눈물의 찬가」 「죽음과 소녀」 「음악에」 「송어」도 포함되어 있다. 「죽음과 소녀」와 「송어」는 후에 사중주곡 14번 「죽음과 소녀」 「피아노 5중주 송어」처럼 실내악 속에서 재탄생했다.

1817년 아버지 집에서 나오다. 가족을 떠날 때 그는 가슴에 품고 있던 위대한 스승 베토벤을 계승하는 것을 최종 목표로 삼았다. 근무하던 교직에서 사직하자 화가 난 아버지가 막내를 두 번째로 집에서 쫓아냈다. 가르치는 일이 적성에도 맞지 않았을 뿐만 아니라 작곡할 시간을 너무 많이 빼앗아갔다. 이후 슈베르트는 친구나 애호가들 집을 전전했지만 작곡을 게을리하지는 않았다. 어디에서 잠을 자든지 눈을 뜨면 우선 새로운 작품을 쓰는 일에 몰두했고 저녁에는 친구들과 어울렸다. 주로 시인 쇼버의 집에 많이 묵었다. 이쯤 되면 방랑생활의 왕자라 할 수 있지 않을까.

쇼버→마이어호퍼→슈파운→가구달린 하숙방→또 다시 쇼버→그리고 형 페르디난트 집에서 죽었다. 이 무렵에는 수입도 꽤 있었으나 보헤미안 생활은 돈이 많이 들어 카페와 식당에 그리고 친구들과 어울리는 데 돈의 대부분을 써버렸을 뿐만 아니라 자기보다 가난한 화가 시인들을 돕는 데도 지출이 많았다고 전기 작가는 말한다.

당시 독일 문단은 서정시 바람이 불어 괴테 쉴러 하이네 쇼버 뮬러

등 많은 시인들의 작품이 쏟아져 나온 전성기였다. 여기에 소리의 날개를 달아 주기 시작하여 600편이 훨씬 넘는 시에 곡을 쓴 슈베르트는 '가곡의 왕'이라는 호칭을 받았다. 하루에 8편의 노래를 만든 날도 있다. 이것은 기라성 같은 선배 작곡가들 누구도 이루지 못한 독보적인 분야가 됐다.

별안간에 남편 송운을 떠나보내고 슈베르트의 노래 「임 아벤트로트(저녁노을에서)」 「도플갱어(그림자)」 등 흐느낄 수밖에 없는 그 슬픈 멜로디로, 지금 생각하면 나를 씻고 또 씻으면서 어두운 시간의 강을 건넜다. 어떻게 음악이, 특히 슬픈 음악이 괴로워 탁해진 영혼을 정화시킬 수 있는지 그 이치를 알지 못하지만 누구보다 슈베르트는 천상의 멜로디로 그 일을 성실히 수행해 준다. "그는 탁월한 의미에서의 음악가이자 시인이었다. 그는 음악이 모국어인 시인이었다." 『슈베르트』전기를 쓴 슈네데르의 말인데 나는 전적으로 여기에 동의한다.

맑은 영혼 슈베르트의 탄생지에서 나와, 우리 일행은 많은 음악가들이 쉬고 있는 중앙 묘지에서 그날의 나머지 시간을 보냈다. 생전에 그렇게도 존경했던 베토벤의 곁에 묻히기를 소원했던 대로 베토벤과 나란히 누워 있었다. 슈베르트가 1827년 3월 29일에 27세 연상인 베토벤의 장례 행렬에서 베토벤의 명조사弔辭를 쓴 시인 그릴파르처와 함께 횃불을 들고 행진했다는 일화는 유명하다. 약 2만 명의 추모객이 운집한 베토벤의 장례식 정경을 기술한 당시 어느 일간지의 기사를 인용해 본다.

"베토벤의 관 양옆을 횃불을 들고 따라가는 34명의 음악가들 중에 슈베르트의 모습도 보였다. 그들은 검은 옷을 입고 팔에는 백합과 흰 장미꽃다발이 크레프 천으로 묶여 있었으며, 시신을 땅에 묻을 때 끄게 되어 있는 횃불을 들고 있었다."

스승 베토벤의 죽음은 슈베르트에게 큰 충격이었고 어쩌면 자기 자신의 죽음을 예감하는 계기가 됐을지도 모른다. 그해 2월에 시작해서 10월에 작곡을 끝낸 연가곡 「겨울 나그네」는 베토벤의 죽음으로 더욱 어둡고 슬픈 음악이 되었을 것이다. 겨울 나그네의 종착지는 죽음이었다.

"오늘 쇼버네 집으로 오게. 자네들이 깜짝 놀랄 연가곡을 들려줄 테니까. 내가 그동안 작곡했던 어떤 것들보다도 훨씬 감동적인 노래들이야." 그날 슈베르트는 「겨울 나그네」 24곡을 충만한 감성으로 노래했는데, "전편全篇에 짙게 드리운 침울한 분위기에 우리 모두는 놀랐다."고 슈파운이 회고했다. 병든 몸으로 슈베르트가 그 긴 「겨울 나그네」 전곡을, 사랑하는 친구들 앞에서 심혈을 기울여 부르는 모습은 나를 한없이 아프고 눈물 나게 한다.

정말 지금부터라도 충실하게 잘 살아야 되겠구나. 소울 메이트 슈베르트와 더불어.

1828년 11월 19일 오후 3시에 그는 영면했다. 이 마지막 해에 특별히 기념비적인 작품들, 현악 5중주 교향곡 9번 피아노 소나타 19, 20, 21번 가곡 몇 개 등은 모두 유작이다. 병이 깊은 상태에서의 다작이 몸을 상해 임종을 앞당겼다고 사람들은 말하지만 떠나기 전에 꼭 해야 될 일을 본인이 알았기 때문에 멈출 수가 없었을 것이다. '음악적 유언'이라고까지 불리는 피아노 소나타 21번 B플렛 장조는 남편과 내가 즐겨 듣던 곡이다. 그때는 이 긴 곡이 마지막 소나타라는 것만 알았지 이렇게 이 세상을 하직하던 해의 기막힌 유작인 줄은 몰랐다. 신중한 걸음으로 지긋한 연륜의 명상가가 걸어가다 서다를 반복하는 것 같다고 남편은 말했었지. 연주 시간이 40여 분이 넘는 긴 곡인데 한번 시작하면 이상스레 끝까지 듣게 되는 곡이다.

작곡만을 위해 이 세상에 와서 그 짧은 기간에 천여 곡을 남긴 그의 맨 마지막 노래 Litanei(煉禱 연도). 학교 다닐 때 작은 음악회에서 하필 이 노래를 선택한 친구, 꼬마영자의 반주를 맡게 되어 수십 번 이상 연습한, 죽은 이를 위한 위령기도 연도. 상장喪章 같은 가사 "모든 영혼들 평안 할지어다. 불안한 고뇌 넘어 달콤한 꿈을 얻은 자 …"로 시작하여 "이승을 떠나간 영혼들 모두 평안하소서!"로 끝나는 이 리타나이를 20대 초반에 수없이 되풀이한 일은 지금에 와서 돌이켜보면 슈베르트의 영전에 바친 우리의 위령기도였다. 이보다 더 깊은 인연이 있으랴.

다시 한번 빈에 가서 베토벤과 슈베르트의 추억이 담긴 이곳저곳을 천천히 호젓하게 거닐기를 바란다면 그건 과욕이겠지?

2019년 1월 18일

추秋

버지니아 울프

올해로 아덜라인 버지니아 스티븐 울프 - Adeline Virginia Stephen Woolf(1882-1941)가 태어난 지 137년이고 세상을 버린 지는 78년이 됐다. 허나 소설가이며 평론가, 수필가이기도 했던 이 여인은 21세기인 오늘날에도 끊임없이 새로운 방법으로 글을 쓰고 발표하는 현역 작가처럼 느껴진다. 다시 읽을 때마다 새롭기도 하고 또 여기저기 찾아보면 아직 접하지 않은 다양한 스타일의 실험적인 작품들이 나타날 뿐만 아니라, 그녀와 관련된 이야기가 끊임없이 많은 연구자에게서 나오고 있기 때문이다.

버지니아는 유난히 허약하고 예민하여 간간이 신경 질환을 앓기도 했다. 23세에 『폭풍의 언덕』을 쓴 샬롯 브론테의 고향인 하워스를 여행하고 쓴 기행문이 「타임스」 신문의 문예 부록에 실렸다. 이것이 자신의 이름으로 발표한 데뷔작이다. 비교적 늦은 나이인 33세에 성장소설이라 할 수 있는 『출항』을 발표한 이래 59세로 세상 떠날 때까지 열 권의 장편과 육십여 편의 단편 그리고 오백 편이 넘는 수필과 서평

논문 등을 당대의 주요한 문학 저널에 꾸준히 발표했고 수 십 권의 일기 편지 등 방대한 분량의 작품을 남겼다. 버지니아는 심각한 질환을 앓는 동안에도 치열하게 책을 읽고 쓰기를 멈추지 않았다. 한마디로 삶이 곧 글쓰기였다. 건강할 때는 날마다 10시간에서 12시간씩 글을 썼다고 한다.

버지니아 울프가 처음으로 우리나라에 소개된 것은, 30세에 요절한 모더니스트 시인 박인환(1926-1956)이 1950년에 쓴 시「목마와 숙녀」를 통해서다.

> 한 잔의 술을 마시고 / 우리는 버지니아 울프의 생애와 / 목마를 타고 떠난 숙녀의 옷자락을 이야기한다.
> ……
> 모든 것이 떠나든 죽든 / 그저 가슴에 남은 희미한 의식을 붙잡고 / 우리는 버지니아 울프의 서러운 이야기를 들어야 한다. ……

1940년 제 2차 세계 대전 중에 독일은 런던에 대공습을 감행했다. 버지니아의 집이 있던 로드빌도 공습을 받았다. 로드빌 상공을 저공 비행하는 나치 독일의 전투기는 물론이고 공중전으로 폭격기가 추락하는 장면도 목격했다. 이들이 살던 집도 파괴되었다.

"피난에서 돌아와 보니 벽만 남은 내 작업실 벽에 옆집의 깨진 유리문 한 짝이 매달려 있었다. 내가 그토록 많은 글을 썼던 곳은 폭격의 잔해들로 꽉 차 있었다. 우리가 그렇게 많은 밤을 보냈고 많은 파티를 열었던 정원도 폐허로 변했다."고 쓴 편지와, "오 난잡함 추악함 지저분함, 히틀러가 우리의 책 테이블 카펫 그림을 온통 없애 버렸다. 우리는 헐벗은 빈털터리가 되었다." 이런 일기도 전한다. 그들은 폐허가 된 태비스톡 스퀘어 집으로 가서 쓸 만한 것들을 찾아냈다. 지하실에 이 부부가 만든 호가스 출판사의 인쇄기, 납 활자판, 가구 탁자 의자 그리고 수천 권의 책들을 옮겼다.

이 무렵 그녀의 건강은 최악이었다. 극심한 두통과 현기증, 이명耳鳴으로 시달리던 1940년 말의 버지니아는 보기에도 안쓰러울 정도로 야위어 갔다. 두 손은 늘 고드름처럼 차가웠고 수전증도 심했다. 1941년 1월 어느 날의 일기에 당시의 상황을 이렇게 묘사했다. "지하철을 타고 런던으로 갔다. 그곳에서 내가 다니던 옛길과 광장들의 황량한 폐허 속을 방황했다. 갈라지고 무너진 것들, 잿빛 먼지들과 깨진 창문들 ……." 생각해 보면 히틀러가 일으킨 전쟁이 버지니아를 죽인 것 같기도 하다. 더구나 남편 레너드는 유대인이었다.

건강이 안 좋을 때마다 전에도 수차 신경 쇠약증으로 고생했지만, 남편의 극진한 간호와 본인의 노력으로 회복이 되곤 했다. 허나 그동안 애써 봉합해 놓은 내면의 육체적 정서적 안정판에 큰 균열이 생겨 절망한 나머지 세상을 버릴 극단적인 선택을 하게 된 것이 아닐까 싶다. 남편에게 쓴 유서에도 병이 깊어 이번에는 회복이 어려울 것 같고 더는 당신에게 짐이 되어 고통을 안겨 줄 수 없다고 적었다.

1941년 3월 28일 금요일 아침, 버지니아는 몽크스하우스에서 11시 반쯤 남편 레너드에게 산책하다 점심 전에 돌아오겠노라 말하고 집을 나섰다. 화가인 언니 바네사와 남편 레너드에게 쓴 푸른 봉투의 편지 두 통을 거실 벽난로 위에 놓고서.

그녀는 정원 끝에 난 사립문을 통해 우즈 강으로 내려갔다. 강둑에서 돌멩이를 코트 주머니에 가득 넣고 빠르게 불어나는 강물 속으로 걸어 들어갔다. 시간이 지나도 아무 기척이 없자 레너드는 버지니아를 찾다가 아내가 남긴 편지를 보았다. 오두막집을 샅샅이 돌아보던 그는 퍼뜩 무슨 생각이 떠올라 미친 듯이 강으로 내달렸다. 레너드는 강물 위에 아내의 지팡이가 떠 있는 것을 보았고 백방으로 물속을 훑으며 시체를 찾아보려 애썼으나 허사였다. 아내가 사라진 지 여러 날 뒤 강물이 다 빠진 다음에야 11시 45분에 멈춰 선 시계를 찬 시신이 발견되었다. 레너드는 몽크스하우스 느릅나무 밑에 화장한 아내의 유해를 묻었다. 슬픔에 젖어 낙담하는 레너드에게 버지니아의 주치의 옥테비어는 이렇게 말했다. "다른 사람이라면 그녀를 그토록 오래 지켜 주지 못했을 것입니다."

그로부터 28년 뒤 레너드의 분골도 또 한 느릅나무 밑에 뿌려졌다.

몽크스하우스 얘기를 해야겠다.

1920년대는 참신한 스타일의 소설가로, 다양한 소재를 다루는 중후한 에세이스트로서 버지니아 인생의 절정기였다. 게다가 처음에는 취미로 차린 인쇄소가 점점 살아나 유명한 호가스 출판사가 되었고 버지니아의 모든 책뿐만 아니라 T.S. 엘리엇의 『황무지』, 프로이트의 『꿈의 해석』등 역사적인 작품들이 이곳에서 초판 인쇄되어 잘 팔렸다. 여유가 생긴 이 부부는 서섹스 지방 로드멜에 몽크스하우스를 마련했다.

이들은 런던의 고든 스퀘어 집과 몽크스하우스를 오가며 생활했다. 주로 이곳에서 글을 쓰는 버지니아는 돈이 생길 때마다 부엌 등 집수리를 했고 정원 가꾸기가 취미인 레너드는 나무를 심고 둥근 연못도 만들었다. 연못 뒤에는 키가 큰 느릅나무 두 그루가 있었는데 '레너드'와 '버지니아'라 이름 붙였다. 버지니아는 2층 서재에서 자기가 쓴 글을 소리 내어 읽기도 하고 큰 소리로 질문하고 대답하던 버릇이 있어, 살림을 도와주는 집사는 그곳에 손님이 있는 줄 알았다고 한다. 버지니아는 이곳에서 마음의 평화를 얻게 되어 친구에게 이런 편지를 보낸 적도 있다. "몽크스하우스는 영원히 우리 주소가 될거야. 초원으로 펼쳐진 땅에 나는 이미 우리 부부의 무덤자리를 지목해 뒀어." 그녀의 예언대로 이들 부부의 영원한 안식처가 된 이곳을 찾아가 버지니아 울프의 서러운 이야기를 들을 기회가 내게 찾아올까. 세월에 씻겨 두 그루의 나무는 모두 사라졌다 해도 그 터는 남아 있겠지.

유명 인사나 문인들이 더러 이곳을 방문했다. T.S. 엘리엇도 자신이 쓴 새로운 시를 그곳에 가지고 가서 낭독했다. 버지니아가 40세 되던 1922년의 일기에 "지난 일요일에 엘리엇이 와서 저녁을 함께 했고 그 자리에서 장문의 자작시에 리듬을 붙여 노래하듯 읊었다. 문구가 아주 아름답고 균형과 긴장감이 있어 우리에게 깊은 감동을 준 이 시 제목은 「황무지」라 했는데 우리와 함께 있던 문인 메리 허친슨이 말하기를, 저것은 톰의 자서전인데 너무 우울하다고 평했다."

이 외에도 6세 연하인 엘리엇과 버지니아는 친분이 두터웠던 모양으로 삼십대 중반부터 그녀의 일기에 자주 등장한다. 콘그리브(1670-1729)가 1695년에 대성공을 거둔 희극 「사랑을 위한 사랑」을 함께 보러 갔다가 기차를 놓쳐서 택시를 타야 했던 에피소드도 있다.

"기차를 놓치는 것은 끔찍하지요."라는 내 말에, "그래요. 하지만 인생에서 가장 끔찍한 것은 모욕감이지요."라고 그가 대답했다. "당신도 나처럼 결함이 많아요?"라고 물었더니, "가득하죠. 벌집처럼 그것들로 구멍이 났죠."

이날 버지니아는 자의식이 강한 자기 기질과 그가 비슷한 면이 있다는 느낌이었다고 술회한다. 또 며칠 후의 일기에 이렇게 적는다.

"그는 제임스 조이스를 매우 존경한다. 천재적이라고까지 하는데…" 허나 자기와 동갑인 조이스를 버지니아는 별로 좋아하지 않았던 모양이다. "톰은 『율리시즈』를 톨스토이의 『전쟁과 평화』와 같은 수준이라 하다니! 내 생각에는 무식하고 저속한 소설로 보인다." 버지니아는 『율리시즈』를 다시 읽고 또 읽어 봐도 점점 더 싫어진다고 썼다. 남들이 모두 칭찬하는 작품을 끝내 받아들이지 못해서 호가스에서 이 『율리시즈』를 출판하지 않아 결국 프랑스의 어느 출판사에서 초판을 찍었다 한다. 지금에 와서 생각해 보면 매우 유감스러운 일이다. 왜 그랬을까.

버지니아는 스티븐 가문으로 조상들도 모두 문필가였다. 사업에 실패한 제임스 스티븐(증조부)은 빚을 지는 바람에 투옥된 자신의 기막힌 사연과 억울함을 호소하는 책을 썼다. 이렇게 해서 스티븐가의 글 쓰는 전통이 시작되었다.

그의 후손들은 어떤 형식으로든 글을 쓰지 않는 사람이 하나도 없었다.

(나영균 저 『버지니아 울프』 12쪽)

버지니아의 아버지 레슬리 스티븐은 삼남매 중 막내로 기골이 장대한 형에 비해 허약하고 예민한 아이였다. 형은 케임브리지대학교에서도 유명한 존재였으나, 아우는 남의 눈에 띄지 않는 평범한 학생이었다. 레슬리는 항상 형과 비교되는 자신을 단련하려고 운동을 게을리하지 않아 유명한 등산가요 보트의 조종수가 되었다. 그뿐만 아니라 저명한 철학자 겸 문필가로 『대영 인명사전』과 『콘힐 매거진』의 편집장을 역임하면서 많은 저서를 남겼다. 『베니티 페어 (Vanity Fair)』의 작가 대커리의 딸 매리언과 결혼하여 첫딸 하나를 둔 혼인 초에 매리언이, 하필 남편의 43세 생일날 급사하는 바람에 레슬리는 젊은 나이에 홀아비 신세가 되었다.

몇 년 후 능력 있고 출중한 미모의 귀족이지만, 3남매나 딸린 미망인 줄리아와 재혼했는데, 둘 사이에 둔 4남매 중 버지니아는 셋째다. 이리하여 전처 소생과 후처 소생들 그리고 자신들 사이에 둔 4남매를 합하여 8남매가 한 집에 사는 대가족이 되었다.

어른이 된 뒤 버지니아가 실토한 대로 어머니의 전 남편 소생 오라비가 버지니아뿐만 아니라 언니까지도 건드리는 아주 고약하고 몹쓸 버릇이 있었던 모양이다. 이 일이 어리고 예민한 그녀에게 얼마나 큰 상처가 됐을지 짐작은 되지만, 버지니아의 신경질환이나 비정상적인 결혼생활과 자살 등 모두를 그 사건으로 결부시키려 드는 데는 반대다. 타고난 천재성이 만들어 낸 비범하고도 특이한 일생이었다고 생각한다. 그리고 이런 특출한 천재에게서 나온 상상력으로 버지니아는, "사실보다도 허구가 더 많은 진실을 내포할 것이다." 라고 『자기만의 방』에서 주장하기도 한다. 그 악몽은 많은 작품을 쓰면서 차츰 극복되었을 것이라고 본다.

13세에 갑자기 어머니를 잃은 버지니아는 그 충격으로 처음 정신이상 증세를 보인 이후 여러 차례 정신질환을 겪고 자살을 기도했다. 가장인 레슬리조차 낙담으로 오랜 기간 울부짖다 겨우 마음을 추스르기는 했으나, 줄리아의 빈자리가 너무 커서 이후에는 정상적인 가정이 될 수가 없었다.

레슬리는 아들들만 대학을 보내고 딸들은 가정교사나 부모가 가르쳤다. 학교에는 안 보냈어도 넓은 서재에 가득한 책을 골라 딸들에게 읽혔는데 그중에서도 버지니아의 빠른 독서력에 놀랐다. 그래서 레슬리는 지니(버지니아의 애칭)가 남의 의견에 좌우되지 않고 스스로의 생각으로 작품을 평가하고 또 자기 의견을 명확히 표현할 수 있도록 이끌어 주었다. 딸들에게 개인교사를 들여 그리스어도 가르쳐서 고전을 읽게 한 아버지였다. 케임브리지대학교 학생인 친오빠 토비의 친구들이 드나들면서 책을 읽고 토론하는 자리가 생겨, 화가 언니 바네사와 버지니아도 지적인 자극을 많이 받게 되었다.

어머니를 잃은 지 9년 후 아버지 레슬리도 위암으로 세상을 떠나자 형제들은 하이드파크 집을 정리하고 이사 갈 집을 물색했다. 버지니아는 길었던 아버지의 간병에 탈진감과, 여러모로 부족했던 자신에 대한 죄의식이 겹쳐 오래 앓던 중에 또 정신 착란을 일으켰으나 얼마 뒤 회복되었다. 새로 이사한 고든광장의 블룸즈버리 집은 옛날 집보다 훨씬 밝고 명랑했다. 토비가 목요일 저녁마다 친구들을 집에 데리고 오면서 모임이 생겼는데 이것이 후일 지성인의 모임으로 알려진 유명한 '블룸즈버리 그룹'의 탄생이었다.

대체로 과묵하고 의복도 수수한 케임브리지의 지성인들, 후기 인상파 전시회를 처음으로 런던에서 연 로저 프라이, 클라이브 벨, 화가인 덩컨 그랜트, 경제학자 케인즈, 소설가 E.M. 포스터, 시드니 터너, 버지니아의 남편이 된 레너드 울프 등 후일에 모두 학자로 미술 평론가와 문필가로 이름이 난 청년들이었다. 정규 멤버는 아니었어도 D.H 로렌스, B. 러셀 등도 수시로 참여했던 이 그룹은 예술에 등장하는 미(美)의 문제, 문화 종교 사회 철학 등에 관한 토론은 물론이고 세계 평화에 대해서나 환경오염 등 선구적인 주제를 망라했다. 그동안 처녀들이 성장盛裝을 하고 참여해 온 화려한 파티에서 절대로 경험할 수 없는 것이었다. 스티븐가에서 매주 목요일에 열리는 블룸즈버리 모임은 당연히 버지니아 자매에게 새로운 지적 성장이 되는 계기도 되고, 자칫 침체될 수 있는 가정생활에 건전한 활력소가 되었다.

"이 그룹은 전문가들의 모임으로 공통의 목적을 가지고 있었다. 곧 예술 작품에 호소력 있는 '새로운 형식'을 부여하자는 제의였다. 그것은 그림일 수도 있고 문학 작품일 수도 있으나 어쨌든 새로워야 하며 또 후세의 예술에 길이 영향력을 미칠 만한 작품이어야 했다." (앞의 책 56쪽)

버지니아 울프

여기 응답이라도 하듯 얼마 후 버지니아는 전통적인 소설 작법에서 벗어나 특유의 '의식의 흐름' 기법으로 새롭고 호소력 있는 독특한 장·단편의 소설들을 연이어 써냈다. 그녀의 문장은 독특한 리듬으로 물이 흐르듯 혹은 물결이 치듯 하는 가운데 아름다운 영상을 그려 낸다. 다소 난삽하여 인내심을 가지고 집중하다 보면, 전개되는 스토리의 저변에 흐르는 화자의 삶의 심연에 천착穿鑿하게 되어 깊고 다양한 문학세계를 접하게 된다. 어머니를 잃은 지 20여 년이 흐른 44세에, 그녀는 다섯 번째 장편인 『등대로』를 출판했다. 어머니와 아버지를 모델로 한 이 소설은 의식의 흐름 기법으로 쓴 가장 성공적인 작품이라 평가받는다. 그리고 본인도 여기에 대해서 이렇게 말했다.

"내가 열세 살 때 돌아가신 어머니는 마흔넷이 되도록 나를 사로잡고 있었다. 그러던 어느 날 태비스톡 스퀘어를 거닐다가 나는 무의식적으로 갑자기 『등대로』를 구상하게 됐는데 써야 할 것들이 계속 쏟아져 나왔다. 마치 파이프에서 뿜어져 나오는 연기처럼. 무엇이 그렇게 연기를 뿜게 했던 것일까? 왜 그때? 나는 모른다. 산책하고 있는 동안에 내 입술은 저절로 각 음절을 발음하고 있는 듯했다. 나는 아주 빨리 그 책을 썼다. 이 책을 탈고하자 나는 이제 더 이상 어머니의 목소리를 듣지 않게 됐다. 더 이상 어머니의 얼굴을 보지 않게 됐다. 생각건대 나는 정신 분석학자들이 환자들에게 하는 것을 나 자신에게 적용시켰던 것 같다."

그러고 보니 『등대로』를 번역한 박희진 교수가 "버지니아는 일종의

추秋

살풀이로 이 작품을 썼다."고 해설에서 말한 기억이 난다.

평소에 나의 글쓰기의 롤 모델이기도 한 버지니아의 새로운 기법의 작품들을 다시 찾아 정독하고, 명석한 필치로 쓴 다양한 에세이와 평론, 「소설론」 「수필론」 등도 눈여겨보려 한다. 에세이집 『보통의 독자』에 나오는 현대 수필에 대한 그녀의 견해 몇 가지를 예로 들면서 이 글을 마치고자 한다.

"수필은 첫 단어로 우리에게 주문(呪文)을 걸어야 하며, 마지막 단어에 이르러 비로소 우리가 주문에서 깨어날 때 상쾌한 느낌을 갖도록 해야 한다. 그 사이에 우리는 재미, 놀람, 흥미, 분개 등 매우 다양한 경험을 하게 될 것이다.

램의 글을 읽으면서 다양한 환상을 즐기는가 하면, 베이컨의 글을 읽으면서 깊은 지혜를 얻기도 한다. 그러나 결코 흥분해서는 안 된다. 수필은 우리를 감싸 주고, 세상을 가로질러 그 장막을 쳐야 한다.

작가는 맥주를 마시면서 대화하기에 좋은 상대다. 하지만 문학은 엄격하다. 아무리 매력적이거나 후덕하거나 학식이 많거나 총명하다 해도, 글을 쓰는 방법을 터득해야 한다는 문학의 첫째 조건을 충족시키지 못한다면 아무 쓸모가 없다."

2019년 11월

펄벅의 『대지』와 춘원의 『흙』

긴 겨울을 나느라 만신창이가 된 메마른 대지에 봄의 단비가 내린다. 땅은 자기가 지니고 있는 모든 좋은 것을 봄비와 버무려 싹을 틔워 보려 애쓴다. 허나 씨앗이 있어야 그것을 새 생명으로 키워 보지 아무것도 없이는 하느님도 어찌해 볼 도리가 없다. 흙은 자연재해에 속수무책이다. 홍수가 나면 쓸려 가고 가뭄이 심하면 그냥 말라 버린다. 그러나 작은 씨앗이라도 어디서 날아오고 천지기운이 오묘하게 들어맞으면 그때부터는 꽃도 피고 열매도 맺는 기적을 만들어 낸다. 이렇게 자연은 어떤 상황에서도 인간을 배반하지 않는다.

우연한 기회에 펄벅의 『대지 (The Good Earth)』를 정독했다. 알다시피 1931년에 출간하여 1938년에 노벨상을 받은 작품으로 1900년대 초 중국 최하층계급 농부 왕룽의 일생을 그린 소설이다.

왕룽은 제 이름도 쓸 줄 모르는 문맹에다가 거의 원시인 수준의 상식을 지닌 인물인데 오염되지 않은 땅 같은 그의 심성에는 흙을 사랑하는 강한 본능이 보물처럼 숨겨져 있다. 어머니가 죽은 이래 6년째

추秋

늙은 아버지와 단둘이 살고 있는 노총각 왕룽. 굶어 죽지 않으려면 수전노가 될 수밖에 없음을 뼈저리게 체험하면서 세상에 부대껴 온 그의 아버지다. 소설은 이 가난한 청년의 혼인날 새벽 정경으로부터 시작된다. 결혼식이라야 신랑이 혼자 직접 황 부잣집에 가서 신부를 데려오는 게 혼인 절차의 전부다. 저녁에 삼촌네 식구 넷과 마을의 농부 셋 도합 일곱 사람을 초대하려고 고기와 생선을 조금 샀다. 그것도 새 새댁이 혼자 만들어 대접해야 하는 형편이다.

　돈 한 푼 안 들이고 며느리를 맞는 방법으로 부모 없는 부잣집 못생긴 종을 선택한 노인의 꾀가 적중하여 순박하고 부지런한 복덩이가 가난한 이 집안에 행운을 듬뿍 지고 들어왔다. 얼굴이 박색이라 아무도 거들떠보지 않은 숫처녀 아란, 왕룽이 말년에 부농 대지주가 되는 성공 스토리 『대지』는 이 새 사람이 들어오면서부터 시작된다.

　그녀는 놀랍게도 자기에게 닥친 온갖 불행을 그냥 당연한 운명으로 받아들이고 전혀 누구를 원망할 줄 모르는 인간이다. 하긴 통 말을 안 하니 속으로 무슨 생각을 하는지 알 수 없긴 하지만 말이다. 큰 부자는 하늘이 낸다는 말이 있다. 흙 사랑이 대단한 구두쇠 농부 왕룽을 도와 쉬지 않고 묵묵히 집안일 밭일 출산 등을 감내하는 아란을 하늘도 축복하는 듯하다. 땅, 흙. 창세기 첫 문장에도 하늘 다음으로 땅이 나온다. 그만큼 인간에게 땅이 중요하다.

　부모로부터 버림을 받았거나 남편으로부터 인간 이하의 취급을 받아도 흡사 흙처럼, 자기에게 쏟아지는 온갖 오물을 다 받아 품어 거름으로 썩혀 비옥한 땅을 만드는 듯한 아란의 마음자리는 천성이 아닐까 싶기도 하다. 천성이란 무엇인가? 타고난 것이라 무의식 중에 저절로 행해지는 언동인가? 아니면 운명을 일컬음인가?

아란은 당시 중국적으로 독특하게 미개한 상황에서가 아니면 절대로 나올 수 없는 캐릭터다. 미국인 펄벅의 눈에 비친 멀고 먼 동양의 이상한 나라 사람들, 그중에서도 노예인지 마누라인지 분간이 안 되는 천역賤役의 여인네들의 삶을 작가는 긍정적인 시선으로 바라본다. 선교사의 딸로서 당시 중국의 혼란한 현상들을 세계사의 큰 흐름 안에서 이해하고 있는 듯하다.

오로지 자기 집 농사의 소출에만 집중하고 여타의 비인간적인 행태에 대해서는 도무지 가책이라는 것을 못 느끼는 탐욕스런 인간 왕룽. 통 말이 없는 마누라를 일꾼으로, 그리고 자식 생산하는 밭으로 알고 혹독하게 부리기만 하는데도 별 마찰이나 어려움 없이 자연스레 입신하여 떳떳한 대지주가 되는 그 흐름이 경이롭다. 이들은 농토에서 거둬들이는 소출을 팔아 은전을 쌓아 두고 이 은전으로 땅을 사는 재미에 극심한 가뭄이나 재해로 닥칠 대기근에 대비하지 못했다. 허나 이 극단적인 혼란이 계기가 되어 오히려 큰 부자가 되는 단초가 마련되는 운명을 맞았으니 이것도 땅을 사랑한 이에 대한 하늘의 보상으로 간주해야 하나 나는 잘 모르겠다.

중국인들의 특이한 생활상을 속속들이 보고 나니 비슷한 시기의 우리나라 작가 이광수의 『흙』에 나오는 등장인물들의 삶이 궁금해졌다. 연보를 살펴보니 펄벅과 춘원은 다 같은 1892년생 동갑이구나! 『흙』은 『대지』가 나온 이듬해인 1932년 40세 되던 해에 「동아일보」에 연재했던 작품이다. 『대지』처럼 당연히 동네 도서실에서 대출이 가능할 거라 여겼으나 몇 군데에 문의해도 없어서 결국 대형서점에 가서 구매하는 수밖에 없었다.

『흙』의 주인공 허숭은 왕룽 같은 무지렁이가 아니다. 의식이 깬 인텔리로 꽤 행세하던 집 귀한 아들이었지만 어린 나이에 부모 잃고 고아가 돼 극심한 가난 속에서 외롭게 성장한 사람이다.

숭崇의 아버지 겸謙은 평양 대성학교 출신으로 신민회 사건, 북간도 사건, 만세 사건 등에 연루되어 기나긴 세월 옥살이하는 바람에 가세가 기울었다. 이에 화병으로 앓던 중 설상가상으로 장티푸스까지 걸려 병수발하던 아내와 함께 세상을 떠났다. 명석한 숭은 고향 '살여울'을 떠나 서울 윤 참판 집 행랑채에 묵으며 심부름도 하고 주인집 딸 정선의 공부를 봐주는 일을 하면서 어렵사리 보성전문 법과에 다니는 청년이다.

이년 만에 고향 '살여울'에 내려와 친척 집에 머물며 글도 가르치고, 위생 이야기, 땅이 둥글다는 이야기, 비행기, 전기 얘기도 들려주는 숭의 방학 마지막 밤.

"야학을 마치고 돌아온 허숭은 두 팔을 깍지를 껴서 베개 삼아 베고 행리에 기대어서 비스듬히 느러누웠다." 『흙』은 이렇게 시작된다.

소설에 등장하는 청년들의 정신적 멘토 '익선동 한민교 선생'은 배재학당 계통과 보성전문 그리고 이화여학교에서 영작문도 가르치는 오십여 세의 인물로 젊은 남녀 학생들을 자기 집 '양실'에 불러 모아 파티를 열고 담소한다. 학생들은 그를 보고 '조선을 뜨겁게 사랑하는 한 선생'이라 칭한다. 근래 미국에서 박사 학위를 받고 온 이건영, 학교 근처에도 못 가 본 윤명섭이라는 사람을 가리켜 '모세의 지팡이'를 구하는 것으로 인생의 임무를 삼는다고 한 선생이 소개한다. 이화전문에서 피아노를 전공하는 심순례, 다부진 체격의 친구 정서분, 의전다니는 아무개, 허숭, 몰락한 양반 후손 제국대생 김기진 등이 오늘의 초청 손님들이다. 이 모임은 미국 박사 이건영과 심순례의 혼인 중매를 위해 한 선생이 마련한 자리이다.

돌아오면서 허숭은 '농민 속으로 가자. 돈이 없으면 없는 대로 몸만 가지고 가자. 가서 가장 가난한 농민이 먹는 것을 먹고, 입고, 함께 살면서 편지도 대신 써 주고 글도 가르치고, 소비조합도 만들어 주고 뒷간 부엌 소제도 하여 주고, 이렇게 내 일생을 바치자.' 은연중 이런 다짐을 하였다. 그리고 살여울에서 농사일을 하는 유순이라는 처녀를 떠올리며 앞날을 설계해 보는 것이다.

그러나 허숭의 앞날이 꼬이기 시작했다. 외아들이 폐병으로 죽어 크게 타격을 받은 윤 참판이 숭에게 이것저것 일을 시켜 보니 능력 있고 착실한 것에 마음이 들어 내심 사위를 삼기로 작정하고부터다. 게다가 숭이 고등문관시험에 합격까지 하여 윤참판이 마음을 굳히게 됐다. 숙명여학교에서도 빼어난 미색에 영민한 정선은 촌스런 허숭이 도무지 마음에 안 들지만 아버지를 거역할 수는 없는 일이어서 마지못해 가만히 있다.

허숭은 자기에게 맞지 않는 짝이라는 것을 너무도 잘 알지만 그동안 신세진 일도 많고 도저히 거절할 용기가 없어 우물쭈물하는 사이

허락하는 형국이 되고 말았다.

혼인 후 변호사 일을 하다 보니 마음에 들지 않는 송사에 승소하여 꺼림칙하던 중, 이 남작과 부인, 아들과 친족들이 관련된 간음, 이혼, 동거, 재산 다툼 같은 것을 포함한 추악하고 복잡한 사건으로, 큰 이권이 걸린 재판을 윤 참판이 사위가 맡도록 성사시켰으나 이를 거절했다.

"에끼, 시골뜨기, 에끼, 똥물에 튀길 녀석." 불같이 화를 내는 윤 참판.

"그럼 그렇지, 평생 남의 집 행랑방으로나 돌아 댕겨. 원체 시골 상놈의 자식이 그렇지 그래."

정선은 남편을 향해 심한 욕설을 퍼붓고도 분이 풀리지 않아 세숫대야 물을 뒤집어씌웠다. 그날 밤 숭은 집을 뛰쳐나와 헤매다가 살여울로 향했다. 늦었지만 잘못된 자기 인생행로를 지금이라도 바로잡아야겠다고 결심하면서.

허나 고향에 와 보니 농촌은 더욱 가난에 쪼들려 굶는 집이 허다하고 피폐한 환경에서 돌림병이 돌아 많은 사람이 죽어 나가는 와중에 허숭도 전염병이 옮아 사경을 헤매게 됐다. 숭의 병이 위중하다는 기별을 받고 윤 참판은 서울에서 의사와 간호사를 대동하여 딸 정선을 강원도 오지 마을 봉천의 살여울로 보냈다.

의사의 치료를 받은 지 두 주일 만에 숭은 겨우 부축을 받아 마당을 거닐게 됐다. 병이 낫는 대로 서울로 가자는 정선의 말에,

"날더러 서울로 가자말고, 당신이 여기 있습시다."

"그래두~."

"이 달래강의 맑은 물이 청계천 구정물만 못하오?"

"그야 달래강이 낫지만."

"우리 여기서 삽시다. 조선은 십분지 팔이 농민이란 말요. 우리도 농민의 땀으로 지금까지 살아왔으니까, 만일 양심이 있다고 하면 좀 갚아야 아니하겠소. 정선이, 서울 갈 생각 마오. 내 소원이오."

"당신이 있으라면 있어야지요."

마지못해 이렇게 대답은 했어도 여기서 살 마음은 없었다.

"변호사 노릇은 아무리 잘하기로 굶어 죽는 농민을 도와줄 수야 없지 않소?"

『하서 명작선 10 〈흙〉』, 192쪽

서울로 혼자서 돌아온 정선은 차츰 살여울을 잊고 서울 생활의 유혹에 빠져들었다. 눈이 빠지게 기다리고 있는 살여울의 남편에게는 편지 한 장 안 띄우면서 차츰 허숭을 업신여기는 타락한 인텔리 김갑진과 친해져 저녁에 둘이서 베이스볼 구경도 가고 극장도 다니며 놀아나기 시작한다. 서울에서 영 소식이 없자 허숭은 상경하여 집에 와보니 정선이 보이지 않는다.

"어디 가셨니?"

"저 잿골 서방님(김기진)하고 경성 운동장에 야구 구경 가셨어요."

추秋

1930년대 초에도 서울운동장에서 열리는 야구 시합이 꽤 인기가 있었나 보다. 구경이 끝나면 호텔의 고급 음식점에서 술을 곁들인 저녁을 먹는 일이 잦다 보니 기어코 일이 터지고야 말았다. 정선이 한 번의 실수로 불륜을 저질러 김갑진의 아이를 임신한 것이다.

「동아일보」에 연재되는 소설에 이런 장면이 나오는 것을 보면 당시 남자들의 문란한 성생활에 맞서 여자들의 탈선 사례도 꽤 있었던 것은 아니었을까. 모든 것이 발각된 다음에도 숭은 정선을 용서하므로 이번 일을 수습하려 했으나 뜻대로 되지 않았다. 정선은 마음속으로는 뉘우치면서도 끝내 남편에게 용서를 빌지 않았다. 자존심이 상했던 모양이다. 이혼서류를 만들어 자기는 도장을 찍고 정선에게 서류를 건네고 숭은 서울을 떠났다.

깊어가는 서울의 밤에 소리 없이 눈이 내린다. 덕수궁 빈 대궐의 성벽에 소복소복 밤눈이 덮인 열시 넘어가 될 때에는 이화학당의 피아노 소리도 그치고 아라사 공사관과 북미영사관도 삼림과 같이 고요한데 오직 마당에 나무들만이 하얗게 눈을 맞고 있다. … 이때 허둥지둥 올라오는 그림자가 있다. 그는 마치 포수에게 쫓겨 오는 어린사슴과 같이 비틀거리며 뛰어온다. 그는 정선이다. 하느님 나는 어디로 가요? 정동 예배당 문설주를 붙들고 흐느껴 운다.

『흙』, 336-337쪽

정선의 깊은 참회를 하느님께서 가납嘉納해 주셨는지 박복한 숭은 정선의 죄의 행각의 뒤치다꺼리마저 감내해야 했다. 살여울로 가는 숭이 탄 기차에 뛰어들어 정선이 자살 시도를 하였으나 다리 하나만 잃고 목숨을 건지는 사건이 있은 다음에야 정선은 숭에게로 돌아왔다. 장애자가 되어 자기의 잘못을 진심으로 뉘우치는 아내를 숭은 받아들였고 합심하여 살여울을 살리려고 힘썼다.

허나 야속하게도 운명의 신은 숭에게 또 시련을 내렸다. 야학과 유치원 협동조합을 만들어 마을이 활기를 띨 만해지자 조선 독립을 목적으로 농민을 선동하여 협동조합과 야학회를 조직하였다고 고발, 치안유지법 위반으로 숭을 5년형을 받게 하는 못된 친일파 '산장네 아들 정근이'가 등장한 것이다.

우리나라 사람들에게는 선천적으로 남이 잘되는 꼴을 못 보고 모함하는 못된 기질이 있나 싶기도 하다. 조선조의 당파 싸움이나 잔인하게 사약을 내리는 사건들이 떠올라 섬뜩해진다.

춘원의 연보를 보니 1919년에 <2·8 독립선언서>를 기초하고 상해로 망명, 1937년 수양동우회 사건으로 수감 반 년 만에 병보석으로 석방되는 등 옥고도 많이 치렀고, 글 쓰는 일로 평생을 바쳤건만 마지막에 친일 단체인 조선문인협회장직을 맡아 일제에 협력해 찍힌 낙인이 춘원의 일생을 옥죈다. 6·25 때 납북되어 자강도 만포시에서 병사했다는 춘원의 일생에 깊은 연민과 애도를 보낸다.

나의 스승 나영균 선생님의 책 『일제시대, 우리 가족은』(2004년, 황소자리)에서 친일로 매장된 춘원 선생과 관련된 부분을 소개하며 이 글을 마칠까 한다.

그전에 잠깐 선생님께 들은 흥미 있는 에피소드를 소개하련다.

나 선생님은 왜정 말 선생의 부친과 친교가 있던 이광수 선생댁에 가서 장남 영근 군과 함께 영어 과외공부를 하셨다. 교재는 당시 미 8군에서 흘러나온 책『코르넷트』에서 한 아티클을 잡아 강의해 주셨다.

"춘원 선생은 영어 지도도 잘 해주셨지만 단정한 외모와 부드러운 어투로 어찌나 자상하게 대해 주시든지 살면서 뵌 분 중에 진짜 마지막으로 품위 있는 조선 선비를 뵌 것 같아요. 참으로 박학다식하면서도 겸손한 분이었다고 기억하고 있어요. 친일을 했다고 그러지만 한국이 살려면 일본을 적대시만 해가지고는 안 된다. 일본과 협력하면서 살아야 한국은 발전할 수가 있다는 깊은 뜻도 있었다고 생각해. 이광수 선생은 이제까지 그야말로 예수님 다음으로 가장 존경하는 분이야. 옛날 진명여학교 앞 공부하러 다니던 이광수 선생 댁이 약간 개조되기는 했지만 옛날 그대로 있으나 아무도 그곳을 기억하지 않는 게 안타깝고 마음 아프다."

춘원은 도산 안창호와 더불어 이끌던 동우회東友會의 동지들이 1937년 6월에 일제 검거를 당하자 대표자인 자기가 전향 의사를 밝혀 동지들을 구하느냐 아니면 모두 함께 희생당하느냐를 결정해야 하는 기로에 섰다. 그 자신도 구속되었다가 6개월 후에 병보석으로 풀려났으나 동지 중에는 옥사한 사람도 있었다. 그는 이 문제를 놓고 오랜 동안 심각하게 고민했다.

그가 친일로 돌아선 뒤 4년을 끈 동우회 재판은 무죄 판결로 마무리지어졌다. 일설에 의하면 도산이 작고하기 전 춘원에게 동우회를 살리기 위해서 그 길을 가라고 암시했다고도 한다.

일단 친일로 나선 뒤 그의 행동은 매우 적극적이었다. 그는 근본이 정직한 사람이었기 때문에 가면을 쓸 줄 몰랐다. 그러나 그의 적극성 뒤에는 어떤 일본 문인이 그의 표정에서 읽었듯이 '깊은 상처의 어둠'이 있을 수밖에 없었다. 그는 황군 위문단을 파견하기 위해 위원회를 조직하고 창씨개명에 앞장서고 일본과 일본 식민지의 작가들 모임인 대동아 문학자대회에 참석하고 학병을 권유했다. (앞의 책, 229쪽)

우리나라가 백 년 전의 친일 문제에서 자유로워질 날은 언제쯤일까.

2017년 6월

혐의를 풀다

나쓰메 소세키 소설들

嫌疑: 꺼리고 미워함

嫌疑之地: 꺼리고 미워하는 처지

그렇습니다. 나의 일본에 대한 감정은 혐의지지였습니다. 헤아려 보니 말끔히는 아니더라도 웬만큼 걷어내는 데 72년이 걸렸군요. 올해로 해방 72주년 아닙니까. 평생 의식적으로 일본을 멀리하고자 했습니다. 아니 무의식적이라 해도 괜찮겠어요. 일본 작가의 감칠맛 나는 작품도 왠지 비위에 거슬리는 생선요리처럼 뒷맛이 개운치 않았어요. 『설국』『라쇼몽』『신기루』『사양斜陽』 등도.

여섯 살에 해방이 되었으니 익히려고만 들었으면 일본 글자 아이우에오뿐만 아니라 일본 글도 어느 정도 읽을 수 있었을 겁니다. 바로 세 살 위 언니가 필운동[01]에 있는 매동학교에 입학했을 때 온 가족이, 이 언니한테 기초 일본어와 구구단 등을 가르치느라 시끌시끌했었거든

---

01 필운동: 서울시 종로구에 있는 동명(洞名)

요. 우리 육남매 삼촌 외삼촌 등 대가족이 한 집에서 살고 있을 때였어요. 대여섯 살인 내가 언니 어깨너머로 일본어를 익혀 좋알좋알 언니보다도 빨리 따라 해서 주위 사람들을 기쁘게 했다고 합니다. 헌데 해방되던 다음 해 갑자기 어머니가 돌아가신 충격 때문이었는지 나는 총기가 사라진 조용한 애늙은이가 되고 말았다네요.

돌이켜보니 엄마의 부재가 몰고 온 암담한 나의 유년, 마치 벼락을 맞은 듯한 참담한 무력감은 왜정 말기 일본의 학정虐政과 그대로 맞물려 있습니다. 당시 시골의 농산품을 서울로 운반하기가 힘들어지자 완고한 할아버지는 중학생인 삼촌과 오빠를 제외한 나머지 식구 모두 시골로 내려오라고 호통을 치셨다네요. 허나 엄마는 줄줄이 학교에 다녀야 할 아이들 때문에 그랬는지 이 말씀을 거역할 수밖에 없었고, 동경 유학을 마친 뒤 클래식 음반 한 아름과 콜롬비아 전축을 사 가지고 귀국한 아버지는 생활력이 별로 없으셨던 모양입니다. 이 와중에 경복중학교에 다니던 삼촌이 무슨 학생 사건에 연루되어 잡혀가는 바람에 옥바라지일이 만만치 않았고 생필품과 식량 모두를 배급에만 의존해야 하는 왜정 말기 그들의 횡포에 누구보다 엄마가 많이 시달렸을 것입니다. 게다가 막내 동생을 임신한 상태에서 극심한 영양실조와 예상치 못한 '해방의 충격'으로 이 세상을 하직하는 청천벽력이 떨어질 때 일본이 한몫했음은 두말할 필요도 없겠죠.

옛 조상 대대로 이 나라를 괴롭혀 온, 도무지 도움이 안 되는 이웃 일본. 임진왜란 이후 승병을 없앤다는 명목으로 가는 곳마다 대사찰을 불지른 왜구들 농간에 불사佛寺는 간데없고 덩그마니 당간지주와 사지만 남은 사적지를 바라볼 적마다 나를 분통터지게 하는 일본.

어머니보다 14세 어린 현재 93세의 이모님은 37세에 돌아가신 어머니를 기억하는 유일한 생존자이십니다. 며칠 전 제천에 사시는 이모님께, 젖도 못 물려 본 막내 동생까지 칠 남매를 이 세상에 두고 눈을 감으신 엄마 얘기를 들으려고 청량리에서 기차를 탔습니다.

1946년 3월 2일 자정에 막내를 조산하고 이튿날 3일 정오쯤에 갑자기 운명하신 어머니 곁에는 아버지와 외할머니 이모가 계셨다 합니다. 오빠와 언니들은 학교에 가고 없었고 나와 일하는 애 간난이는 뜰을 배회하고 있었는데 별안간 외할머니의 자지러지는 통곡에 놀라 나는 그 자리에 풀썩 주저앉고 말았습니다. 머리 위로 뭔지 쏟아지는가 싶더니 이내 사방이 캄캄해졌어요. 아주 괴괴한 가운데 날벼락이 내게 떨어진 것이지요. 이후 동생들과 함께 할머니를 따라 시골로 내려갔습니다. 초등학교만 졸업하면 언니들처럼 중학교부터는 서울에서 다닐 수 있을 것이라고 기대했는데 6·25 전쟁 등의 여파로 꿈에 그리던 서울 땅은 밟아 보지도 못한 채 장장 12년을 시골에서 보냈습니다.

'해방의 충격'은 이모님 표현입니다. 아버지와 엄마는 해방되기 직전에(이모는 하루전날이라 하시더군요.) 굶주림과 고통에 시달리다 못해 서울 생활을 정리하고 귀향할 결심으로 필운동집도 팔고 모든 짐을, 가재도구와 의복들까지도 다 시골로 부쳤는데 곧바로 해방이 됐대요. 일본이 항복을 했으니 이제 시골로 내려갈 필요가 없어진 것입니다. 당황한 아버지는 부친 짐을 찾아보려 했지만 이미 어디로 사라졌는지 알 길이 없었고 헐값에 넘긴 집 때문에 있을 곳이 없어진 우리 가족은

졸지에 난민이 됐던 모양입니다.

"마침 을지로 6가 우리 병원 근처에 일본 사람이 살다 떠난 빈 적산 가옥이 있어 우여곡절 끝에 너네 식구가 그리로 들어왔어. 여기서 유난히 추운 그해 겨울을 났는데 언니(엄마)의 고생이 말이 아니었다."

"그때 나는요?"

"네가 오빠와 위에 두 애들보다 영리해 보인다고 언니는 6가에 있는 사대부속국민학교에 널 넣으려고 숫자와 읽고 쓰기를 가르치셨어. 입학시험이 있는 학교였거든. 그래 그랬는지 운명하실 때 웬일로 네 이름을 몇 번이나 부르셨단다."

"아니, 오빠가 아니고 나를요?"

"그래. 나중에 할머니도 이 일을 이상히 여기셨어. 필운동집에서 언니가 그 동네 반장을 몇 년 동안 하셨지. 배급도 나눠 주고 수금도 해야 돼 일이 많았는데도 말이야. 몇 시에 얼마를 가지고 배급 타러 오라고 집집마다 알려야 하는데 어린 네가 뛰어다니면서 그 일을 잘해 동네에서 널 '반장애기'라 했단다."

전에도 수차 여러 사람한테 들었던 이 이야기를 이모는 또 하셨는데 이상하게도 내게는 통 기억이 없습니다.

모든 것은 다 때가 있다더니 2017년 이문회梨文會(이화여대동창문인회)에서 기획한 4월의 동경 문학 기행에 내가 참여하게 된 것이 일본과 나 사이에 오래된 앙금을 없애는 단초가 되지 않았나 싶습니다. 앞서도 말했듯이 나는 의식적으로 일본어의 가나도 익히기를 꺼려했습니다. 불행했던 나의 유년과 너무나 밀착되어 있는 일본이라는 어두운 그림자가 어떤 형태로든 나를 괴롭혔기 때문이겠죠. 작가들을 거명할 때도 천단강성 개천용지개 태재치 소림수웅 이런 식으로 불렀습니다. 일본식 발음을 몰랐을 뿐 아니라 알려고도 하지 않았으니까요.

미리 받은 문학 기행 일정표를 보니 첫날 첫 방문지가 나쓰메 소세키 옛 집터(고양이집)로 되어 있네요. 전에 일본 문학 얘기가 나왔을 때 은사이신 나영균 선생님께서 나쓰메 소세키에 대하여 "문장력이 뛰어나다, 명치시대 초 현대문학에 대한 개념이 없다시피 한 시대에 그는 뚜렷한 문학관이 있었다, 철학이 한 단계 위, 세상을 보는 비범한 안목, 해학 유머가 풍부하다." 등 극찬을 하신 적이 있습니다. 기억에 담고 있긴 했으나 이름도 생소한 이 사람 작품은 웬일인지 인연이 닿지 않아 한 편도 읽지 못하다가 이번에 『나는 고양이로소이다』 하나를 겨우 사서 읽고 떠났죠. 헌데 이 소설 역시 별로 호감이 가지는 않았어요. '그냥 쓰지 뭘 유별나게 능청스런 고양이 한 마리가 이러쿵저러쿵 사람들을 가지고 놀게 하나. 웃기는 사람 아냐?'

옛것을 마구 없애버리는 우리나라와 달리 일본은 고양이 형상을 담 위에 만들어놓기까지 하면서 그가 살던 작은 집을 보존하고 있었습니다. 소설 속 고양이는 늘 드나드는 개구멍이 있었는데 백년 후의 소세키 고양이는 떡하니 꼬리를 치켜세우고 담 위에 서서 세상을 내려다보고 있더구면요. 헌데 이상한 일은 그 집 근처 좁은 골목길을, 이 쥐 사냥도 할 줄 모르는 살찐 회색 고양이를 바라보며 배회하노라니, 약간 반감이 일던 책 『고양이로소이다』가 내 안에 묘한 감흥을 일으키면서 친근하게 다가와 웃음이 절로 나는 겁니다.

천하태평 고집불통이면서 지식인을 자처하는 영어 교사 주인공 구샤미 선생. 학교에서 집에 돌아오면 서재로 직행 두문불출하니 모두들 그를 면학勉學가로 알고 스스로도 그런 척하지만, 살그머니 서재로 기어 들어간 고양이가 본 바로는 잠깐 책을 읽다 말고 거기 얼굴을 박고 침 흘리며 낮잠이나 자는 게으른 사람. 하이쿠, 신체시, 바이올린뿐 아니라 수채화에까지 손을 대나 어느 하나 제대로 하는 것이 없는 겉멋 든 사내. 어떤 인물이건 무슨 수법을 통해서건 이야기를 재미있게 끌고 가는 저자의 능숙한 솜씨는 상투적인 세태 풍자도 해학과 유머로 참신하게 그려 냅니다. 그렇게도 버릇없이 잘난 체하던 고양이가 "죽지 않고선 태평을 얻을 수 없다. 나무아미타불 나무아미타불" 이러면서 사람처럼 세상을 하직하는 마지막 장면을 읽고 미간을 찌푸리며 책을 덮었던 기억이 나는데, 도쿄 한복판 소세키가 지내던 집터 담장에 홀로 서 있는 고양이상을 보노라니 49세 한창나이에 유명을 달리한 소세키의 고독이 찡한 연민으로 다가옵니다.

소세키 공원에 있는 흉상, 왠지 우리 아버지와 비슷한 얼굴의 이 흉상을 한참 들여다보게 되더라구요. 이튿날에는 그가 영문과에 수석 입학했다는 그 유명한 동경제대를 방문했습니다. 소세키뿐만 아니라 그당시 이름난 작가들은 대개 이 학교 영문과나 불문과 출신들이더군요.

"모두들 저쪽에 있는 산시로로 갑시다." 재촉하는 안내자의 말에 정신을 차리고 회원들의 뒤를 따랐습니다. 고색이 창연하고 돌 징검다리가 아기자기한 아름답고 물 맑은 산시로 연못(그의 소설 『산시로』에 나오는 바로 그 연못)이라는 말에 꼼꼼히 메모하고 사진도 찍었습니다. 그

뿐 아니라 그가 출출하면 드나들었다는 오래된 과자 집, 1900년대 당시의 가게 모양과 과자의 맛을 그대로 재현하고 있다는 컴컴하고 허름한 집 앞에서 룸메이트와 함께 사진을 찍으면서 나도 모르게 이 작가의 소설을 시간 들여 읽어 봐야겠다는 생각을 했습니다.

여행에서 돌아오자마자 『나는 고양이로소이다』를 다시 꼼꼼히 훑고 나서 인근 도서관에 있는 『그 후』를 처음으로 빌려 "누군가 총총히 문 앞을 달려가는 발소리가 났을 때"로 시작해 앞부분을 읽다가 반납하고, 서점에 가서 『그 후』를 비롯하여 몇 권을 더 사서 밑줄 치며 천천히 읽기 시작했습니다.

나한癩漢 같은 골격과 얼굴표정을 싫어한다는 섬세한 감각의 주인공 다이스케는 잠결에 방 안에 꽂아 놓은 겹동백 한 송이가 다다미 위에 떨어지는 소리를 듣고 그 향을 감지할 정도로 예민한 한량閑良입니다. 부유한 아버지 덕에 직장도 없으면서 독립해 나와 문화생활하고 있는 그야말로 금수저입니다. 고학력에 외국어 실력이나 피아노 연주나 모두 수준급이고 외모 또한 수려한 미혼남 다이스케. 가정부와 젊은 서생까지 두고 무위도식하는 그가 그다지 눈에 거스르지 않는 것은 빈둥거리는 가운데도 꾸준히 독서나 음악, 미술 등에 관심을 기울이기도 하고 정신적인 면에서 품위를 잃지 않는 느긋한 생활태도 때문일 것입니다.

학창 시절의 친구 히라오카의 등장으로 다이스케의 잔잔한 일상에 파문이 일기 시작하자 나도 긴장이 되면서 등장인물들의 독특한 성격이나 대화에 집중하게 되더군요. 자기 아내 미치요가 바로 옆방에 있는데도 개의치 않고 "일찍 결혼한 것을 후회한다."고 태연히 큰 소리로 말하는 히라오카. 미치요의 불행한 결혼 생활을 지켜보던 다이스케의 심경의 변화 과정을 읽으면서 그야말로 불륜이라 낙인찍히고 모든 것을 잃는 사태를 감수하는 그의 용기가 가상했습니다. 히라오카와 결혼하기 전 친구의 동생이던 미치요와는 서로 호감을 가졌던 적이 있는 사이였습니다. 친구의 부인인 미치요와 서로 뜨겁게 사랑하게 된 것이 사람의 도리에는 어긋나겠지만 하늘 뜻에는 맞을 것이라고, 궤변으로밖에 안 들리는 이런 말을 그가 서슴없이 하는데, 경망하지 않고 속이 여문 침착한 인간이 하는 말로 들으면 백퍼센트 무리한 아전인수적 표현으로 여겨지지는 않았습니다.

히라오카가 다이스케의 아버지 앞으로 보낸 만리장서의 내용 확인차 그의 편지를 들고 온 형은, 이게 사실이면 모든 인연을 완전히 끊겠다는 완고한 부친의 뜻을 전했으나 한마디 변명도 없이 고개를 숙이고 있는 동생의 모습에 격분하여 의절을 선언하며 덧붙였습니다.

"얼간이 녀석, 너는 바보 천치다."

순간 내게 '다이스케가 형이 생각하듯이 정말 바보 천치 얼간이일까?' 이런 생각이 떠올라 스스로도 놀라웠습니다.

『마음』『풀 베개』『태풍』『길 위의 생』, 서간집 『소가 되어 인간을 밀어라』 등 눈에 띄는 대로 보는데 별 거부감 없이 읽히더라고요. 사실 소설로서는 도스토예프스키나 콘라드 보르헤스에게서와 같은 감명을 받지는 못했지만 비슷비슷한 내용과 비슷비슷한 사람들이 등장하는 그러나 색다른 그의 이야기를 접하는 동안 왠지 나의 일본에 대한 혐의가 차츰 사라져 가는 걸 느끼게 됐습니다. 그리고 그가 43세 되던 1910년 3월부터 6월까지 「아사히신문」에 연재한 『문』, 이것도 심각한 삼각관계로 어두운 과거를 가슴에 묻고 변두리 셋집에서 은거하듯 살아가는 하급 관리(그러나 고학력자 인텔리) 소스케와 오요네 부부 얘기였는데 어느날,

"여보, 큰일 났어. 이토 히로부미가 암살당했대." 듣고 있던 호외를 부엌에 있는 오요네의 앞치마에 놓고 마루로 나가는데 그 말투가 하도 조용해서, "당신은 큰일 났다고 하면서도 전혀 큰일 난 목소리가 아닌데요." 하는 대목이 나옵니다.

며칠 후 중학생인 시동생이 놀러왔을 때 저녁 식탁에서 또 오요네가, "어째서 살해당했을까요?" 물으니 시동생이 대답합니다.

"총을 탕탕 연발로 쏘았는데 명중했답니다."

"그렇지만 어째서 살해된 것일까요?"

소스케는 침착한 말투로 "역시 운명이겠지 뭐."라고 대답하며 녹차를 맛있게 마셨다 합니다.

당시 아사히신문사 기자였던 나쓰메 소세키가 아사히신문에 연재한 소설 『문』에 나오는 이 장면을 읽고 나서 더욱 격의가 없어진 것 같기도 합니다. 우리니라라면 이런 소설을 쓴 소세키 일굴을 후대에 1,000엔 지폐에 넣겠어요?

아무리 해코지를 당했다 해도 계속 혐의지지에 머물러 있는 것보다야 여기서 벗어나는 것이 좋지 않을까 하는 마음이 된 것은 내 나이 탓인지도 모르겠습니다.

섭씨 35도를 넘나드는 폭염 속에서 그저 일본 사람들 이야기를, 일본이라면 무조건 치를 떠는 까다로운 이 사람이 느긋하게 흥미를 가지고 읽고 있는 장면을 상상해 보세요. 나를 편견 없이 이런 식으로 빠져들게 하는 소세키는 분명 모든 면에서 한 수 위임에 틀림없습니다.

'어린 나이에 엄마와 사별하게 된 것도 나의 운명이 아닐까.' 이런 생각이 드네요.

2015년 8월

조선 박물관 일본

가깝고도 멀고 먼 나라 일본! 우리와 시차가 없는 타국 일본!

2016년 말 <일본 속 우리 문화를 찾아서> 라는 주제로 4박 5일간 오사카 교토 고베 지역을 다녀왔다. 그 이야기를 쓰려고 하는데 영 풀리지 않아 큰 어려움을 겪었다. 악연으로 얽힌 왜국이라 복잡하게 생각지 말고 단순히 보고 들은 것을 정리하는 정도로 냉철히 써 보자며 마음을 달래 보는데 그게 잘 안 되기 때문이다. 하기야 천오백 년이 넘는 고대의 우리 선조들의 발자취를 많은 감회에 젖어 둘러보고 왔는데, 즐겁게 해외여행을 마치고 자료를 들추며 글을 쓰던 때와 같을 수는 없겠지. 가까운 나라 중국에 가서 느꼈던 감정과는 차원이 다른, 미묘하게 아프다고밖에 표현할 수 없는 이 섬나라에 대한 복잡한 감정은 오래전부터 내 안에 똬리를 틀고 있었나 보다.

시니어 공부방 <성천 아카데미>에 드나든 지도 어언 십여 년이 넘었다. 늦깎이로나마 수필가가 된 까닭에 회원들과 해외여행을 다녀온 후 더러 여행기를 쓰곤 했지만 이번처럼 뒤숭숭했던 적은 없었다.

사실 나는 그동안 한두 번 일본을 다녀온 적이 있는데 여행기를 쓸 생각은 전혀 하지 않았다. 헌데 이번에는 우리의 먼 조상들이 살아낸 종교적 예술적 행적을 둘러보고 나니 쓰고 싶은 마음이 생겼다. 그래서 동행한 성천 이사장님이 미국인 동양미술사학자 존 카터 코벨 박사의 『일본에 남은 한국미술』이라는 책을 빌려주시면서 써 보지 않겠느냐고 하실 때 흔쾌히 수락했다. 생각해 보니 성천에서 지난 학기 <고려불화, 세계적 명성의 비밀> 강의를 들은 것도 여기에 한몫을 한 것 같다. 승가대학교 젊은 교수인 강소연 선생의 열강 덕일 것이다.

　고려불화는 당시 최고가의 고급 재료를 다루는 솜씨로 보나 작품의 완성도로 보나 르네상스 시대의 이탈리아 성화와 비교해도 절대 뒤지지 않는 세계적 걸작품이라 한다. 일본 땅에 소장되어 있는 고려불화가 170여 점인데 국내에는 대여섯 점밖에 없고 그것도 태작駄作이라는 말에 우리는 큰 충격을 받았다.

　고려시대 최고 예술품을 현대 기기의 좋은 영상으로, 그것도 상세한 설명을 곁들여 보면서 내가 아주 조금 개안을 한 모양이다. 고려불화의 대표적 인기작인 여러 개의 수월관음도水月觀音圖 중 하나를 면밀히 살펴보았다. 머리카락처럼 가는 금사金絲가 물결치듯 얇은 겉옷의 주름을 타고 흐르고 광배 앞 다소곳한 관세음의 표정과 아름다운 목걸이, 머리에 쓴 관에서 아래로 축 늘어진 수식垂飾 등 이것은 얼마나 피나는 공력과 깊은 신앙심이 빚어낸 작품인가. 비단 바탕에 수백 년이 지났어도 변함없이 고운 신비스러운 색조는 우리를 황홀케 했다.

　어디 그뿐인가. 조선조 초기작 <안락국 태자경 변상도>에 금물로 써넣은 훈민정음체의 태자경 이야기는 사료적 가치로 보나 그림과의 어울림으로 보나 당시의 깊은 불심을 엿볼 수 있는 특이한 걸작이었다. 헌데 이것이 모두 일본이나 유럽 등지에 있다한다. 일찍이 불화를 탐낼 만큼 그 가치를 알아본 안목도 대단하고 보관의 명수 일본 사람들 손에 들어가서 수백 년 동안 곱게 살아남은 일도 불행 중 다행으로 봐야 하나? 글쎄 나는 잘 모르겠다.

'일본에 있는 우리 문화를 찾아간다'는 이번 여행 안내문을 보고 신청하면서, 나는 한두 점이라도 고려불화를 접할 기회가 있지 않을까 내심 바랐는데 그 기대는 무산됐다. 허나 종전과 달리 일본에 있는 우리 옛 조상들의 빼어난 솜씨와 삶의 흔적을 찾아본 이번 나들이는 나의 뿌리와 정체성을 찾아가는 뜻깊은 여행이 되었다.

오전 10시 간사이 공항에 내리자마자 '세계에서 가장 오래된 목조건축'이라고 일본이 자랑하는 나라(奈良)에 있는 법륭사法隆寺(호류지)를 찾았다. 코벨 씨가 쓴 책에도 <백제미술의 보고 법륭사>라는 약 90쪽에 달하는 긴 장章이 있다. 절 마당에 들어가 서서 바라보니 한눈에, 건물들의 처마 모양이나 마당에 세워진 5층탑과 금당金堂을 둘러싸고 있는 회랑回廊 등 한국 절에 온 느낌이다. 이곳 나라에 백제 유민遺民이 많이 모여 살아 지명도 한국어 '나라'에서 유래되지 않았을까 하는 글을 어디서 본 적이 있다. 이 절에만 1천 5백여 점의 불교 미술품과 우리 문화재가 있다는 사실에 또 한 번 놀랐다. 헌데 일본 학자들이, 조선 작품을 자국이나 중국 것이라고 우긴다는 말을 수차 신문에서 읽은 바가 있는데 어디 현지에 왔으니 차근차근 살펴보기로 하자.

　백제와 고구려의 고승들로부터 불교 교리를 열심히 배우고 널리 전파한 성덕태자(쇼토쿠다이지)가 607년에 자기 원찰로 지은 것이 첫 번째 법륭사다. 이 절은 670년에 전소된 바 있으나 바로 재건축했다. 이 법륭사를 백제의 최대 사찰인 익산의 미륵사 사지와 비교해 보면 규모 면에서 전혀 상대가 되지 않게 작다 하니 당시 백제의 국력과 실력을 짐작할 만하다. 여기서 코벨 씨의 얘기를 들어 보자.

　587년부터 645년까지 한국인의 후손이던 친한국계 소가가문이 군권을 장악하고 국무총리와 같은 권력자로서 일본을 지배했다. 백제 건축가와 장인들은 왜의 호족과 귀족들의 요청에 따라 왜국에 절을 건축했다. 하늘로 쳐들린 처마 위로 기와를 얹고 처마 아래 서까래가 나오고 두꺼운 대들보를 쓴 한식 건축을 이들은 기쁘게 받아들였고 이후 46개의 절을 더 지었으며 백제 양식의 건축은 왜국에서 대유행이었다. 애석하게도 백제의 목조건축은 그 조국 땅에는 하나도 남아 있지 않아 실상을 알기 위해선 나라에 있는 법륭사를 찾아봐야 한다. (『일본에 남은 한국 미술』 72~77쪽, 존 카터코벨 지음)

　엄청난 규모의 조선 사찰들은 임진왜란 이후 승병들을 척결한다는 명목으로 틈만 나면 왜구가 모두 불 질러 당간지주와 사지만 남아 있는 빈터가 부지기수이고 추후로 재건축을 했다 해도 국력이 쇠하여 원찰에 훨씬 못 미치는 작은 절이 되었다. 법륭사 경내는 연만해 보이는 일본인들 몇밖에 없어 비교적 한산했다. 우리는 몽전과 금당을 둘러봤다. 고구려 승려화가 담징이 그린 금당벽화가 화재와 오랜 세월의 풍상으로 마모되어 겨우 형체를 알아볼 정도의 흔적만 남아 있었다. 그리고 천오백 점이 넘는 우리 문화재 중 가장 유명한 것은 금당에 있는 구다라[百濟]관음상과 몽전에 있는 구세관음상이다. 이 통나무 목재로 만들어진 두 불상은 오랜 세월 일본에 있었다 해서 일본 미술사의 한 부분으로 동화되어 왔으나 이제는 기록을 바로잡아야 할 때라고 코벨 씨는 말한다. 호류지 해석의 대가로 알려진 미즈노 세이치 교수는 "이제 와서 굳어진 '백제관음'이란 명칭을 버리기는 어렵다. 그러나 일본에서만 나는 재질로 - 몸체는 녹나무를 썼고 손에 들린 정병과 대좌는 삼나무로 되어 있으므로 - 이 불상이 일본에서 만들어진 것임을 분명히 하고 있는 것이다."라며 일본 사람 작품이라 주장했으나 한국에도 전남과 제주도에 녹나무와 삼나무가 자생한다고 한다.

나무 재질을 논하기에 앞서 편견을 버리고 불상의 양식을 살펴보면 많은 사실을 알 수 있다. 미즈노 교수의 생애는 한국 식민통치 기간에 집중되어 있고 이 기간 중 '백제 불상이어서는 안 된다'는 신조 어법이 만들어진 것이다. 녹나무로 만들어진 만큼 일본 것이라는 주장을 펴는 일본 학자들은 이 불상이 왜 그리 오랜 세월 동안 '백제관음'으로 불려 왔는지에 대해서는 실명하지 못한다. (앞의 책, 85쪽)

구세관음상은 연중 4월과 10월에 법륭사 몽전에서 일반에 공개된다는데 우리는 11월 말에 갔기 때문에 구다라관음상만 볼 수 있었다.

마른 듯한 몸매의 2m가 넘는 훤칠한 키와 오뚝한 코, 목걸이 팔찌 호리병을 쥔 섬세한 손가락, 긴 수식垂飾이 달린 보관寶冠 등 우리나라에서 흔히 보던 낯익은 얼굴에 슬픔이 어려 있는 구다라관음상 앞에서니 만감이 교차해 발길을 돌릴 수가 없다. 7세기에 만들어진 이 나무 불상은 세속의 온갖 고뇌를 초탈한 영험한 모습으로 묵묵히 서 있다.

백제는 모든 힘을 불교 진흥에 쏟고 국방을 소홀히 한 나머지 패망하였다. 그러나 그 정신은 일본으로 건너가 호류지의 건축술이나 구다라관음百濟觀音, 몽전夢殿의 구세관음救世觀音, 사천왕상 그리고 하늘을 향해 우아하게 치켜올려진 금당金堂의 정교한 지붕선 등에 오늘날까지 살아남아 온 세계 사람들의 격찬을 받고 있는 것이다.

숙소에 들어오는 길에 오사카성 관광을 했다. 히데요시가 세운 일본의 상징인 화려한 성 코앞에 일본이 패망한 1945년 맥아더 장군이 지었다는 포병사령부 건물이 저녁노을을 받아 번쩍이고 있었다. 가이드 말이 이것은 조선왕조의 거룩한 땅 창경궁에 왜가 동물원을 만든 것과 맞먹는 통쾌한 일이라 한다. 약간 후미진 뒷골목의 한국 교포가 운영하는 민박집에 여장을 풀었다. 구석구석 말끔히 청소가 되어 있는 나라 일본. 우리가 갖지 못한 친절과 청결도 일본의 저력인 것 같다.

다음 날은 내가 특별히 좋아하는 천년고도千年古都 교토다.

서울은 단풍이 거의 다 졌는데 이곳은 한창인 걸 보니 여기가 훨씬 따뜻한가 보다. 가는 곳마다 고운 단풍이 깨끗한 거리를 아름답게 치장해 눈을 한층 즐겁게 해 준다. 일본인들이 이상향으로 생각한다는 불교사원 **평등원**平等院(뵤도인)이 첫 방문지다.

전면에 있는 맑은 연못에 웅장한 건물과 고운 색으로 물든 단풍나무들이 거꾸로 비춰져 있는 유네스코 세계문화유산 평등원에는 유명한 봉황당鳳凰堂이 있다. 지붕에 금빛 봉황 한 쌍이 곧 하늘로 날아오를 듯한 자세로 서 있는 게 아주 인상적이다. 이번에 나는 왠지 저 새가 마음에 들어 사진도 많이 찍고 봉황이 들어가 있는 꽤 비싼 북마크 문방구 등 몇 점을 샀다. 전에 없던 일이다. 1053년에 세워진 이 봉황당은 '현실세계에 출현한 극락정토를 표현하고 있다'고 안내책자에 적혀 있다. 앉은키가 8척이나 되는 아미타여래 좌상은 화려한 광배光背가 좌대에까지 내려와 있고 후덕해 보이는 얼굴의 이 본존本尊을 둘러싼 삼면의 벽 위쪽에는 북, 생황, 비파 등 여러 종류의 악기를 타면서 가무를 펼치고 있는 목조 운중공양보살雲中供養菩薩상 여럿이 걸려 있는 게 장관이다. 구름 가운데 떠서 부처와 중생 사이를 오가며 극락으로 인도하는 자그마한 목각 보살들 표정이 모두 선정삼매禪靜三昧에 들어 있는 듯하다. 여기 있는 것들이 다 일본 사람 솜씨란다. 허나 내 눈엔 백제 것으로 보이는 것은 당시 백제 장인들에게서 전수받은 솜씨라서일까 아니면 내 편견 탓일까. 아무려나 인간을 극락정토로 인도하는 데 가무歌舞가 동원됐다는 것도 흥미 있는 일이다.

쉬어갈 겸 점심을 먹은 교토의 미장옥尾張屋 얘기를 해야겠다. 1465년부터 문을 연 메밀 소바집이라니 우리나라 음식점에는 없는 연수年數다. 몇 달 전에 예약하고도 줄을 서야 하는 허름한 이층 다다미집은 입구 꼭대기에 아주 오래돼 보이는 빛바랜 대형 양각 초서 나무간판

<옥장미屋張尾>부터가 예사롭지 않다. 좁은 골목이라 담에 바짝 붙어 줄을 서야하는 형편인데 우리 일행 20명 말고 일본 사람들 십여 명이 줄 서 있다. 오늘처럼 이렇게 줄이 짧은 날은 재수가 좋은 편이라 한다. 행초行草로 휘갈긴 간판이며 음식 먹는 다다미 홀 여기저기에 걸려 있는 액자며 그야말로 유서 깊은 식당 티가 난다. 전에 왔을 때는 무변 신보살無邊身菩薩, 즉 '마음이 무한히 넓다' 는 뜻의 커다란 액자가 걸려 있었다는데 (김홍근 교수님 말씀) 오늘은 안 보인다. 메밀면 한 가지 메뉴로만 몇백 년 동안 끊임없이 손님을 불러 모으는 비결은 무얼까. 혀가 무뎌 그저 그런 국수 한 그릇이로구나 싶었는데 꽤 입맛이 고급스런 분들의 말을 들어 보니 메밀의 찰기와 부드러움과 잡맛이 통 안 들어간 순수한 국물 등 절대 잊을 수 없는 메밀국수의 진수를 맛봤다 한다.

수월관음도를 소장하고 있다는 **대덕사大德寺** (다이도쿠지)에 왔다.

교토 한복판 30여 만 평 땅을 차지하고 들어선 선禪 사찰 대덕사야말로 지난 6백 년 동안 한일 간의 정치적, 예술적 연대를 고스란히 담은 핵심 장소였다. … 모든 건축물의 지붕에는 한국의 대표적 문양이라 할 삼태극의 소용돌이가 새겨진 기와가 덮여 있다. … "이 삼태극이 새겨진 기와를 언제부터, 왜 대덕사에서 쓰게 되었나요?" 주지스님께 물으니 "1314년에 아카마쓰 집안에서 돈을 내어 이 절을 지었는데 삼태극은 그 집안의 문장이었습니다." 아카마쓰라면 적송, 조선의 소나무를 말한다. "대덕사의 '大德'은 고려 연호지요. 스님은 1459년 대덕사 주지가 조선 사람이었다는 것은 알고 있지요? 그 한국인 주지 바로 전대의 주지 여소 초상화를 그린 화가 문청도 조선 사람이라는 것을

아시겠지요?" 그들에게서 시원한 답을 들어 본 적이 없다. (앞의 책, 300쪽)

　　1978년 일본 최고의 사설박물관 야마토분카칸에서 열린 「특별전
고려불화」에 나온 대덕사 소장 <양유관세음도> 3점은 그동안 '중국
당나라', '중국 원나라', '일본에서 모사한 것'이라는 표식을 달고 있던
것들이었다. 일본 학자들이 고려불화라 판정한 도록을 보고도 대덕사
주지는 고려불화가 아니라고 이제까지의 명칭을 바꾸지 않겠노라고
말했다 한다. 이 주지의 처소에 가 보니 선반을 숱하게 들여 조선 도자
기, 고려자기 분청사기를 잘 모셔둔 것을 보고 코벨 씨가 놀랐다 한다.
그렇게 한국을 싫어하고 낮추보면서도 한국인이 만든 도자기는 숭상
하는 이 사람들의 심보는 뭘까. 혹시 한국의 피가 흐르고 있기 때문은
아닐까. 우리는 알 수 없는 일, 하느님만이 아실 것이다.

광륭사廣隆寺(고류지)

　　신라에서 건너온 막강한 호족가문 진하승(하다노 카와카쓰)이 창건하
였다고 『일본서기』에 기록되어 있다. 성덕태자가 "나는 고귀한 불상
을 가지고 있다. 누군가 이 불상을 모실 자가 없는가?"라고 묻자 재력
있는 진하승이 자진하여 이 불상을 모실 절을 지었다. 이 불상이 바로
그 유명한 일본 국보 제1호 미륵보살상이다. 한국 국보 83호 금동미륵
보살반가상과 아주 똑같이 생긴 목조반가상이 일본 제작품으로 간주
되어 일본 국보로 지정됐다. 허나 일본에 없는 한국 적송임이 드러나
고, 세부적인 맨드리로 미루어 근래는 한국 것으로 간주되고 있다. 오

래전 독일 철학자 칼 야스퍼스가 일본에 왔다가 이것을 보고 "희랍이나 로마시대 이래의 서양조각이 탈피하지 못했던 구질구질한 인간의 역한 냄새를 말끔히 씻어낸 초월의 경지를 보여준다."며 그 솜씨를 극찬했다 한다. 일본의 유명한 사진가가 한국금동반가상을 "번뇌에서 해탈로 가는 순간 같다."며 훔쳐가고 싶은 미소라 했다는 말도 전한다. 아무 때고 국립중앙박물관에 가면 뵐 수 있는 우리 반가사유상을 쌍둥이 일본 국보 1호를 뵙고 온 눈으로 얼른 또 뵈러 가야겠다.

영상으로 보고 감탄한 고려 불화 「수월관음도」와 몽전에서 한 해 두 번 전시한다는 구세관음상을 보러 내 생전에 일본을 하루 이틀 더 방문할 것 같은 예감이 들기도 한다. 나로서는 대단한 내적 혁명이다.

일본불교 화엄종의 대본산인 **동대사東大寺**(도다이지) 가는 날은 부슬비가 내렸다. 이곳에는 우리가 도착하기 전날까지 며칠간 비가 많이 내렸다는데 오는 날부터 내내 날씨가 좋았다. 비 온 끝이라 단풍이 그렇게 고왔나 보다. 코벨 씨의 책 앞쪽에 동대사에 관해서 <도다이지와 교기行基 스님의 신불습합神佛習合>이라는 짤막한 글과 <도다이지 대불을 주조한 한국인>이라는 긴 글이 있다. 『브리태니커 백과사전』의 일본사 항목에 이런 글이 있다 한다.

한국인으로 알려진 교기 스님은 매우 사람을 끌어당기는 힘이 있었고 그가 포교하면 성공적인 결말을 내는 데 따를 사람이 없었다. 이처럼 민중에게 큰 인기를 끌자 이를 시기한 통치자가 교기를 옥에 가두었으나 곧 풀려났다. …

교기의 많은 업적 중에 특기할 것은 오래된 신토신앙과 신흥종교인 불교를 잘 화합케 했다는 사실이다. 교기는 이세伊勢신궁의 아마테라스가 부처의 환생이라고 설파하였다. (앞의 책, 58쪽)

코벨 씨는 또 "나라 동대사 대불 조성은 교기 스님이 신토身土의 가미 신과 불교를 화합케 하는 전초작업이 없었으면 불가능한 일이었다."고 말한 다른 사람의 글도 인용하고 있다.

막상 가 보니 앉은키가 16m, 얼굴 길이가 5m나 되는 어마어마한 비로자나불이었다. 백제의 왕인이 당시 문맹국이었던 왜국에 가서 처음으로 문자를 가르쳤다는 말은 나도 들은 적이 있는데 유명한 행기 스님이 그 왕인의 후손이라는 말은 처음 듣는다. 세계에서 단일 규모로는 가장 큰 목조건물인 도다이지를 짓는 데 큰 공로를 세운 한국인 행기 스님의 업적을 그들도 고마워하고 있겠지. 그 후에도 스님으로서 49개의 절을 지었을 뿐만 아니라 최초로 일본의 지도를 만들었다 한다.

여섯 번이나 조불造佛에 실패하자, 마침내 668년경 일본에 건너온 한국인의 후손에게 조불 작업이 맡겨졌다. 이 한국인은 연꽃 같은 좌대 위에 앉은 부처를 완벽하게 빚어내었다. 머리 뒤에는 거대한 해 모양의 광배가 받쳐졌는데, 그 안에도 기도하는 모양의 작은 불상들이 들어서 있었다. 이런 뛰어난 불상을 만든 조불사는 대궐의 4품 벼슬을 받았다. (앞의 책, 66쪽)

코벨 박사는 콜롬비아 대학교 교수 일본인 미술사학자 류사쿠 쓰노다(角田柳作, 1878~1964)의 글을 인용하고 나서, 이렇게 안타까워 한다.

오늘날 도다이지 대불은 일본 관광의 필수코스가 되어 많은 외국인들이 다녀간다. 그러나 아무도 대불을 제조하고 여기에 금을 입히기까지 결정적 역할을 한, 두 명의 한국인을 언급하지 않는다. 모든 영광은 쇼부 왕 한 사람에게 돌아가는 판이다. (앞의 책, 66쪽

일본 역사상 최대 크기인 이 불상은 당시 만연하던 역병을 막아 달라는 종교적 발심으로 주조되었다. 대웅전에 쓸 거대한 목재는 일본 전역을 뒤져 골라왔지만 그때까지 그렇게 큰 불상을 주조해 본 적이 없기 때문에 완성될 때까지 6년 동안 시행착오가 되풀이되었다. 계속 실패하자 마침내 이 난감한 조불造佛 일이 한국인에게 맡겨졌고 그들은 이 난제를 훌륭히 풀어냈던 모양이다. 공교롭게도 이것은 일본에 불교가 전파된 지 꼭 2백 년이 되는 752년의 일이었다. 그렇다면 2백 년이 지난 때에도 한국인의 기술이 이토록 필요했다면, 그 전에 만들어진 일본의 청동불상 중 얼마나 많은 것들이 한국인 손으로 만들어졌겠느냐는 이야기를 코벨 씨는 하고 있다.

나라의 아스카 문화

7세기 전반 아스카 지역에서 발달된 문화. 한반도에서 건너간 사람들이 목숨 건 항해 끝에 정착할 만한 땅을 찾은 안도감으로 안숙安宿이란 말을 했고 이 어휘가 시간이 지나면서 아스카로 변했다 한다.

안숙, 아스카

편안한 잠자리에서 안숙하는 게 인간에게 얼마나 중요한가. 백제 유민들이 대거 정착했다는 마을에 가 보니 충청도 내 고향에 온 듯 낯설지 않은 동네로다. 그들도 자기네가 떠나온 부여 공주 등지와 비슷한 지형을 골라 안착한 것이라 한다. 구릉丘陵에 올라가 마을을 내려다보니 백제 유민들끼리 오손도손 사는 정경이 그림 그려진다. 천삼백 년 전이라고 사람 사는 일이 생판 다를 리야 없었겠지. 밭 갈고 길쌈하여 아들딸 길러가며 알콩달콩 살았겠지. 당시 성덕 태자의 불교 장려 정책에 힘입어 아스카 불교문화가 꽃피었다 한다. 그렇다면 앞에서 사흘 동안 방문했던 고찰들 모두가 백제에서 도래한 장인들의 솜씨로 이룩한 아스카 문화의 결실이었구나.

금당벽화와 백제관음상 구세관음상 오층탑이 있는, 세계에서 가장 오래된 목제 건축물 **법륭사, 사천왕사**, 봉황당이 있는 **평등원, 금각사**, 서거한 지 5백 년이 지났어도 선불교와 청빈한 다도茶道의 창시자로 오늘날까지 흠앙欽仰받는 잇규一休 스님이 재건한 **대덕사**, 일본국보 1호 미륵보살상이 있는 **광륭사**, 행기 스님의 **동대사** 등 이것이 모두 우리 조상이 피땀으로 이룬 일본 아스카 불교문화의 소산임을 이번 여행을 통해 잘 배웠다.

역사를 바꿀 수는 없다. 일본이 다시 보인다. 나의 개안이다.

2016년 12월

동 冬

冬

슈베르트의 연가곡 겨울 나그네

슈베르트의 겨울 나그네(Winterreise). 눈으로 활자를 보기만 해도 나는 만감에 젖게 된다. 내 생애와 밀착되어 있는 이 <겨울 나그네>는, 나를 아주 오래 전의 나로 데려가는가 하면, 앞으로 내가 가게 될 길을 미리 보여주는 것 같기도 하다. 220년 전 사람(1797-1828) 슈베르트가 요새 사람같이 느껴질 뿐 아니라 나와 희로애락을 함께 나눈 피붙이 같기도 하니 음악이라는 게 사람을 홀리나보다.

그가 27세 때 썼다는 일기,

누구도 다른 사람의 슬픔을 느낄 수 없고, 누구도 다른 사람의 기쁨을 이해하지 못한다. 사람들은 서로에게 다가갈 수 있다고 생각하지만 사실은 스쳐 지나갈 뿐이다.

15세에 어머니를 여의고 엄한 아버지와 친절한 계모 밑에서 살다가 16세에 1차로 아버지 집에서 나와 친구네를 전전하기 시작했다. 그렇게도 겸손하고 수줍음이 많은 우리의 막내 슈베르트가 아버지의 명을 거역해 쫓겨난 것이다. 수학 등 다른 학과목 성적이 부진하다고 아들에게 작곡을 못하게 하자 아예 학업을 중단했기 때문이다. 위의 일기는 태생적 예술가인 그가 방랑하면서 몸소 뼈저리게 겪은 끝에 얻은 인생철학일 것이다.

상당히 어려운 시험을 통과해야 되는 궁정 예배당의 어린이 합창단에 12세가 되기 직전에 합격한 슈베르트는 이들에게 자동적으로 주어지는 국립 신학교의 학생이 되었다. 어린 슈베르트의 음악 인생이 노래로 시작되었다는데 나는 주목한다. 이 학교에는 어린 학생부터 신학이나 법학을 전공하는 대학생이 기숙 학생으로 섞여 있었다. 게다가 전체 학생 오케스트라는 바츨라프 루지추카(Ruzicka)와 같은 일급 음악가가 객원 지휘자로 학생들을 지도하였다. 가장 어린 슈베르트는 바이올린을 잘해 오케스트라 단원으로 뽑혔고 몇 해 뒤에는 악장 역할까지 하게 되었다. 여기서 일생 친구이자 후견인으로 슈베르트를 도운 9세 연상의 법과대학생 슈파운(Spaun, Joseph von)을 만난 것이다. 성인의 눈으로 어린 슈베르트를 바라본 슈파운의 회고록이 아주 중요한 자료로 남게 되었다.

"어느 날인가 나는 음악실에 혼자 앉아 있는 그를 발견했다. 작은 손으로 모차르트의 소나타를 집중하여 연습하고 있었다. 칭찬 했더니 수줍어하면서 자기가 작곡한 미뉴에트도 내게 들려주었다. 놀라웠다. 아주 훌륭하다는 내 찬사에 몹시 기뻐하면서 "나는 혼자서 몰래 나의 생각을 소리로 옮겨보곤 하는데, 아버지가 이 사실을 알아서는 안 된다."고 말했다. 아버지는 자기가 음악에 전념하는 것을 원치 않기 때문이라는 것이다. 그 후로 나는 종종 오선지를 아주 많이 그에게 가져다 주곤 했다."

《슈베르트 세 개의 연가곡》 38쪽, 나성인 작, 한길사

"혼자서 자기 생각을 소리로 옮기면서 살고 있는" 30세의 슈베르트를 가리켜 17세의 슈만은, "소리로 표현된 장 파울, 노발리스, 호프만"이라 했다. "음악은 귀를 위한 낭만주의의 시"라 선언한, 슈만이 좋아하던 소설가 장 파울, 시인 철학자 노발리스의 시 <밤의 찬가>에 슈베르트가 소리를 입힌 노래는 유명하다. 이렇게 슈베르트는 기존의 음악가들과 달리 색다른 매력으로 청중을 사로잡는, 창의적인 아름다운 곡들을 많이 발표했다.

피아노의 성격소품적인 가작佳作들 《6개의 악흥의 한때》 《8개의 즉흥곡》 《방랑자 환상곡》처럼 극적인 연주 기교를 요구하는 독특한 장르는, 문학의 다양한 유형 중에 수필의 역할 같다는 생각도 해 본다. 나는 '모망 뮤지코(Moments Musicaux)'와 '즉흥 환상곡(Impromptus)'을 연가곡처럼 끊지 않고 이어서 듣기도 하는데 그 맛이 색다르다. 마치 유려한 문장의 고품격 수상록을 한 장章씩 정독하는 느낌이랄까. 죽기 전 마지막 곡이라 알려지기도 하는, 피아노 반주에 클라리넷의 오블리가토 선율을 동반한 「바위 위의 목동」 같은 독특한 형식의 노래뿐만 아니라 모노 드라마라 할 수 있는 '연작 가곡'의 시도는 독보적이라 할 성공적인 개척 작품이다.

집을 떠나 방랑하면서 그가 몰두한 작곡의 밑바탕에는 인생의 본질에 대한 심각한 회의와 절대 고독이 깔려 있다. 시간이 갈수록 고통은 더해가고 봇물 터지듯 창작곡이 쏟아져 나와 받아 적듯 악곡이 쌓이다 보니, 인생 여정에서 달관한 현자賢者가 되어 빛나는 슬픔으로 승화된 아름다운 천상의 곡들이 탄생하지 않았을까.

슈베르트와 작사자 뮐러가 살던 19세기 초는 프랑스 혁명 직후, 독일이 통일되기 직전 왕정복고 시기로 자유를 사랑하는 청년들은 당연히 압박감을 느끼며 당국에 대해 불만에 차있었다. 합스브르그 왕가의 지배하에 있던 빈도 정치적 종교적 위기가 심화되는 시기로 자유의 꿈이 백일몽이 되고, 춤추는 것조차 수상하다 하여 금지되었던 감시의 시대였다. 슈베르트는 이렇게 불안한 시대에 가족을 떠나 살면서 곡을 썼다. 잠자는 곳이 어디든 눈만 뜨면 어김없이, 밤새 생각했던 것을 소리로 옮겼고 저녁에는 친구들과 어울려 연주하고 노래했다. 심한 근시였던 그는 언제고 바로 악곡을 오선지에 옮길 수 있도록 늘 안경을 쓰고 잤다.

막내로 귀여움을 받던 처지에서 사춘기에 어머니를 잃은 탓인지 성모마리아를 기리는 곡이 여럿 등장한다. <아베 마리아> (1825), <괴로움을 나누는 마리아에 대하여> (1818), <저녁의 정경> (1819), <너희에게 평화가 있기를> (1817), 슈베르트는 사랑뿐 아니라 믿음도 사라져버린 세상에서 음악으로 돌파구를 찾고 있었다. 외로운 그의 삶은 얼어붙은 강과 황량한 풍경, 눈과 얼음을 넘어가야 하는 겨울 여행이었다.

동冬

내가 슈베르트의 노래를 처음 접한 것은 중학교 음악 교과서에 실린 "성문 앞 우물 곁에 서 있는 <보리수>"와 "아름답고 즐거운 예술이여!"로 시작되는 <음악에>였다. 왕복 40리 이상을 날마다 걸어서 통학하던 때, 너무 늦는 날 어쩌다 학교 앞에 살던 친구 '다리목 영자'에게 붙들려 그 집에서 몇 번 잔 적이 있다. 걔 막내 동생 꼬마가 나한테 이 노래를 배웠다 하더란다. 미국 이민 가서 교수가 되었다는 그 때 그 개구쟁이가 나를 '보리수 노래 가르쳐 준 누나'로 기억하며 한 번 보고 싶다 하더라는데 내게는 금시초문으로 그 아이 얼굴도 떠오르질 않는다.

  그 다음에는 남편 성 시인이 예산중학교 영어 교사 시절 여고생인 내게 반주를 부탁하고 들려준 <어디로(Wohin?)>, <아침 인사>, <답답한 마음(Neugierige)>, <보리수>, <홍수>, <음악에(An die musik)> 그리고 몇 번이고 반복해서 부르던 <그림자(Doppelgänger)>. 시누이 혼인식장에서 축가로 부른 <아베 마리아>. 20대 때 문리대 콩쿨에서 꼬마영자와 <밤 인사>를 불러 입상을 했던 일을 필두로 <시냇가에서> <고독> <도깨비불> <이정표> <노악사> <연도> <세레나데> <봄의 신앙> 등의 노래가 나올 때면 어김없이 옛날 생각에 젖게 된다. 슈베르트의 슬픈 멜로디는 섬세하게 사람의 마음을 파고드는 신선한 바람이다. 그냥 스쳐지나가는 바람이 아니다.

  그때 <Gute Nacht>는 꼬마 영자가 부르기 편한 음역으로 낮춰달라 하여 박영숙이가 손으로 그려준 복잡한 것으로 연습했다. 플랫 하나인 Dminor를 플랫 세개인 Cminor로 그린 악보가 지금도 내 수중에 있다.

  수십 번은 맞춰 봤을 《겨울 나그네》 첫 곡 <밤 인사> 첫 음절, "후렘트 빈 이히 아인게 조겐"으로부터는 자동적으로, 예시적인 여운이 딸려 나온다. 'Fremd 낯선, 방랑자'로 왔다가 그곳에서 첫사랑의 소녀와 헤어져 정처 없이 떠나는 나그네로 시작되는 일련의 모노 드라마, 장장 24곡에 걸쳐 인생편력을 하는 나그네는 슈베르트 자신이라 해도 될 것이다. 13세부터 31세까지 17년 동안 피아노 소나타, 교향곡, 악흥의 순간, 즉흥곡, 실내악, 바이올린과 피아노를 위한 곡, 미사곡, 오페라, 600곡이 넘는 노래, 17년 동안에 천이 넘는 분량으로, 딴 사람은 몇 십 년 걸려서 할 일을 혼자서 다 하고 떠났다.

<겨울 나그네>는 단순한 실연의 노래가 아니다. 인생의 심오한 이치가 녹아 있는 드라마다. 플롯이 없는 베케트 풍의 모노드라마라고 이언 보스트리지는 해설해 놓았다. 작년(2019년) 5월에 영국 옥스퍼드에서 역사와 철학을 전공한 박사 보스티리지의 드라마틱한 제스처의 노래로 <겨울 나그네> 전곡을 감명 깊게 들었다. 깡마른 젊은 테너는, 1961년 학생 때 눈썹까지 하얀 게르하르트 휘시(1901~1984) 할아버지의 부드러운 바리톤으로 명동성당 근처 '시공관'에서 들던 분위기가 아니라, 정말 젊은 실연자失戀者, 극중의 주인공 나그네, 슈베르트였다.

반세기 전 까마득한 옛날에 한 달 전부터 휘시의 비싼 표를 사놓고 얼마나 손꼽아 그날을 기다렸던가. 잃어버리기 선수인 나에게 꼬마영자는 그 표 잘 있느냐고 묻곤 했었지. 근래는 유튜브에서 여러 성악가의 목소리로 원 없이 듣는 중에 아예 한국어 버전으로 부르는 박수길 교수의 <겨울 나그네>도 가사 때문에 수없이 듣곤 한다. 베토벤의 '전원 교향곡'과 마찬가지로 이 연가곡도 물리지 않는 밥처럼 아무 때나

마냥 들어도 좋다. 여러 권의 책과 악보를 구해 들여다보기도 하면서 귀가 닳도록 들었어도, 이안 보스트리지의 두꺼운 책 (Schubert's Winter Journey)을 장호연 번역으로 읽기 전에는 가사의 내용을 그냥 쓱 읽고 지나쳤었다. 뒤늦게 이 시를 음미해 보니, 20세 전후 병고에 시달려 절망적이면서도 환상적인 시를 쓴 Chan.의 노래 같은 느낌이 들어서 인지, 애절한 가사를 자꾸만 곱씹게 되어, 슈베르트의 겨울 나그네가 더욱 가족처럼 안쓰러워지는 지도 모르겠다.

인생의 황혼에 하늘이 보내 주신 슈베르트 덕분으로, 쓸쓸한 가운데 풍요의 진미를 '깨달음'이라 할 수 있는 정도의 경지에까지 들어가게 되어 감사한다. 무엇보다 18세기 말 19세기 초의 유럽의 정치 상황과 신학적 배경, 철학 과학 등이 다 녹아있는 가운데 '겨울 나그네'가 읊어대는 호소력 충만한 이야기가 마음에 와 닿는다. 무슨 사연인지 설명 없이도 우리는 이해할 수 있는 베케트 연극 《고도를 기다리며》를 보듯, 이 주인공 나그네의 궤적을 그냥 따라가 본다. 오늘날 느끼는 <겨울 나그네>의 궁극에서 새로운 의미를 찾아 몰입할 수 있어 감사하면서, 독자들과 함께 여정을 따라가리라 생각하니 울적한 가운데지만 설레기도 한다. 그야말로 투명한 슬픔, 어쩌면 흐릿한 무지개가 멀리 보이는 것 같기도 하는, 슬픔의 골짜기로 31세의 착한 슈베르트가 우리를 인도한다.

프로이센 지배 하 테사우에서 재단사의 아들로 태어난 빌헬름 뮐러 (1794~1827)는 바이마르 공국의 괴테와 같은 풍족한 환경의 지식인이었다. 군주의 사서로 취임했고 이후 추밀고문관이 되었다. 안할트 테사우 군주의 총애를 받을 만큼 크게 출세했으나, 뮐러는 자유주의가 프로이센과 신성 동맹의 모진 박해를 받았던 시기의 확고한 자유주의자였다. 1816년 학생 시절에 비밀단체 활동을 지지하는 『연방의 꽃』이라는 시 선집을 출간해 탄압을 받았다. 그러나 뮐러는 "누가 자유를 살해할 수 있단 말인가?"라며 뜻을 굽히지 않았다. 슈베르트보다 세 살 위인 그는 《아름다운 물방앗간의 아가씨》와 《겨울 나그네》 연가곡의 작곡이 완성 되었는데도, 듣지는 못하고 작고했으니 정말 아쉽다.

"음악이 생명을 불어넣기 전까지, 혹은 그 안에 잠재되어 있던 기운을 깨워서 끄집어낼 때까지 내 노래들은 종이 위에서 흑백의 존재로 반쪽짜리 삶을 살았다." 보스트리지 《슈베르트의 겨울 나그네》, 32쪽

뮐러는 1822년에 작곡가 베른하르트 요제프 클라인이 자기 시 여섯 편에 곡을 붙여 출판했을 때, 이렇게 고마움을 표시했다. 그러나 이 노래는 아무도 주목하지 않아 사라졌다. 허나 슈베르트가 입혀준 찬란한 망토를 걸친 뮐러의 연작시 「물방앗간의 아가씨」와 「겨울 나그네」 두 편은 2백 년이 넘도록 전 세계에서 꾸준한 사랑을 받고 있으니, 비록 본인이 듣지는 못했을지라도 '음악이 생명을 불어넣어 주어' 영원한 사랑을 받았고 받고 있고 또 받을 것이다.

1824년 <겨울 나그네> 전 작품 24편이 완전한 모습으로 《방랑하는 호른 주자의 유고에 실린 시들》 제 2권에 실렸다. 전반부 12편은 2

월부터 곡을 붙였고, 그 뒤 뮐러가 13부터 24까지 후반 12편을 발표하자 즉시 찾아서 부지런히 작곡을 끝내고 얼마 안 되어 슈베르트도 저세상으로 떠났다. 슈베르트는 이 작품의 첫 번째 연주자였다. 죽기 한 달 전 10월에 친구들을 쇼버네 집으로 오라 해 놓고 한 시간 넘게 직접 피아노를 치며 노래했다. 모인 이들이 너무나 침울한 분위기의 연가곡에 충격을 받았다고 친구 슈파운은 회고했다. '보리수' 외에 다른 곡은 별로라며 대놓고 불평하는 쇼버에게, 아마 앞으로는 이 <겨울 나그네>를 모두 좋아하게 될 것이라 했다. 그의 예언은 적중했다.

그때 작곡자가 병든 몸으로 긴 연주를 마치고 느꼈을, 인생의 종착역에 다다른 소의所依와 절대 고독을 젊은 친구들이 어찌 헤아릴 수 있었으랴. 이렇게 자기 인생의 슬픈 여정을 뮐러의 시를 빌어 차원 높은 투명한 슬픔으로 끌어올렸다. 약관 31세의 그가 사랑하는 친구들에게 마지막 유언처럼 24곡을 들려주면서, 일말의 성취감도 느끼고 스스로 위로를 받지 않았을까 짐작해 본다. 70분 이상 소요되는 겨울 나그네 전곡을 나는 꼼짝 안 하고 앉아서 들을 때도 있고, 불을 끄고 누워서 들을 때도 있다. 어떤 때는 슈베르트의 마음이 되어 적적해 지다가도 신비스런 감흥에 젖어 슈베르트의 맑은 슬픔으로 위로를 받기도 한다.

슬퍼하는 사람은 행복하다. 그들은 위로를 받을 것이다.(마태 5,7)

다소 경박했던 시인 친구 쇼버(Schober)와 어울리다가 슈베르트가 매독에 걸렸다는 게 정설이다. 일찍이 신세를 많이 진 쇼버네 집이 어려워져서 말년의 슈베르트 수입이 그리로 많이 흘러들어 갔다. 슈베르트 연구의 최고 권위인 오토 에리히는 "행여 병이 옮을까봐 쇼버는 그가 죽은 11월에는 투병 중인 형의 집을 방문하지 않았다." 고 적혀 있는 곳에 나는 "나쁜 놈" 이라 색연필로 크게 썼다. 불후의 명곡 'An die Music'(음악에)의 작사자라 하여 호감을 가졌었던 쇼버가 괘씸하기 짝이 없다.

작곡한 지 얼마 안 되어, 그야말로 따끈따끈한 곡의 이런 비(非)공연은 세상에 존재하는 어떤 공연보다 우리 모두가 경험하고 싶어하는 뜻깊은 일이다. 하물며 죽음을 앞둔 슈베르트 스스로가 혼신의 힘을 모아 부른 노래임에랴! 예술가에게 '삶과 예술'은 분리해 생각할 수 없다. '삶과 죽음과 예술!'은 하나다.

"슈베르트는 기분이 울적할 때 경쾌한 음악을 작곡했고, 즐거울 때는 침울한 음악을 썼다. 이렇게 예술은, 살고 느끼고 생각하는 인간에 의해 역사 속에서 만들어지는 것이다." (보스트리지《슈베르트의 겨울 나그네》, 463쪽)

겨울 나그네 24곡을 소개하면

1. 밤인사(Gute Nacht) 2. 풍향계(Die Wetterfahne) 3. 얼어붙은 눈물(Gefrorne Tränen)

4. 동결(Erstarrung) 5. 보리수(Der Lindenbaum) 6. 넘쳐흐르는 눈물(Wasserflut)

7. 시냇가에서(Auf Dem Flusse) 8. 회상(Rückblick) 9. 도깨비불(Irrlight) 10. 휴식(Rast)

11. 봄 꿈(Frühlingstraum) 12. 고독(Einsamkeit) 13. 우편마차(Die Post)

14. 백발(Der Greise Kopf) 15. 까마귀(Die Krähe) 16. 마지막 희망(Letzte Hoffnung)

17. 마을에서(Im Dorfe) 18. 폭풍우의 아침(Der Stürmische Morgen) 19. 환영(Täuschung)

20. 이정표(Der Wegweiser) 21. 여인숙(Das Wirtshaus) 22. 용기(Mut)
23. 허깨비 태양(Die Nebensonnen) 24. 거리의 악사(Der Leiermann)

"나를 멸시한 사람들에 대한 끝없는 사랑을 마음속에 품고 …… 먼 길을 돌아다녔다. 여러 해 동안 노래를 불렀다. 내가 사랑을 노래하려고 할 때마다 사랑은 고통이 되었고, 고통을 노래하려고 하면 고통은 사랑이 되었다." (슈베르트가 1822년 7월3일에 쓴 〈나의 꿈〉중에서, 앞의 책 7쪽.)

'걸음걸이의 보통 빠르기로'라 악보에 직접 써 놓은 첫째 곡 〈밤 인사〉는 요즘 시대의 표현으로 하자면 '길 위의 인생'의 시작이다. 슈베르트는 독특한 '자신만의 겨울 나그네'로 만드는데 성공했다. "이방인으로 왔다가 이방인으로 떠나네." 이 첫 마디가 연가곡의 전체를 요약했다할 수 있다.

달그림자 하나 / 길동무인 양 날 따라나서고
하얀 설원 그 위로 / 숲짐승 발자국을 찾으리.

낭만주의가 유럽에 유행일 때 이 낯설고 소외된 나그네의 고독은 인간사에서 필연적으로 따라오는 운명이었을 것이다. 당시 장 자크 루소의 소설 《쥘리-신 엘로이즈》가 세기의 베스트셀러였고, 가난한 청년이 귀족 집안의 입주 교사로 들어가서 생기는 연애 사건이 실제로 흔할 때이므로 특별한 플롯 없이 그러한 패턴으로 자연스레 밀려의 연작시는 시작된다. 눈물이 얼어붙어 자기가 울었는지조차 몰랐던 나그네의 절망이 3, 4 곡으로 이어지고, 이후에도 나그네의 눈물이 흘러 넘친다. 그 당시에 유행하던 소설 주인공들이 슬픔의 눈물, 기쁨의 눈물을 많이 흘렸던 낭만주의 시대였음을 감안하면 '남자들의 울음'이 그다지 낯설지도 않다.

5곡인 <보리수>에 오면 나무 그늘 아래 눈 속에 누워 단 꿈을 꾸면서 "여기서 안식을 찾아라." 하는데, 안식이라지만 그 주제는 죽음이다. Lindenbaum(보리수)은 우리의 기억을 촉발하는 구실을 한다. 《잃어버린 시간을 찾아서》의 프루스트의 라임나무가 마들렌과자로 하여 기억이 되살아나듯 '린덴바움' 역시 우리가 발견하는 것은 사랑, 그리고 사랑의 기억이다. 이 모든 열쇠는 시의 내용보다 천재적인 슈베르트의 음악, 멜로디에 있다.

7곡 시냇물에서

너의 표면에 / 날카로운 돌로 새기리.

내 연인의 이름을 / 시간과 나날을.

19세기 초에 알프스 빙하의 장대한 얼음강은 유럽 지식인들에게 엄청난 관심을 끄는 주제였다. 강들이 꽁꽁 얼어붙은 모습은 슈베르트 시대에 훨씬 더 흔한 풍경이었을 것이다. 우리도 얼어붙은 한강을 달구지로 건너는 사진을 본 기억이 있지 않나.

동冬

키츠의 묘비명 "여기 물위에 이름을 새긴 사람이 잠들어 있다."

괴테의 시 〈강가에서〉

흘러가거라. 사랑노래여. / 망각의 바다까지!

너는 물에 쓰인 노래이니 / 물과 함께 흘러가거라. (앞의 책 187쪽)

9곡 도깨비불

깊은 바위 협곡에서 / 도깨비불이 나를 유혹하네.

……

슬픔도 기쁨도 / 모두 도깨비불의 장난이지.

모든 강물은 바다로 이어지고 / 모든 고통은 무덤을 만나리.

밀턴의 《실낙원》과 괴테의 《파우스트》에도 등장하는 도깨비불. 우리 어렸을 때 저 건너 마을에서 도깨비불이 이리저리 다니는 것을 보았다는 어른들이 있었다. 실제로 도깨비불이 있나보다. '도깨비불의 원인이 늪에서 올라오는 인화성 기체의 발달'이라 한다.

10곡 휴식

숯꾼의 비좁은 오두막이 / 나의 휴식처라네.

그러나 아픈 상처가 쑤셔서 / 내 몸은 쉬지 못해.

왜 하필 숯꾼의 오두막일까? 숯꾼은 미천한 직업인이었다. 외로운 나그네가 쉴 집으로는 안성맞춤 아닌가. 또 다른 효과는 은밀한 정치적 메시지를 우리에게 주는 것일 수도 있다. 나폴레옹 전쟁이 끝나고 메테르니히가 영향력을 떨친 억압적인 겨울로 접어들던 시기였다. 잃어버린 삶의 양식과 급변하는 경제를 환기시킨다는 점에서 숯꾼은 외로운 장인이었다. 복잡한 정치적 빙하기의 예술가들. (앞의 책 211~236쪽 참조)

11곡 봄 꿈

창문에 새겨진 꽃잎은 / 대체 누가 그렸을까?

너는 비웃고 있구나. / 겨울에 꽃을 보았다는 몽상가를.

……

너는 언제 다시 창문에서 꽃으로 피려나? / 나는 언제 다시 연인을 팔로 안아보려나?

겨울의 많은 현상들은 말로 도저히 나타낼 수 없는 유약함과 깨질 듯한 섬세함을 느끼게 한다.

헨리 데이비드 소로 《월든》에서

문학에서 나오는 가장 친숙한 얼음꽃은 겨울철 창문에서 볼 수 있다. 나도 어렸을 때 시골집 유리창에서 본 기억이 있다. 아니 근래는 스키장 콘도에서도. 바깥이 아주 춥고 실내 공기가 따뜻하여 습기가 충분할 때 생긴다. 얼음꽃은 결국은 곧 녹을 것이다. 다시 푸르게 살아날 일은 결코 없을 허망한 것이다.

12곡 고독

어두운 구름이 / 선명한 하늘을 가로지르고

전나무의 높은 가지 위로 / 희미한 바람이 불어오네.

나는 무거운 발걸음으로 / 나의 길을 가네.

폭풍이 몰아쳤을 때도 / 홀로 반겨 주는 이 없이.

반겨 주는 이 없이 홀로 걸어가는 세상이 전반부 마지막 곡인 '고독'의 종착지다. 영국의 매슈 아놀드가 표현했듯이 "삶의 바다에서 섬이 되어, 필멸의 존재인 인간은 홀로 살아간다." '방랑'과 마찬가지로 독일어 'einsam(홀로)'은 슈베르트가 곡을 붙인 시들에서 반복적으로 나타나는 주제다.

13곡 우편마차

거리의 우편마차에서 나팔 소리가 들리네. / 왜 그렇게 두근거리는 것이냐? / 내 마음아!

맞아, 마차는 그곳에서 왔어. / 내가 사랑하던 이가 사는 곳. / 내 마음아!

한 번만 돌아가서 보고 싶으냐, 그리고 어떻게 지내는지 묻고 싶으냐. / 내 마음아!

편지는 낭만주의 문학에서 필수적 장치다.

《신 엘로이즈》도 편지를 주고 받는 형식의 파란만장한 연애소설 아닌가. 또한 낙오된 나그네가 거리에서 우편마차의 나팔소리를 들으면 무슨 생각이 떠오를까.

15곡 까마귀

··· 그리 멀리 가지 못한다. / 지팡이를 짚고는

까마귀야, 마지막으로 보여주려무나. / 무덤까지 따르는 충직함을!

이제 흉조인 까마귀는 높은 하늘로 우리를 이끈다. 나그네도 우리도 모두 까마귀가 되는 것이다. 앞에서도 두 차례나 까마귀가 등장했었다. 지붕에서 나그네의 머리 위로 눈을 던지는 까마귀 (8곡 회상), 새벽에 요란하게 울어 대는 까마귀 (11곡 봄 꿈). 묘한 짐승 까마귀.

20곡 이정표

아무렴 나는 사람들을 피해야 하는 일은 / 아무것도 하지 않았다.

대체 무슨 어리석은 갈망이 / 나를 황야로 모는 것일까?

이정표 하나가 / 내 눈앞에 딱 버티고 서 있다.

나는 길을 가야한다. / 아무도 돌아오지 않은 길을.

성찰의 순간에 나그네는 스스로에게 다짐한다. 여기서 처음으로 죽음과 명확한 관계가 맺어진다. 적막한 가운데 격정은 희미해지고 경건한 슬픔이 조용히 나그네를 감싼다.

1828년 11월 17일 슈베르트는 허약했지만 의식은 또렷했다. 저녁이 되면서 헛소리를 했다.

11월 19일 오후 3시 슈베르트는 죽었다.

21곡 여인숙

이곳저곳 걷다보니 / 무덤가에 오게 되었네.

'아주 느리게'로 표기되어 있어서 그런지 장송행진곡 같다.
고만 멈추고 싶다는 생각, 이제 다 내려놓고 싶다는 욕구.
지친 나그네가 이 여인숙에 이르러 우리와 더불어 묘지로 향한다.

23곡 환상의 태양

하늘에 떠 있는 세 개의 태양을 보았네. / 오랫동안 지그시 쳐다보았네.
세 번째 것도 마저 사라졌으면! / 나는 어둠 속에 있는 것이 나아.

"무리해(태양을 중심으로 좌우에 태양이 떠 있다)는 빛이 높이 있는 새털구름
에 형성된 육각관상 얼음 결정을 통과하면서 굴절되어 나타나는 현상이
다. 무리해는 고대 이래로 철학적 논평의 대상이었다. 아리스토텔레스는
《기상학》에서 두 개의 무리해가 "태양과 함께 떠올라 해질녘까지 따라
다녔다."라고 했다. (앞의 책 429쪽)

24곡 거리의 악사

저기 마을 뒤편에 / 허디거디 연주자가 서 있네.
얼어붙은 손가락으로 / 할 수 있는 한 열심히 연주하네.
얼음 위에 맨발로 서서 / 몸을 앞뒤로 흔드네.
그의 작은 접시는 / 항상 텅 비어있네

방랑자인 겨울 나그네가 이 기나긴 여정에서 마주치는 유일한 사람이 거리의 악사다. 다음은 24곡의 맨 마지막 연이다.

묘한 노인이여. / 내가 그대와 같이 갈까?
그대는 내 노래에 맞춰 / 허디거디를 연주할 렌가?

허디거디(Drehleier)는 풍구 돌리듯 손잡이를 잡고 회전 시키면 소리가 나는 수금으로 최하층 사람들이 들고 다니는 악기다. '소외'를 표현하기에 딱 맞는 물건으로 10세기 유럽에서 처음 등장했다. 슈베르트는 '가난한 노악사가 켜는 음악'을 우리에게 마지막으로 선사한다. 뮐러가 끝으로 준비한 시에서 가난과의 대면은 처음으로 현실의 물질적 곤경과 마주치는 느낌이 든다. 동전 한 푼 없이 늘 비어 있는 '작은 접시'와 얼음 위에 맨발로 서서 앞뒤로 몸을 흔들며 허디거디를 켜는 추레한 모습이 그러하다.

"내가 그대와 같이 갈까?"

만약 노악사가 승낙하면 이번에는 둘이서 "노래하고 춤추며" 겨울여행을 다시 시작할 수 있을까? 아마도 그런 일은 일어나지 않을 것이다. 지친 나그네는 어둠 속으로 사라지고 거리의 악사는 그냥 그 자리에서 죽는 날까지 그리고 있겠지.

슈베르트의 겨울 나그네는
거리의 악사가 수금을 켜는 사이 어둠속으로 사라졌다.

지난해 11월 28일 저녁 8시 '금호아트홀 연세'에서 베이스 장세종의 노래와 김태형 반주로 <겨울 나그네>를 감상했다. 광화문에 있던 금호아트홀이 신촌 연세대 교정으로 옮긴 지하 연주홀에서 공연, 대낮같이 밝은 한 밤의 연세대학교 풍경도 이국적이었다. 쌀쌀한 바람 부는 밤하늘 아래 분주하게 오가는 젊은이들이 생기를 더해 주고 있는 교정에서, 심각한 슈베르트의 <겨울 나그네>를 들었다. 중간에 휴식 시간 포함, 한 시간 반가량 듣고 10시 무렵 밖으로 나오는데, 어느 때보다도 슈베르트의 쓸쓸한 마음이 감정이입되어 그대로 간직한 채 조용히 돌아왔다. 허스키한 베이스로 듣는 <겨울 나그네>는 처음이었는데. 뭔지 추위에 떨고 있는 슈베르트가 상상되면서, 큰 길로 나와 비로소 마주하는 어둠이 나를 안정시키는 듯했다.

　　저 연대 쪽은 조명이 너무 눈부셨다. 단조로운 마지막 곡 거리의 악사의 노래가 버스를 타고 오는 내내 귓가에 맴돌았다.

2020년 1월

매일 밤 통나무처럼 쓰러져서 죽고

아침에 맑은 이슬로 소생한다

1

2012년 5월 홀로 스페인 산티아고 순렛길에 나선 지 열흘이 넘어가는
때였던가 가도 가도 끝없는 벌판 사람 사는 마을은 영 안 나타나고
저 멀리 배낭 메고 가던 두 사람도 어느 틈에 시야에서 사라졌네
고립무원이로세 오전에 고목이 울창한 큰 구릉을 넘었더니
물 잡혔다 가라앉은 발가락에 다시 물집이 생겼나 아리고 쓰리구나
해는 뉘엿 몸은 천근 큼직한 배낭 메고 끝도 없이 펼쳐진
붉은 흙길을 가는 순례객의 뒷모습이 그림으로는 보기 좋으나
막상 그 당사자는 밀려오는 외로움과 고통에 당황하며
죽을힘을 다해 가고 있을 때도 있다 그날 내가 그랬다

동冬

전체 거리 800킬로 하루에 20킬로 안팎을 걸어 종주 40일로
대충 정해 놨지만 어쩌다 더도 덜도 걷게 되는데 어제
조금 걸었으므로 오늘은 30킬로 정도 걷기로 되어 있던 날
부지런히 강도 지났고 고색창연한 다리도 건너왔고
진홍색 양귀비꽃과 색색의 야생화가 바람에 한들거리는 들판을
한없이 지나왔건만 도무지 마을이 안 보이네
동이 트기 전에 비아나의 아름다운 지자체 호스텔을 떠나올 때
분명 안내 책자에 산타마리아 수도원 인근에 사설 호스텔이 있다 해서
점을 찍고 왔건만 이를 어쩌나

붉은 노을이 하늘가로 잦아들 때가 되면 새들도 둥지를 향해 날고
양 떼도 목자를 따라 모여들거늘 하물며 나그네임에랴
혼자서 느릿느릿 걷고 있는 나를 스쳐 지나간
그 많은 사람들은 지금 다 어디에서 쉬고 있을고
기진맥진 몸을 못 가누며 12시간만에 쓰러지듯 당도한 알베르게
침대 2층 딱 한 자리가 남아 있다 하네 하느님 감사합니다
아이엠 세븐티스리 이어즈 올드 사정사정하여
이어폰 꽂고 있는 1층 서양 청년을 위로 보내고
통나무처럼 쓰러져서 죽음 같은 잠의 바다 속으로 푹 꺼지다

눈을 뜨고 둘러보니 생시가 틀림없네 아아 살아났구나
유성流星처럼 흐른 나의 카미노 시간 어둠 속을 더듬어

작은 전등을 이마에 걸고 단잠에 빠져 있는 각양각색
숨소리의 바다를 헤쳐 더듬더듬 화장실로 향한다

맑은 이슬로는 아니지만 밤새 소생하여 물 한 모금 마시고 보니
새벽 3시 여기가 2층 침대 열 개 정도 있는 자그마한 방이로구나
어제 부실한 점심 후 내내 굶어 등가죽에 붙은 배를 접고
기다시피 주방 쪽으로 가 보니 기적처럼 쌀이 한 움큼 든 봉지가 있네
이렇게 놓여 있는 것은 임자 없는 물건이라 곁에 있는 찌그러진 냄비에
쌀을 씻어 넣고 밥을 지으려다 불을 못 켜고 애쓰는데 어제 아침나절
내 곁을 지나가며 말을 걸던 상냥한 프랑스 젊은이가 미소 띤 얼굴로
서 있다가 어디를 몇 번 누르니 바알갛게 불이 들어오네 메르시 보꾸
배낭을 뒤져 치즈 한 쪽과 비상용 소금을 찍어 허발하고 뚝딱 먹었더니
기운이 난다 기왕이면 기운생동氣韻生動하여 영감적인 하루가 되기를

장천공을 매일 새벽에 30분 정식으로 점심 무렵 길에서 한참 쉬거나
낮잠이라도 자고 나면 15분 정도 약식으로 하루에 두 번은 꼭 하는
신효한 나의 천군만마 장掌·천天·공功 다리는 기마자세
양팔을 정수리 위로 들고 손바닥을 하늘로 향하는 장천공
풀지 않은 자세 그대로 30분 죽을 것 같은 고통 후에 찾아오는 평화
선 자리에서 할 수 있는 지공止功이므로
어둠 속 방 귀퉁이 아무 데나 서서 비지땀 흘리며 몸을 푼다

　　　　　　　　　　　　　　　　　　　　　　　　　　　　동冬

샤워하며 빤 젖은 양말 수건 등을 집게로 매단 배낭을 메고
여명에 베토벤 전원 교향곡으로 또 하루가 시작되누나
주위에 사람 없으니 이어폰도 필요 없지 밝아오는 대지와 하나 되어
축복의 소리로 나의 영을 쓰다듬으며 낯선 길에 나선다
며칠 전 레이나 알베르게에서 자고 혼자서 언덕을 내려오는데
동녘 하늘은 불그레하고 울창한 나무들이 강가에서
바람에 흔들리는 풍경 사이로 두셋씩 짝지어 다리를 건너가는
순례객의 뒷모습을 바라보다가 괜히 눈물 바람을 하던 일이 생각나누나

들어도 들어도 밥처럼 물리지 않는 전원 교향곡 외로움도 기쁨도
그냥 그대로 차곡차곡 반듯하게 이불 개듯 마음에 개켜 주는 신비한
교향곡 밝고 신선한 전원 풍경이 펼쳐지는 1악장을 차분히 듣다가
느린 2악장에 접어들면 언제나 나는 하늘과 들판을 두루 살핀다
이 평온하고 아름다운 풍광 속에서 플룻 오보에 클라리넷 바순 등
맑은 목관으로 들려주는 각종 새 소리에 귀 기울이다가
나도 모를 정겨움이 솟아 북받치면 걸음을 멈추고 천천히 성호를 긋고
소리에 집중하며 숨 죽이다가 눈을 뜨고 다시 걷기도 한다
경쾌한 3악상 야성미 넘치는 농부들의 축제 내 몸 어디에서 저절로
힘이 솟아 힘차게 발걸음을 내딛으면서 천둥번개 치는 전원의
거친 숲속도 통과 어느 틈에 맑은 하늘로 바뀌는 4 5악장 천천히
피날레로 접어들 때 더욱 너무나 아름다운 선율에 넋을 잃고 마는데
이때쯤이면 어김없이 내 젊은 시절이 떠오르는 게 참으로 오묘하다

이 전원의 코다에 접어들기만 하면
왜 방황하던 이십대의 기억을 소리가 물고 와 나를 이리 아프게 하나

자연을 에워싸는 장엄한 교향악이 점점 사그라들며
도~ 솔(낮은)~미레~~레~솔(낮은)파미~~미파솔(높은)라~~
레레~미~파미~가느다란 소리로 베토벤의 전원이 서서히 끝나가나
할 때쯤 마지막 숨을 몰아쉬듯 반짝 크게 한숨을 쉬고는
소리의 여운마저 사라진다
그 끝난 자리에서 어느 때는 가던 길을 멈추고 눈을 감는다

맑은 이슬 같은 단순한 멜로디 어디에 켜켜이 쌓인 시간의 재를 헤집고
불씨처럼 묻혀 있는 귀한 것을 드러내는 독특한 힘이 숨어 있는가
젊은 날의 풋풋한 기억으로 축 처지려는 나의 기를 살려 보네
이런 대자연의 대서사시인 전원교향악과 더불어 매일 새벽
산티아고 데 콤포스텔라를 향하여 전진 또 전진

2

떠날 때는 평소에 즐기던 음악으로 벗이나 삼으려 했으나
여러 날 정들고 보니 아주 긴밀한 동행이 되었다 오늘은
푸르트뱅글러의 느린 소리로 어제는 부루노 발터 그제는
좀 더 빠른 카라얀으로 다른 곡과 달리 이 교향곡은

동冬

느림과 빠름에 따라 그 맛이 많이 달라서
그날 카미노의 기분 따라 하루의 문을 활짝 열고
모두 다 새롭게 새 부대에 새 포도주를 담는 마음으로 맞아들인다
포도주의 나라 스페인답게 며칠 전에는 길가 이라체 수도원의
십자가 문장紋章 양옆 수도꼭지에서 물처럼 포도주가 나오는 곳을
지나치게 됐었지 사람들이 옹기종기 모여서 컵에 붉은 포도주를 따라
마시기에 나도 몇 잔 연거푸 마시고는 다리가 풀려 한참 쉬다가 근처
풀밭에 아예 자리를 깔고 감미로운 꿈 꾸며 낮잠을 잤네

슈베르트의 피아노곡들은 가난한 나그네를 고요 속으로 깊숙이 이끌어
내 탓이오 내 탓이오 저절로 회개를 시키네 그중에도 죽기 직전의 곡
마지막 피아노 소나타 21번 B플렛 장조 D.960은 내 눈물의 고해소
맑은 영혼이 모대모대 모여 있는 노래 동산은 에덴
죄짓고 눈물 흘리며 쫓겨나는 선악과나무 아래의 아담과 하와
벨리니의 <정결한 여신> 하늘에 호소하는 칼라스의 비장한 아리아
그날 뽑힌 노래들은 나그네의 일용할 양식일세

2012년 5월 그 당시만 해도 사진은 카메라로 음악은 엠피스리로
신혼인 막내가 일 삼고 직장에서 우리 집으로 퇴근해 내가 뽑아 놓은
곡들을 컴퓨터에 옮기고 이것을 다시 엠피스리에 담아 주느라 애써
나름대로 정선을 했네 희귀한 천재 위대한 예술가 선량한 인간 베토벤
음악의 큰 산맥 나의 스승 베토벤에게 영광 있으라 광영 있으라

3

산토 도밍고 알베르게의 어두운 창밖에 비가 내린다 비옷을 꺼내
입으려다가 비바람 소리가 하도 세차 주춤하고 신을 신은 채
잠시 눈감고 배낭 베고 누웠네 이때 핸드폰에 기별이 와 벌떡 일어나
여보세요 아 당신이구면 고생스러울 텐데 잘 견디고 있겠지
네 네 괜히 목이 메어 머뭇거리며 일어나 앉네

(아하 오늘이 20일 정오 가까운 시간이겠구나 20 30 10 닷새나 열흘 간격으로
여기 새벽 시간에 전화하기로 했었지 날짜 가는 것도 깜박 잊고 있었네
팔십 넘은 자기는 힘에 부친다면서 칠십 넘은 내게 선선히
산티아고 순례 40 스페인 관광 10 도합 50일 휴가를 줘 이 길을 걷게 되었네
평소에 내가 쓴 수필을 즐겨 읽는 육촌 시동생 베드로 씨
산티아고 순례 도중이라면서 내게 아주머니 동행 찾지 마시고
혼자 여기 순례길 오세요 마침 곁에 있던 남편이
평소 사랑하던 아우 말에 맞장구치듯 내게
당신은 실컷 혼자서 다녀올 수 있을 테니 걱정 말고 떠나라
폭탄선언을 해 오히려 내가 놀라 한참 망설이다 받아들인
혼인 46년 만의 50일 휴가 광야로 너를 초대하신 예수님께 감사하라는
언니 노엘 수녀님의 말에 마음 깊이 느끼는 바 있어
얼마 후 별 준비도 없이 뚝딱 순례의 적기라는 5월에 출발하게 됐다네)

동冬

잠시 뜸을 들이는 남편은 내 말을 기다리는 모양인데 말문이 막힌다

비가 오네요 지금 비바람이 잦아들기를 기다리고 있던 참이야

어제는 구름만 잔뜩 끼어 뜨겁지 않아 걷기는 좋았는데

쉬엄쉬엄 다녀 서둘지 말고

네 그래도 웬만하면 일고여덟 시간은 걸으려 하고 있어요

너무 애쓰지 마요 쉴 때도 있어야지

이 동네는 아주 작은 마을에도 번듯한 성당이 꼭 있네요

어제 주일 미사 드린 성당은 크기는 해도 겉은 허름했는데

들어가 보니 대단해 제대 뒤 높은 벽이 온통 성화와 성상으로 가득 차

있더라구요 자세히 봤더니 몽소승천하신 성모님을 그곳에 있는

성조들이 반갑게 맞아들이는 현장의 천당 풍경 같더라구요

우리 응암동처럼 성모님이 주보이신 성당인게로구면

네 성모 승천 성당인가 봐요 아주 화려한데도 전혀 눈을 자극하지 않고

마음속 깊은 감동으로 성모신심이 저절로 우러나데요

물 잡힌 발가락은 가라앉았남

그냥저냥 견딜 만해요 몸은 몹시 고되고 날마다 마냥 걷기만 하는데

마음이 이렇게 평온하고 차분해질 줄은 몰랐네요

도가 텄구면 하하

도까지는 몰라도 지루할 틈 없이 매일이 새롭구면요

그렇지 톱질처럼 단순한 일을 반복하고 나면

힘은 들어도 마음은 착 가라앉아요

어려운 일이 생기더라도 우선 감사하는 마음으로 받아들여

무리하지 말고 몸조심해요 기도할게
나두요 끼니 잘 챙기시구요
염려 말아요

여운에 그냥 오래 머문다 휴대전화를 쥔 채로

좀 쉬다가 비가 그칠 기미가 없어 비옷을 단단히 여미고 길을 나선다
오늘 하루도 한 걸음 한 걸음을 모아 영원이신 하느님께 봉헌합니다
이어폰을 꽂고 느린 푸르트뱅글러의 전원 교향곡으로 또 하루를 연다
멀리 응암동에서 날아온 음성의 훈기로 오늘은
평소의 쓸쓸함이 누그러졌나 편안한 가운데 무념무상이네
교향곡을 반복해 두어 번 듣고 날 즈음 바르(Bar)가 나타나면
거기서 간단한 차와 요기를 하곤 했는데 오늘은 그냥 지나쳐
쉬지 않고 비를 맞으며 걷는다 나는 비를 피하지 않는다
장대비 속에서 내 존재를 더욱 선명히 느낀다 힘이 솟는다
'전원 교향악'이 끝나고 한참 조용히 가다가 슈베르트의 피아노 곡을
집중해 듣는다 6개의 악흥의 순간 아아 나의 소울 메이트 슈베르트여
그대의 쓸쓸한 마음과 하나 되어 길을 걷는다 이렇게 마음에 맞는
것들과 잠시 만났다가 헤어지는 것이 우리의 삶이구나

카미노는 오늘도 또다시 나를 새롭고 신선한 곳으로 안내하겠지
성모 승천 성당에서 주일 미사를 드린 이후 내게 큰 변화가 생겼네

동冬

평소에는 너무 화려한 성당 내부의 장식에 조금은 거부감이 있었으나
그날 이후에는 화려하면 화려할수록 서툴면 서툰 대로 거기 공을 들인
이들의 신심이 전해져 나를 감동시키네 판단 중지
하느님과 성모님의 사랑을 인간이 표현코자 하는 정성은
아무리 과해도 미치지 못함을 깨우치게 됐다네
오로지 하느님의 성심을 그리고자 하는 노력만 보일 뿐 은총 아닌가

빗줄기가 차츰 가늘어지는 가운데 비안개가 자욱한 숲을 지나네
이렇게 습한 날 내가 좋아하는 날 왠지 나는 아주 맑은 날보다는
이런 안개 낀 듯 음습한 날이 더 좋아 습식 사람인가 봐
물기를 흠뻑 머금은 숲이 끝나는 곳에 긴 흙길이 펼쳐지네
"부엔 카미노" 하고 인사하며 나를 스쳐 지나는 순례자들 무리
"부엔 카미노" 나도 답례하며 가고 있는데 나처럼 늘 혼자서 다니는
독일 남자를 또 만났네 하도 여러 날 같은 방향으로 길을 가다 보니
저절로 구면이 된 사람도 생기기 마련 내가 한국 사람이고
나이가 많은데 동행 없이 혼자라는 정도는 아는 사람이 꽤 있어
더러 인사하며 이것저것 말을 걸어오는 사람이 많다

이 사람이 나와 보조를 맞춰 걸으며 혼자 걷기 무료하지 않으냐고
운을 떼네 걸음이 너무 느려 보조 맞추기가 힘들어 혼자 오길 잘했다고
자기는 수년 전에 아내와 함께 종주했는데 그때 너무 좋아서 한 번 더
하자고 약속까지 했었는데 아내가 갑자기 세상을 떠났다네 일주기가

가까워지니 견디기가 너무도 힘들어 아내와 함께하는 심정으로
혼자서지만 중얼중얼 대화 나누며 순례하고 있다고 기자였던 아내는
한국에 몇 번 다녀온 적이 있고 한국 문화에도 관심이 많아
자기도 함께 코리아를 방문할 예정이었다면서 먼 하늘을 바라보네

그때 나도 한국에 있는 80이 넘은 시인 남편 얘기를 이것저것 꺼내며
톱이나 망치로 뚝딱거려 뭐든 만들기를 좋아해서 젊어서는
시인 다음으로 목수 지망이었다지만 이젠 기운이 전만 못해 연장질은
못하고 아마 집에서 시를 쓰고 고치고 다듬고 있을 거라고
평생 열흘 휴가도 받아 본 적이 없는데 산티아고를 도보 순례 하라고
50일 휴가를 줘 종착지를 거쳐 땅 끝 마을(피니스떼레)에도 가 보고
초행길인 스페인 갈리시아와 카탈루냐 지방 바르셀로나를 둘러볼까
하는데 잘 할 수 있을지 걱정스럽다 했더니 내가 걷는 것을 계속
지켜봤는데 충분히 잘 해낼 수 있을 거라며 격려해 줬다

바로 다음 해 2월에 남편이 갑자기 세상 떠날 줄은 꿈에도 모르고
나는 아내를 잃고 슬픔에 잠겨 있는 그를 성심껏 위로했다

2017년 5월

동冬

스페인 산티아고 두 번째 순례기

1. 순간의 굴을 통과하는 영원

2013년 2월 26일 서예가 일중 기념관 백악동부에서 점심 대접 잘 받고
편안히 소파에 앉아 잠자듯 홀연히 저 세상으로 떠난 84세 시인
송운 성찬경 요한 바로 전해 그가 내게 베푼 혼인 46년 만의
90일 휴가 5월에 받은 50일도 큰 파격인데 10월에 또 40일
세상 떠나기 전해에 90일이나 그와 헤어져 지내게 된 사연이 아무래도
예사롭지가 않아서 2020년이 오기 전에 그 숨은 뜻을 헤아려
이승에서의 시간과 저승의 시간 사이의 매듭을 풀어 보고 싶어
그와 함께한 마지막 시기에 관해 묵상하지 않을 수 없네
왜 그랬을까 무슨 예감이 있어 통과의례처럼 이별 연습을
아무도 모르게 은밀히 이런 기막힌 시간이 내게 주어졌나
괴롭긴 해도 나는 그 무렵의 정황을 차근차근 되돌아보지 않을 수 없네

나의 '산티아고 순례기'를 기대하고 있다는 시동생 베드로 씨의 말에
초행 800킬로 도보 여행 무사히 마치는 일에 정신이 팔려 뭘 봤나 몰라
다시 여유롭게 답사할 기회가 생긴다면 한번 생각해 보겠노라 하니
그러면 봄에 다녀온 기억이 사라지기 전 올가을에 또 다녀오는 게 어때
당신이나 나나 해가 갈수록 기운도 줄 테고 또 사람이 내년 일을
알 수가 있나 이번에는 40일 이렇게 떠밀리듯 그의 곁을 떠나게 되었다
40일 선물 감사히 받겠습니다 송운 선생
당신한테 고맙다는 말 처음 듣는 것 같구먼 허허

순간의 집적集積이 영원임을 우매한 내게 깨닫게 하려고
피정避靜 삼아 하느님께서 손수 불러주신 광야로의 초대런가

언어에 서툴고 혼자서는 여행 경험이 전무했던 내가 한 해 두 번씩이나
스페인 산티아고와 포르투갈 성지를 방황하듯 홀로 돌아다녔다
처음과 달리 가을 순례에서는 더러 차를 타기도 하면서
이번에는 비장미 넘치는 슈베르트 미완성 교향곡으로
낙엽과 알밤이 굴러다니는 스페인 가을 들판의 새벽을 열었네
슈베르트의 녹턴과 아르페지오네 방랑자 환상곡 겨울 나그네
귀애하는 그의 슬픈 음악이 왜 그리 당기든지
이들과 늘 함께하는 내게 사랑의 선물을 많이 주셨다

차가운 가을비가 쏟아지던 그날 그냥 비야마요르에서 잘 것을

동冬

6킬로 더 가야 하는 벨로라도 알베르게를 찾아가다가
기온까지 뚝 떨어져 정말 죽도록 고생하였다
인적 끊긴 까마득한 외길을 혼자 헤쳐 가느라
비바람 속에서 몸이 어니 겁에 질려 체온을 올리고자 2시간 이상
뛰다시피 속력을 낼 때 체력의 한계가 닥쳐 비틀거리며 순례 도중에
죽은 이의 작은 묘비와 지나가는 이들이 던져 놓고 간 시든 꽃다발
사이로 내 묘비명이 보이네 '예수님의 수난을 보시고 저에게 자비를
베푸소서' 간절하게 수없이 화살 기도를 바치며 사투했네
진눈깨비가 잠시 폭설로 바뀌며 나그네를 위협했으나 결국 순간순간을
이겨낼 힘과 마지막 쉴 곳까지 마련해 주신 하느님 감사합니다
천 년 넘게 이 길을 오고간 숫한 믿는 이들의 가호와 고향에서 바치는
가족들의 기도로 나는 또 무사히 하루를 넘기고 단꿈을 꾸었네

오늘은 잔뜩 흐려 있기는 해도 포근한 안개가
울창한 숲을 운치 있게 만들고 있는 내가 좋아하는 날씨
좌우로 관목과 숲이 아름다운 활짝 트인 흙길을 묵주 기도로 걷다 보니
어느 틈에 하늘의 구름이 서서히 걷히며 햇빛이 나는가 하는 찰나
아 무지개 큰 호弧의 무지개가 내 정면 길 저 끝에 서서히 나타나네
처음 흐릿하던 호가 차츰 빨주노초파남보 선명해지면서
이 세상을 압도한다 너무 황홀하여 체면 불구 내 뒤에 오는
처음 보는 서양 노인에게 무지개를 배경으로 내 앞뒤 사진을
두 장이나 부탁 어쩌다 눈길이 가서 바라보니 오른 쪽 작은 물웅덩이에

무지개 박힌 장소가 이상한 기운으로 빙빙 돌고 있어
사진을 찍으려하자 배터리가 다 되었나 카메라가 멈추는 바람에
깜짝 놀라 경외하는 마음이 일어 바라보는 순간
하늘의 큰 무지개도 싹 거둬 가셨다
나는 충격으로 멈춰 서서 정신을 수습하고 나니 절로 하느님
잘못했습니다 그제서야 창세기에서 노아에게 하신 말씀이 떠올랐네
'영원한 계약' 무릎을 꿇지는 못할망정 순간적으로 사진기를 꺼냈으니
나의 경솔을 뉘우치며 오늘 일을 마음에 깊이 깊이 간직하였다

아 어제 정말로 죽을 고비를 잘 참아 받았다고 이렇게 큰 위로를
주시는데 내가 그 뜻을 헤아리지 못했구나 혼인 40주년 기념으로
뉴욕에서 아이들과 크루즈 할 때 보여 주신 초대형 '대서양의 무지개'
그 뒤로 무지개는 우매한 나를 가까이 불러 주시는 하느님의 은밀한
사랑의 표징이 되었습니다 내 영혼과 육신이 당신과 하나임을
깨닫게 해 주시는 황홀한 사랑에 감읍하나이다 심신이 깃털처럼
가벼워져 후안 데 오르테가까지 나는 듯이 달려갔네

아래의 시를 염두에 두고 두 번에 걸쳐 순례길 다녀온 이야기를
운문으로 엮고 있습니다.

동冬

영생법

성찬경

시시각각 순간의 굴을 통과하는 영원. 이 얼개에 착안한다.
품질 좋은 고무줄처럼 늘어나는 시간. 이 특성을 활용한다.
하루를 일 년처럼 살면 삶의 밀도가 엄청나게 높아진다.
삼 년 후엔 나이 천살을 먹는다.

(첫 연 1, 2행은 순간과 영원, 영원과 순간의 관계를 가리킨다. '영원이 제 아무리
길어도' '순간'의 '집적集積'이다. 3, 4행은 1년을 사는 기분으로 그렇게 '파란만장'
하게 집중적으로 노력하며 하루를 산다면, 하루에 나이 한 살을 먹는 셈이 아닐
까. 3년을 그렇게 살면 나이가 천을 헤아리게 된다. 그러니 '영생법', 영원히 장수
하는 방법이다. 소위 형이상학적 奇想 (metaphysical conceit)이라 해도 될 것이다.)

매일 밤 통나무처럼 쓰러져서 죽고
아침에 맑은 이슬로 소생한다.
모래알과 우주에 구멍을 뚫어
하나로 꿴 윌리엄 블레이크의 점괘를 만지작거린다.

(둘째 연 3, 4행은 블레이크의 명구, 「무심의 점괘, Auguries of Innocence」에 나
오는 시구를 가리키는 말이다.
To see a world in a grain of sand / 한 톨의 모래알에서 세계를 보고

And a heaven in a wild flower. / 한 송이 들꽃에서 하늘나라를 보기 위해서는

Hold infinity, the infinity of the universe/ 우주의 광대무변, 무한의 공간,

in the palm of your hand / 그대의 손바닥에 무한을 붙들고

And eternity in an hour. / 한 시간 안에 영원을 겪어야 한다.)

영감의 묘약은 자유 무심 몰입 정진 지속과 침묵.
잘 빚은 약주 향에 취해 슬쩍 과식하는 파격도 음미한다.
깨달음인가. 축복된 착각인가.

(3연 3행 깨달음이 정말 깨달음일까? 축복된 착각일까? 함께 괴로워하는 처지.)

존재는 양파껍질. 깔수록 신비의 안개가 짙어진다.
꿈에 현실을 현실에 꿈을 심을까나.
한세상 타향살이 몸을 흐름에 실으리라.

(양파는 뜻의 심연인 굴레를 가리키는 비유다. 시는 이런 비유 이상을 제시하지는 못한다. '한세상 타향살이' 내세의 믿음. '몸을 흐름에 실으리라' 약자의 철학.)

이상 괄호 안은 본인의 자작시 해설이다.

별안간 당신이 저세상으로 사라지는 바람에 낙담하여
책은 봐 뭐하나 글은 써 뭐하나 파탈擺脫한 지 어언 몇 해런가

덧없이 흘러간 세월의 뒤안길에서 심심파적으로 당신 시에 얹어
긴긴 나의 삶을 적어 나가다 보니 2012년
당신한테 받은 기막힌 시간 선물에 이르러 흐름이 여기에서 끊겨
멈추어 서서 하릴없이 하늘만 바라보고 있네

그해 90일을 당신과 헤어져 지내면서 나는 깨어 있기는 했나
순례기를 쓴다기보다 안타까워 기억에 매달린다
2019년이 저무는 가운데 2020년이 오기 전에
당신과 함께 지낸 마지막 해를 정리하고 싶다는 열망에
아무 일도 못하고 옛일만 곱씹네 기막힌 얘기요
무엇을 어떻게 정리한다는 건가 마치 화산재로 뒤덮여
1900년 동안 파묻혀 있던 폼페이처럼 나의 기억에서 그날은
두꺼운 시간의 화산재로 덮여 있다 영원을 향해 떠난 당신의 순간은
여기서 바라보면 오리무중 아득하기만 한데 그러나 분명 거기
나의 때 묻은 십자가도 함께 있어 주위를 못 떠나고 서성이네

산 넘어갈 듯 긴 나의 그림자가 슬퍼라
낯 선 순례길 이른 아침 해 떠오를 때나 해 저물녘
나의 긴 그림자를 사진기에 담곤 했었다
나의 그림자는 주술적인 힘이 있어 시공을 넘어
당신께로도 가 닿을 수 있는 페르소나인양
내 마음 속 그림자는 영원 속으로 사라진 당신을 따라 가네

2. 한세상 타향살이 몸을 흐름에 실으리라

"이 사슬이 풀어져서, 작은 배가,

　저 지는 해의 마지막 미광微光처럼,

　밤 속으로 사라질 때를 알겠습니까?"

(『기탄잘리』 63쪽)

　　　　2012. 11. 3 세비아 가는 고속철 속 창 밖에는 비가 내리고

책은 타고르의 시집 『기탄잘리』 한 권만 가지고 떠난 2차 순례

(기탄잘리 R. 타고르 지음 박희진 옮김 현암사 2001년 출판)

42번 시 책장이 접혀있어 펴봤더니 저 부분에 밑줄이 쳐있네

기막힌 이별 얘기 아닌가

때는 알 수 없지만 작은 배가 구원을 향해 닻을 내리는 곳은

미지의 영원한 적막 영원한 안식임이 느껴지지 않는가

2차 여행 막바지 순례를 마치고 포르투칼 성모님 발현지를 거쳐

마드리드 민박집 '정겨운'에 여장을 풀고 여기에서

톨레도 세고비아 아빌라의 대 데레사 십자가의 성 요한 세비아

그라나다 코르도바 여기 저기 마구마구 안내자도 없이 떠돌아다닐 때

고속철 속 세비아 가는 길 이어폰으로 들려오는

슈베르트의 신비롭고 서글픈 멜로디에 젖은 채

타고르의 예언적인 구절에 밑줄 치며 나는 무슨 생각을 하고 있었나

동冬

Chan.과의 영원한 이별을 예감이라도 하고 있었나 아니 절대로 아니야

"사슬 풀린 작은 배가 지는 해의 마지막 미광처럼
밤속으로 사라질 때를 그 누가 알겠습니까?"
타고르는 이렇게 비유로 예언적인 시참詩讖을 내게 보내 주었고 나는
2012년 11월 송운이 '지는 해의 미광처럼 영원속으로' 떠나기 3개월
전에 나그네 되어 여기 밑줄 쳤네 기가 막히는 장면 아닌가
나도 모르는 동작으로 예시적 행동을 하게 한 이는 누구인가

2012년 10월 2차 순례 여행 일기

10월 4일 목요일 프랑스 생장에서 지난봄에 이어
두 번째로 피레네산 넘는 날 너무 힘들어 이번엔
중간 오리송 산장에서 1박 하면서 여유롭게 순례를 시작
새벽 4시 35분 산장 밖에 나오니 열아흐레 반달에 달무리가 곱구나
별이 가득한 하늘 고요히 잠든 대지에 서서
모든 사념 하느님께 맡기나이다
주님이 마련해 주신 이 귀한 시간에 온몸으로
깨어 있으리라 그리고 귀 기울이리라

10월 5일 금요일
론세스바예스 알베르게에서 나와 걷는 대신에

이곳의 명소 산타마리아 대성당을 찾는 호사를 누리다
제단 위 나무 성모상 앞에서 긴 기도를 바치고
9시 20분 출발 팜플로냐행 버스를 타기로 마음 굳히다
6유로 지불하고 등짐을 벗어 놓고 앉아 짐 지고 가는 순례자들을
내려다보며 맨 앞자리에 앉아서 프랑스 최접경 험한 산 피레네의
절경을 감상하다
"1915년 1월 31일, 스페인과 접경한 프랑스 피레네 산기슭에서
나는 세상에 태어났다."
존경하는 토마스 머튼『칠층산』첫 구절을 기억하는 나는
신부님의 탄생지가 어디쯤이었을까 하면서 두루 살펴보았네
무거운 배낭 메고 12시간 만에 그냥 쓰러진 주비리 알베르게
5개월 후 차에 앉아 느긋하게 바라보며 이곳을 통과할 줄을
어찌 상상이나 했으랴

10월 6일 토요일 팜플로냐 새벽
매일미사 책을 펴고 제1독서 욥기의 말씀을 보다
"저는 알았습니다. 당신께서는 모든 것을 하실 수 있음을,
당신께서는 어떠한 계획도 불가능하지 않음을! … 그렇습니다.
저에게는 너무나 신비로워 알지 못하는 일들을 저는 이해하지도 못한 채
지껄였습니다. … 당신에 대하여 귀로만 들어 왔던 이 몸,
이제는 제 눈이 당신을 뵈었습니다. 그래서
저 자신을 부끄럽게 여기며 먼지와 잿더미에 앉아 참회합니다."

동冬

바로 나의 말을 욥이 대신 하고 있구나

팜플로냐 코레오스(Correos 우체국, 맨 먼저 외운 단어)에서 68킬로
떨어져 있는 로스 아르코스로 짐을 부치고 가벼운 배낭으로
해발 790m 페르돈 고개를 넘다 이 고개 정상에는 열 점 이상 되는
순례자 형상이 하늘을 배경 삼아 일렬로 죽 도열 나바르 조각가
길베테가 콤포스텔라 순례객을 실제 크기로 만든 설치 작품이라네
맨 앞에 나처럼 혼자서 가는 여자 몇 발짝 뒤 남자 다음에 애인으로
보이는 남녀가 손 잡고 가는 한 쌍 말 탄 이 낙타 등에 짐 싣고
자전거 끌고 가는 순례자 심지어 개까지 데리고 가는 사람 맨 뒤에
건장한 두 신사가 모두를 보호하듯 오순도순 가고 있네
여기 정상에서 모든 순례객들은 발을 멈추고 쉬게 마련

나도 땀을 들이고 앉아서 언덕의 능선을 따라 팔을 벌리고 서 있는
하얀 풍차들이랑 넓은 평원이 발아래 펼쳐져 있는 사이사이로
꼬불꼬불 난 황토색 길을 바라본다 처음 지날 때는 신기한 형상을
카메라에 담으며 그 옆에 서서 사진도 찍고 했는데
오늘은 그냥 앉아서 먼 하늘만 바리보네 지난봄에는 바위 사이사이로
색색깔 들꽃이 만발했었는데 이제 꽃은 다 지고 가을 색이 완연하다
제일 먼저 통과할 마을 우테르가 알베르게를 목표로 천천히 하산하네

10월 7일 주일 우테르가에서 첫 번째로 주일을 맞다

입당송

주님 모든 것이 당신의 권능 안에 있어, 당신 뜻을 거스를 자 없나이다. 당신이 하늘과 땅을 지으시고 하늘 아래 모든 것을 만드셨으니, 당신은 만물의 주님이십니다.

본기도

하느님, 사람을 남자와 여자로 창조하시고, 둘이 결합하여 사랑으로 한 가정을 이루게 하시어, 하느님께서 맺어 주신 것을 사람이 갈라놓지 못하게 하셨으니, 성령의 힘으로 아담의 자녀들을 다시 거룩하게 하시어, 그들이 서로 신의를 지키게 하소서.

멀리서 닭 우는 소리 새소리 주일 아침이 밝아 온다
흐린 하늘 허나 낮에는 또 햇빛이 쨍쨍하겠지 우테르가의 성모 승천
성당에서 11시 미사 드리고 8킬로 떨어진
레이나를 향하여 출발 가는 길에 오바노스 광장 노상 카페에서
5유로 내고 야채와 참치 넣고 둘둘 만 메밀쌈 비슷한 것과 빵
구수한 커피 과일 화려한 문양으로 장식된 유서 깊은 건물을 지나
한 시간 쯤 가노라니 꽤 물살이 센 강줄기가 보인다 안내 책자를 보니
센 아르가 강이라 하는군 아치가 여섯 개나 되는 로마네스크 양식의
아름다운 다리를 건너 대형 레이나 알베르게에서 묵다

10월 8일 월요일

완만한 경사가 오르락내리락하는 오솔길을 시작으로 오늘은

동冬

23킬로 걷기로 중간에 고대 로마길의 흔적이
남아 있다는 말을 읽고 자세히 살피며 간다
모든 길은 로마로 통한다더니 이곳에도 그곳으로
통하는 길이 있었구나 자연석이 박힌 오래된 길을 힘들여 숨 가쁘게
가고 있는 내게 "부엔 카미노" 인사하면서 모두 다 물 흐르듯 스쳐
지나가네 백년 아니 천년이 넘었을지도 모르는 이 길은
지나간 사람들의 숱한 사연을 다 알고 있을지도 몰라
지금의 내 심정과 나의 기도를 듣고 있느냐 노시인 Chan.의 안녕을
나와 함께 너도 빌어주려마
잠시 인적이 끊겨 적막한 길과 대화를 나누다 보니 슬슬 배도 고프고
다리가 아프기 시작하는데 마땅히 쉴 곳도 보이지 않네 문 걸고 모두
낮잠 자고 있는 게지 오후 2시부터 5시까지 휴식 시간인 시에스타
때문에 이만저만 불편한 게 아냐 쌀이나 계란 올리브 절인 것 등을
사자 해도 가게 문이 닫혀 있고 가게가 흔하지도 않고 짐이 무서워
많이 살 수는 더욱 없고 이리저리 헤매다 한참 만에 알베르게를 발견
여권에 도장 찍고 잠자리 배정받자마자 자리에 가 쓰러졌네
두 개씩 나란히 있는 2층 침대 1층 바로 내 옆자리에 잘생긴 청년이
이어폰 꽂고 누워 있다가 머리 허연 동양할머니 기척에 폰을 빼고
알은체하기에 어디 출신인가 프랑스요 프랑스 어디 남쪽 프로방스요
"아 세잔 고향 프로방스 내가 가장 좋아하는 화가가 세잔이랍니다"
하면서 세잔 고향에 다녀와서 좋은 에세이 한 편 쓰고 싶다 했더니
자기 집이 세잔 아틀리에에서 멀지 않다고 한마디 하고는

다시 이어폰을 꽂고 무슨 음악을 듣는지 시큰둥한 반응에 실망
예수님도 고향에서는 대접을 못 받으셨다더니 세잔도 그런가 보네

세잔을 사숙(私淑)하던 에밀 베르나르가 쓴 『세잔의 회상』에
집 근처 노상에서 세잔을 만난 첫날 수인사 끝에 선생님의 아틀리에를
구경하고 싶다는 말에 "지금 그리로 가는 중이니 같이 가 보세나"
반가워 모시고 가는데 아이들이 줄줄 따라와 놀리면서 돌을 던져
혼을 내 쫓아 보냈다는 일화가 있네 동네 애들 눈에 얼마나
깔보였으면 돌까지 던졌을까 그 대목을 읽을 때
내 마음이 아프던 기억이 있다
마누라도 아들 공부시킨다고 파리로 떠나고 프로방스에 혼자 남아
비가 오나 눈이 오나 화구를 지게에 메고 매일 아틀리에로 출근하여
밖에 이젤을 펴고 앉아 그림을 그리던 중 어느 날 갑자기 강한
비바람이 몰려와 의식을 잃고 쓰러져 지나던 세탁물 배달 마차가
발견하여 집으로 싣고 갔다네 일주일쯤 폐렴을 앓다가
이 세상을 하직한 67세의 고독한 천재 예술가 세잔

10월 9일 화요일
웬 가을비가 이리 천둥 번개까지 치며 요란한지 모르겠구나
카미노 버스라는 것도 있다 하니 조금 일찍 카미노를 마치고 버스로
파티마 성모님 발현지를 거쳐 마드리드까지 갈까 마음 내키는 대로
발길 닿는 대로 하는 여행의 맛이 어떨지 즐겨도 되나 몰라 은근히

동冬

겁은 나지만 지난번에는 산티아고 공항에서 바르셀로나 가는
저가 항공을 예약하고 일주일간 바르셀로나 관광 마치고
거기서 인천공항 가는 항공권을 예약하고 왔었는데
이번에는 마드리드에서 11월 9일 인천공항 가는 비행기표만
예약되어 있으니 그 전의 여행스케줄은 내 맘대로다
스페인 유학생이었던 조카 기민이가 출발 전에 마드리드
민박집 예약과 여행 스케줄을 꼼꼼히 잡아 주기는 했지만
사실 은근히 불안하기도 하고 한편으로는 많이 설레기도 한다네

10월 11일 목요일 로스 아르코스
오늘은 코레오스에서 짐 찾는 날 우체국에 들러 집에서 가져온
뜨거운 물만 부으면 되는 라면 등 먹거리와 날씨가 추워져 옷을 바꾸고
가이드 북도 지난 것은 찢어 넣고 부르고스로 짐을 부쳤네
슬픔이 배어 있는 슈베르트의 실내악들을 들으며 차분히 걷노라니
나의 신앙도 여기서 새로운 모습으로 다시 살아나는 듯 숙연해진다
오늘 저녁 기도는 특별히 감사하는 마음으로 드려야지
오랜만에 밥해 먹고 기운을 내었으니 오후지만 갈 수 있는 한 가 보자

한참 동안 숲속을 걷는다 침묵 속에서 계속 듣게 되는 음악은
오래된 이 숲길의 신성함과 조화를 이루어 내적이면서
영적인 평화를 선사하네 텅 빈 가난한 마음으로 나의 삶을
되돌아본다 얼마 동안이나 왔을까 순례객이 안 보이고 노란 화살표도

본 지 오래인 듯하여 주위를 살핀다 길을 잘못 들었나 싶어 당황하여
잰걸음으로 숲을 빠져나와서 둘러보니
저 구석에 흐릿하나 분명 노란 화살표가 보이누나 이때
반짝하는 기쁨과 안도감은 겪어 보지 않은 사람은 모를 거다
조가비 옆 노란 화살표가 마치 내 삶의 방향을 곧게 알려 주는
지침이라도 되는 양 고마운 마음으로 쓰다듬기도 한다네
배낭을 내려 물병을 꺼내 물을 마시며 안심하고 배낭 베고 잠시 누워서
하늘을 본다 송운 선생 안녕하시겠지

10월 14일 주일 부르고스

입당송
저의 마음을 말씀의 칼로 꿰뚫으시어, 거룩한 지혜의 빛으로 지상의
것과 천상의 것을 분별하고, 가난하고 자유롭게 살게 하소서.

주일 아침 장천공 끝내고 들어와 잠깐 쉬고 미완성 교향곡을 들으며
하루를 시작하네 마침 가까운 곳에 작은 성당이 있어 새벽미사 드리고
오늘은 이곳에서 하루 묵으며 빌바오에 있는 구겐하임 미술관을
방문하기로 정한 날 며칠 전 길에서 만난 한국 청년에게
부르고스에서 구겐하임이 가깝다는 정보를 입수
10시 차를 기다리는 버스 정류장에서 엠피스리에 담아 온
우리 집 애들의 노래를 듣는데 가슴이 찡하며 왠지 눈물이 핑 도누나
장소가 주는 효과인가 전혀 예상치 못한 일

3남 바오로 사제 작사 작곡 장남 성기완 노래
우리는 걸었네 / 뜨거운 태양 아래 / 산들도 바다도 /
우리를 반겼네 / 저 멀리 아지랑이 / 피어난 그 길 /
우리는 걸었네 / 노래를 부르며 / 라라라 ……
이제는 우리가 / 서로 다른 길을 가도 / 주님을 찾아서 /
가던 그 길은 우리 맘에 ……
곧은 길 굽은 길 / 태양과 소나기 / 우리는 걸었네 /
걷고 있네 / 걷고 있네 ……
신학생 때 단체로 도보 성지 순례를 하는 중에 만든 노래라는데
눈물이 고일 정도로 왜 슬프게 들리나 알 수 없구나
특별히 '곧은 길 굽은 길 태양과 소나기' 부분에서 울었네

구겐하임은 우리가 평소에 생각하는 그런 건물이 전혀 아니구나
무슨 알루미늄 판 같은 것을 비틀고 둥그렇게 구부려 대형
꽃봉오리를 빚어 놓은 듯 아니 옛날에 언니 수녀가 쓰고 다니던 하얀
코르넷이 연상되는 빌바오 구겐하임 그냥 바라보는 것만으로도
큰 구경거리다 어찌 보면 물 위에 떠 있는 것 같기도 하나 모든 것이
워낙 초대형이라 압도당하게 되어 있다 이런 곳을 둘러보려면
며칠을 묵어도 좋겠지 허나 주어진 시간은 단 세 시간 카드를 긁으면
하룻밤이야 못 잘까만 순례객인 내가 이러면 안 되지 응암동에
홀로 있는 노시인 남편을 생각한들 이건 외도야 암 외도고 말고

빨려들 듯 실내로 들어가 보니 무슨 외계의 투명 공간에 들어선 기분
나는 무작정 발 가는 대로 위아래로 다니면서 여기 기웃 저기 기웃
생소한 이름 생소한 작품 해박한 Chan.이 곁에 있었더라면 이런저런
설명해 주었겠지 21세기라는 시점이 참말로 천지개벽의 때임을
실감하는 것으로 결론 내리고 퇴장한다 팸플릿을 보니 스페인 바스크
지방의 공업도시 빌바오를 세계적인 예술 관광 도시로 살린 건축가
프랭크 게리는 처음 물고기의 이미지를 연상하며 컨셉 스케치를
시작했다고 건축 설계에 물고기 이미지라는 건 또 무슨 소리인지
주마간산 격으로 몇 바퀴 위아래로 돌고는 쫓기듯 달려 나와
겨우 부르고스행 버스에 몸을 싣고 한시름 놓았네 무엇을 보았는지는
잘 모르겠지만 스페인 명물 빌바오 구겐하임은 가 봤다 이거지 ㅎㅎ

10월 15일 월요일 프로미스타 알베르게
프로미스타에서 카리온을 향하여 우비를 입고 5시간 외길을 걸었다
음악이 없었더라면 힘들었겠지만 슈베르트와 마리아 칼라스 덕분에
좋은 시간이었네 흔히 안 듣던 주옥 같은 실내악이랑 아리아 등
줄줄이 이어지는 것이 마치 누가 내가 듣고 싶어 하는 것을 선곡하여
끊임없이 들려주는 듯 옛날에 음악 감상실 '르네상스'에서
이렇게 좋은 음악을 듣자면 종이에 써 한두 곡 신청하여 듣고 나면
그만이었지 집에 라디오도 변변히 없던 시절

음악 들으려면 종로 2가에 있는 '르네상스'가 연애 시절의 아지트였다

동冬

성 시인은 피차 전화가 없으니 학교로 엽서 보낼 때 일주일쯤 뒤
'르네'에서 만나자고 하더니 아니 학교 때 노래하던 친구 꼬마 영자는
'쌍스'에서 만나자고 했었지 이 친구와는 슈베르트 가곡을 주로 들었어
악보를 들여다 보며 독일어 발음도 따라 하고 일찌감치 미국 이민 가서
성공한 똘똘한 친구 너무 작아서 오히려 눈에 띄던 유명한 꼬마 영자

스페인 사람들은 악바리가 아닌가 봐 기름져 보이는 땅을
그냥 묵히는 밭이 꽤 많아 추수한 밭에도 새끼 호박 감자
무슨 파란 열매가 뒹굴고 있어서 주워다 먹는데
어느 때는 무거워 다 줍지 못하고 아까워하며 남기고 오지

10월 16일 화요일 카리온 아우구스티노 수녀회 알베르게
오늘도 우중에 5시간 걸었으니 사하군까지 버스를 타려 했는데
차가 끊겼다 하여 하는 수 없이 그냥 여기 찾아 들어왔더니
조리 기구 있는 부엌도 있고 8시에 수녀원 미사까지 드리게 되어
횡재한 기분 게다 누가 남기고 간 안남미 밥이 있어 달달 볶아
길에서 주워 온 작은 감자와 호박을 푸른 잎과 끓여서 잘 먹었다
눈물 나는 성찬 오직 나 혼자만을 위한 쿠킹은 그야말로
식은 죽 먹기 길에 지천인 알밤도 주워다가 삶아서 까 먹고
까서 설탕 조금 넣고 맛탕처럼 만들어 식탁 근처에 있는 이들에게
대접하면 그랜마 최고래요

어젯밤 프로미스타 무니시팔 알베르게에서의 아름다운 밤
51세라는 미국 여자와 별이 쏟아지는 밤하늘을 바라보며 정원의
벤치에 앉아 이런저런 얘기 소설도 많이 읽고 나와 상당히
죽이 맞는 사람인데 영어가 딸려서 몹시 유감 자기 남편이 한국에
파견된 해군 장교라는데 한국에 돌아가면 영어 특히 회화를
연습해야겠다는 다짐을 했네 사실 나는 일생 동안 서양 사람과
이야기할 일이 거의 없었다 내일은 12시 50분 버스로 레온까지 갈까
걷는 것도 좋으니 중간 어디까지 가다가 경치 좋은 데서 내려 걷든지

10월 18일 목요일
카리온 우체국을 찾아가 산티아고 데 콤포스텔라로 짐을 몽땅 부쳤다
일주일쯤 뒤 목적지에 도착하면 미사 드리고 하루 지내다가
거기서 예약해 둔 마드리드 민박집에 다시 보내고 나면
스페인 코레오스 출입도 끝이겠구나 시원섭섭 만감이 교차하네

또 비가 내려 중간에 내리는 것은 그만 두고 레온까지 직행하다
비 맞으며 걷는 것도 좋긴 한데 으스스하고 이젠 꾀가 나 자꾸 차를
타게 되는 게 어째 가책이 되는 듯하네 하지만 걸을 때 못 보던 창밖
풍경을 바라보며 이 생각 저 생각 하는 것도 괜찮아 또 시간을 벌어
유서 깊은 이 나라의 많은 성지를 돌아보고 관광도 할 수 있잖아

레온의 산타 마리아 알베르게에 들고 보니 도미니코회 수녀님들

동冬

20여 명이 노래로 미사를 진행하여 특별한 은총을 입었네
쓸쓸한 유럽의 수도원인데 이렇게 많은 수도자들이 있어 보기 좋구나

레온은 워낙 유서 깊은 큰 도시라서 밤에 산 마르코스 광장에 나가
불 밝힌 대성당의 야경을 둘러보기도 하고 신발을 벗어놓고
맨발로 앉아 쉬고 있는 커다란 순례자 동상 옆에 앉아
나도 고단한 내 발을 내 손으로 마사지했네 순례객들로 붐비는
카페에서 포도주 마시면서 한국인 순례자로부터 들은
감동적인 이야기를 잊어버리기 전에 적어 놓아야지

1142년 알폰소 7세 때 레온 근교 만시야의 산 도발 수도원의
내력으로 실화라네 돈 폰세 백작이 무어인들과 싸우다가 생포되어
소식이 끊긴 지 십 수 년 남편을 잃은 부인 도냐 에스테파니아는
재산을 털어 콤포스텔라로 오고 가는 숙소 오스피탈을 운영했다네
그 당시에는 순례객들의 발을 씻어주는 예식이 관례였는데
오랜만에 석방된 백작이 순례자로 이곳을 지날 때 도냐는
백작의 발을 씻어 주었지만 행려병자 같은 순례자가 남편인 줄은
까맣게 몰랐다네 너무 오랜 세월 고생하여 모습이 변했던 게지
허나 백작은 부인의 손길에서 그 감촉으로 이 여인이 자기 아내임을
알았다네 하늘이 주신 이 기적 같은 재회 뒤에 아내의 제안으로
이들은 금욕을 맹세하고 백작은 아내를 따라서 근처에 산 도발
수도원을 세우고 기도와 수련으로 말년을 보냈다 하네

극심한 고통을 통하지 않고는 하느님 체험을 할 수 없게 설계된
인간의 무명無明과 세상의 덧없음에 대하여 "한세상 타향살이"라는
Chan.의 시구를 되뇌며 그날 밤 나는 잠을 이루지 못했네
내일은 조금만 걷고 나머지는 차로 이동할 계획인데
정류장 찾는 일이 만만치 않다 도무지 말이 통해야 말이지

10월 19일 금요일
레온의 알베르게에서 나와 3시간 정도 걷는데 길가에
버스 정류장이 보이네 두 시간 이상 기다려야 아스토르행
카미노 버스가 온다 하나 음악을 들으면서 기다리기로 하고
타고르의 『기탄잘리』를 아무 데나 폈네

49
님은 님의 옥좌에서 내려오셔서 내 오두막집 문가에 서셨어요.
나는 구석에서 혼자 노래를 부르고 있었는데, 그 선율이 님의
귀에 닿은 것입니다. 님은 내려오셔서 내 오두막집 문가에 서셨어요.
님의 넓은 방엔 명인이 많이 있고, 또 거기서는 항상 노래가
불려지는 것입니다. 그러나 이 풋내기의 소박한 축가가 님의 사랑을
움직인 것이지요. 한 구슬픈 조그만 가락이 이 세상의 위대한 음악과
섞이었거니, 님은 상으로 작은 꽃을 갖고 내려오셔서
내 오두막집 문가에 서셨어요.

동冬

단숨에 50킬로를 달려 아스토르가까지 갔네
물어 물어 지난 봄에 일본인 내외가 운영하던 독방 주던 깨끗한
알베르게를 찾아갔더니 그들은 떠나고 없지만 마치 아는 집에 온 듯
편안히 쉬었네 빨래하고 밥해서 먹고 점심까지 싸가지고 일찌감치
나와 가우디가 설계했다는 웅장한 주교 궁전 현재는 카미노
박물관에 들어가 산 베드로와 야고보가 마주보고 있는 성화와
다양한 야고보 상을 느긋하게 관람했네
이 박물관 옆에 아시시의 프란치스코 성인도
순례 도중에 묵었다고 전해지는 유서 깊은 산 후안병원도 둘러보고
아담한 프란치스코 성당 감실 앞에서
잠시 기도할 수 있는 여유 특별한 은사를 받은 듯 흡족했네

10월 20일 토요일
산 좋고 물 좋은 비야프랑카 동네를 몇 바퀴 돌다
아눈시아타 성당 프란치스코 성당 등 낯익은 이름이 많네
동생 수녀 이름이 아눈시아타 막내동생 보나벤투라는 프란치스칸
언니는 바오로회 노엘 수녀님 수도자들 동기간이 떠올라 각각
호칭 묵주 기도로 신비한 마을 산책이 풍요로웠네
사랑하는 나의 보호자들 나의 든든한 기도 부대들
이곳에 도착하기 직전 피에로스의 소박한 산 마르틴 성당에서의 묵상
11세기에 성 야고보에 봉헌된 로마네스크 양식의 어둠침침한 성당에서
꽤 오래 앉아 있었네 고단한 나를 가엾이 여기시는 성모님의 손길

잘 자고 일어나 첫 새벽에 어제 봐 둔 터널 앞 택시 정류장을
못 찾고 헤매다가 착한 이를 만나 그의 안내로 겨우 찾았네
어둠 속 다람쥐 쳇바퀴 돌듯 했구나 지난번에 높은 산 오르느라
하도 고생한 기억이 있어 이번에는 택시로 해발 1330m
오 세브레이오 정상까지 가서 휴식하고 걸어서 내려오기로 정했네

택시 기사가 영어를 조금 할 줄 알아 관광 안내를 해 줘 고맙구면
창밖 들판에 보이는 작은 초가집은 옥수수 등 곡식 보관용 창고래요
습기도 쥐의 출입도 막고자 바닥이 지상에서 1~2m 높이에 있다네
그 지붕 양끝에 커다란 십자가가 보여 처음에 기도소인가 했는데
아무리 보아도 기도하는 장소로는 너무 초라해 보이더라고 하하

지난번엔 내려오기 바빠 죽을힘을 다해 올라간 1330m나 되는
정상에서 쉬지도 못했지만 이번에는 시간이 넉넉하니 우선 유명한
산타 마리아 성체 기적 성당을 찾았네 14세기에 한 농부가
비바람을 헤치고 산을 넘어 미사 드리러 성당에 왔더니 당시
신심이 깊지 않은 신부는 악천후에 목숨 걸고 미사에 오는 농부가
탐탁지 않아 귀찮아 하면서 빵과 포도주를 축성하자 이것이
주님의 살과 피로 변하더래요
이 기적이 1486년에 사실로 확인되면서 오 세브레이로는
거룩한 순례지가 되었고 그 기적의 증거인 12세기 로마네스크풍의
성작과 성반이 은제 유해함과 함께 소형 유리장에 보관되어 있어

동冬

나는 그 앞에 서서 묵주기도 영광의 신비를 바쳤네

우아한 식당에 앉아 뜨거운 야채수프와 풀포(문어)요리 와인
한 잔까지 호사를 누리고 있는데 한국 면목동 성당에서 단체로
왔다는 5인 일행을 만났네 내가 기적의 성체 성당 얘기를 했더니
놀라며 그들도 카미노의 길 안내 노란 화살표를 처음 만드신 이곳
본당 신부님의 흉상 얘기를 해주네 그 흉상은 나도 봤는데 무심히
방향 표시로만 알았지 그런 사연은 금시초문 조가비 아래 노란
화살표가 얼마나 많은 순례자들의 마음을 모아 주고 안심시키는가
순례객을 끔찍이도 사랑해 주신 이곳 본당 베드로 신부님 감사합니다

카페에 들러 커피를 마시며 마음 모아 나를 바라본다
이렇게 광야로 초대해 주신 하느님의 뜻에 순종하고 있는가
거스르고 있지는 않는가 길 없는 광야에서 어떤 표지를 보았는가
그리스도를 통해 하느님 나라에 닻을 내리고 싶습니다

그리스도를 통한다 함은 십자가의 고통을 달게 받겠다는 뜻인데
무슨 생각으로 불쑥 이런 다짐을 섭 없이 하나 스스로 놀라다
내려가는 길은 훨씬 수월하니 해 질 때까지 좀 많이 걸어 보자
양손에 지팡이 잡고 슈베르트와 함께 조심조심 하산 시작
헌데 가파른 내리막은 다 잘 내려와 놓고 다리가 풀렸는지
걸림돌도 없는 평지에서 괜히 오지게 넘어지는 바람에 정신이 아뜩

어디를 접질린 것도 아닌데 일어날 수가 없구나
마침 지나가던 건장한 여인의 도움으로 겨우 일어나 수습했네
어찌할거나 힘이 쪽 빠져 다시 배낭 메고 걸어갈 몸이 아닌데
배낭에 달려 있는 조가비와 내 행색을 보고 택시를 불러 줄까 묻네
그가 보기에도 내가 걸어가기 힘들어 보였나 보다 고맙다고 했다
 자기는 70세 호주 태생 4남매의 어머니로 교사였는데 퇴임하고
이 순례는 꼭 하고 싶었던 일이라 혼자서 25일째 걷는 길이란다
어제 오 세브레이로에서 잤고 오늘은 트리아카스텔라까지
걸어갈 건데 기분도 좋고 이 카미노에 만족하고 있다네

택시가 늦게 오는 바람에 나도 떠듬떠듬 내 이야기를 하다 보니
뭔지 정리가 되는 느낌 73세 5남매 어머니라는 말에 우선 놀란다
나는 평소에 이 길을 걷고 싶다거나 그런 생각을
전혀 한 적이 없다니까
그러면 왜 왔느냐네 글쎄 나도 잘 모르겠노라고 아마 하느님이
원하시는 것 같다는 말에 어찌나 큰 소리로 웃던지 내가 놀랄 지경
고단하게 살아왔는데 하느님께서 남편을 통해 묘한 방법으로
휴가를 주시는 것 같다고 지난 5월에 도보로 산티아고 데 콤포스텔라
생각만 하고 걸었더니 35일 만에 도착하게 되더라고 헌데 그분이
가을에 한 번 더 다녀오라고 남편을 통해 말씀하셔서 이번에는
더러더러 카미노 버스를 이용하고 있는 중이라는 내 말에 더욱 놀라며
바짝 흥미를 보이는데 택시가 도착했다 아쉬운 표정을 뒤로하고

동冬

차를 탄 김에 60킬로는 되는 먼 곳 포르토마린까지 가겠다 했네
사실 나는 아까 커피마시면서 오늘부터는 될 수 있는 한
걸어가도록 하겠다고 다짐했었는데 예상 밖의 사건이 터졌네
바로 코앞의 일도 까맣게 모르는 인생이로고

3. 몸을 흐름에 실으리라

10월 23일 화요일 산티아고 입성 하루 전
당신의 사랑이 저의 고독입니다 감미로운 고독입니다

지난 5월에 산티아고 데 콤포스텔라 20킬로 전 아르카 도피노에서 자고
동이 트기 전 새벽 달 아래 산티아고 대성당을 향해 달려갈 적에
비도 내리고 시간도 촉박하여 그냥 지나친 몬테 데 고조
그랬어도 결국 정오 미사에 10분이나 늦게 도착했던 일이 떠올라
오늘은 몬테 데 고조에서 묵고 내일 축복의 땅에 입성하기로 했네
갈리시아어로 gozo가 기쁨 monte가 산 고통의 긴 터널을 지나왔으니
해발 370m 낮은 산이지만 순렛길을 기쁨으로 마감할 만한 고조산
날씨가 맑아 대성당의 첨탑이 희미하게 보이자 순간 성호를 그으며
무릎을 꿇었네 아 17세기 순례자 도미니코의 여행기에 이 고조산에서
멀리 성당의 탑들을 바라보며 너무 감격해 저절로 여러 사람이
테데움(찬미가)을 합창하게 되었는데 모두들 목이 메고 눈물이 쏟아져
노래를 중단할 수밖에 없었다는 기록이 있었지

산 마르코스 경당에 들어가 피곤한 다리도 쉴 겸
시간의 심연 안에 머물며 신심 깊은 수많은 순례자들이 밟고 지난
축복의 땅에 앉아 감사 기도 드렸네

1993년 요한 바오로 2세 교황님이 묵으면서 수천 명 신자들과 함께
미사를 드렸던 곳에 자그마한 방문 기념 조형물이 서 있네
400명 이상 묵을 수 있는 알베르게 수십 동은 마치 자그마한 마을처럼
오밀조밀 모여 있고 아까 유칼립투스 숲을 지나오는데 앉아서
쉬고 있던 부부가 나를 보더니 저녁 초대하네 봄 가을 카미노
하는 중에 처음 받아 본 식사 초대 내가 혼자서 다니는 것을
알고 밥하고 찌개 끓여 포도주와 즐긴 만찬

그들은 1980년 샌프란시스코에 이민 가서 일요일도 없이 일해 3남매
잘 키워 성가시키고 아직 건강할 때 일 년에 이삼 개월
성지순례하면서 여생을 보내려 한다네 올해 가타리나 씨
환갑을 시작으로 루르드 성지에서부터 천천히 50일째 걷고 있다는
부부 곳곳에서 미사도 드리고 관광도 하니 일거양득이라 내년에는
이스라엘을 목표로 준비 중인데 예루살렘에서는 몇 달' 머물며
성모자의 삶을 본받고자 한다네
근면하고 성실하게 살아온 이 착한 부부에게 하느님의 축복이 있기를

육신의 고통을 감내해야 하는 2천 리 도보 성지순례에서

동冬

나의 고통이 사랑하는 모든 이들을 위해 봉헌된다는 깨달음과
또 하나의 신비한 비밀은 잠자고 있는 내 안의 내가 깨어남일세

"813년에 은수자 펠라요는 리브레온 언덕의 고대 로마 요새 유적 근처에서
신비한 빛을 발견 한다. 이 소식은 곧 이리아 플라비아 지역 주교에게
보고되었고 그는 관계자들과 함께 조사에 나섰다가 세 구의 시신이 안치된
무덤을 확인, 이 중 머리가 잘린 시신의 묘비에 "여기 제베대오와
살로메의 아들 야고보가 누워 있다."는 묘비명을 발견. … 당시의 왕
알폰소 2세는 이 무덤에 작은 성당을 지었고 그 후 알폰소 3세는 너무 작아
허물고 더 크고 화려한 성당을 지었으나, 한 세기 후 알만소르에 의해
파괴되어 그 후 베르무도 2세가 도시를 재건했고 1075년부터 시작된
대성당을 셀미레스 주교가 완공시켰다."

(『산티아고 길의 마을과 성당』 홍사영 신부 저, 272쪽)

고조산의 한밤중 별이 빛나는 밤에 천이백 년 전 사막의 은수자
펠라요에게 나타난 그때 그 신비스런 푸른 별빛을 생각하며
산티아고 데 콤포스텔라 인근 밤하늘 아래 서서 동방의 한 나그네가
우주의 신비 시간과 영원 하느님의 크신 사랑을 관상하네
열두 제자 중 첫 참수(斬首) 순교자 스페인의 수호성인 성 야고보
무어인들과의 전쟁 중에 결정적일 때마다 성인의 도움으로 승리하여
'무어인의 승리자'라는 별칭으로도 불리었다는 산티아고 성인
세계 방방곡곡에서 천 년 넘게 순례자들이 밀려오는 것만 보아도

이 산티아고 데 콤포스텔라가 성지임을 알 수 있지

10월 24일 수요일 산티아고 데 콤포스텔라 도착하는 날

나는 어째서 오늘은 나의 생명이 온통 활기를 띠고,
온몸이 들먹이는 기쁨의 느낌이 나의 가슴을 꿰뚫고 있는지를 알지 못합니다.
이젠 마치 일을 끝내야 할 시간이라도 온 것 같습니다. 그리하여 나는
산들바람 속에 님의 감미로운 현존의 희미한 향기를 느낍니다.

(『기탄잘리』 67쪽)

7시가 가까운데도 앞이 잘 안 보여 더듬더듬 기쁨의 산을 내려와
어둠 속 가로등 불빛으로 산티아고 대성당 방향을 가늠하며
노란 표지를 따라 걷는다 인적 드문 쓸쓸한 새벽의 거리인데
뭔지 가슴이 뿌듯하고 설레는 이 느낌은 하느님께서 이 나그네와
함께해 주시는 은총과 사랑의 선물이겠지 온 줄 알았는데 너무나
외진 곳에 있어 미사에 지각했던 봄의 기억을 더듬어 여러 갈래
길에서 신중하게 광장을 건너 터널도 지나고 작은 골목을 오르다 보니
아 세 개의 종탑이 우뚝 선 대성당 아직 순례객들이 들이닥칠 시간이
안 되어 텅 빈 광장에 홀로 서서 웅대한 탑과 조각들을 우러러보며
심호흡을 한다 사랑이신 주님 오늘 제가 여기 또 왔습니다
가난한 우리를 어여삐 여기소서

동冬

확인 도장과 순례 인증서를 받는 협회 사무실에 들러 일을 끝내고
카리온 우체국에서 부친 짐 찾아 마드리드 민박집으로 보내고
남편과 아이들 언니 동생 수녀에게 그림 엽서 부치고 나니 시간이
빠듯하네 오늘은 특별히 애틋한 마음으로 희생 제물 되신 그리스도
몸과 피를 제헌하신 최후의 만찬 때의 주님 사랑이 아프게 마음에
박혀 다빈치의 성화 「최후의 만찬」을 떠올리며 온전한 찬미와
감사의 제사 속죄와 구은求恩의 제사를 바치오니 받아 주소서

오늘의 전례

보라, 하느님은 나를 도우시는 분, 주님은 내 생명을 떠받치는 분이시
다. (시편 54)

너희는 기뻐하며 구원의 샘에서 물을 길으리라 (이사 12)

너희도 준비하고 있어라. 너희가 생각하지도 않은 때에 사람의 아들
이 올 것이다. (루카 12)

제대 중앙에 있는 산티아고 성인을 우러러 인사드리고
줄을 서서 제대 뒤로 올라가 야고보 성인의 어깨에 손을 얹고
친구親口하며 묵상했네 주위는 떠들썩하나 깊은 침묵 속에 침잠.
징 중앙 앞 쪽에 앉아 오늘의 독서와 성서 봉독
천사가 나를 이곳에 데려다 준 듯
동행 없이 혼자 다녔다고는 하지만 혼자가 아니었네

내가 외우고 있는 송운의 시 「삶」에

"즐거움은 날아가 버리고 / 슬픔은 남아 가라앉는다." 는
명구가 있는데 지금 내게는 반대로
'슬픔은 날아가 버리고 즐거움은 남아 가라앉네' 또
"고통의 제물을 많이 바치는 삶이
 참으로 귀하다는 생각이 든다."는
구절도 "까닭은 역시 신비이리라"가 해답.
일 년에 한 번도 아니고 두 번씩이나 홀로 스페인 광야에
초대받아 순례를 마쳤으니 고통의 제물을
웬만큼 바친 셈 아니 두 번째는 카미노 버스를 더러 이용했지만
이 모두가 다 신비라네

오늘은 눈물 없이 호산나를 외쳤네
여러 사제들과 수도자들이 제대 앞에 도열해 서 있는 가운데 장엄
미사 한 마디 말귀도 알아듣지 못하지만 미사 예절은 만국 공통이라
'말씀 전례-독서 화답송 복음 환호송' '성찬 전례-예물 봉헌 상투스
하느님의 어린양 봉성체' '참회 예절' '자비송' 용서 받아
깨끗해진 마음으로 성체를 받아 모시고 무념무상
한참 뒤에 몇 마디 성모님께 전구 드렸네
드디어 굵은 줄에 매달린 대형 향로를 수도자들이 동시에 밀고 당겨
넓은 성당 가득 향로에서 뿜어져 나오는 향연香煙으로 지상에 만연한
마귀들이 혼비백산 쓸려나가는 환영을 보았네
주님의 이름으로 오시는 분 찬미받으소서

동冬

썰물처럼 모두들 떠나간 자리에 눈 감고 앉아 있으니 솔솔 잠이 오네
축성된 거룩한 시간과 거룩한 공간
오래오래 머물고 싶은 이승의 시간

2019년 12월 31일

바르셀로나와 사랑에 빠지다

바르셀로나에서 가장 공경받는 성상은 몬세라트의 검은 성모 마리아상 (La Moreneta)이라고 가이드가 말했다. 나무에 새겨진 12세기 로마네스크 양식의 검은 성모는 카탈루냐의 수호 성인인 성모님을 조각한 것이다. 아기 예수님를 무릎에 안고 반듯한 자세로 앉아 계신 성모님. 1100년에 목동들이 잠시 쉬어 가던 산 중턱의 동굴 산타 코바에서 발견했다. 카탈루냐 어로 몬세라트는 톱니 모양의 산이라는 뜻으로 6만 봉우리가 톱날처럼 들쭉날쭉한, 카탈루냐 사람들의 민족 성지이자 영혼의 산이라 한다. 이 영험한 바위산의 외용에서 가우디가 성가족 성당과 카사 밀라의 건축 설계에 영감을 받았다는 사실은 널리 알려져 있다. 해발 1,235m의 몬세라트산은 원래 바다였으나 지형의 융기와 풍화를 거치면서 기묘한 돌산이 된 것이다.

이곳에서 내가 선물로 사온 자그마한 검은 성모님을 보자 남편은 며칠 전 꿈에서 바로 이 성모님을 뵈었다며 내심 반색했다. 한참 들여다보고 나서 자기 서재의 기도 코너에 모셔 놓고 그 앞에 앉아 묵주

동冬

기도를 바치던 모습이 눈에 선하다. 아침상 차려놓고 문 열고 들여다보면 묵주 들고 중얼중얼 성모송을 바치느라 내 기척을 못 느낄 때가 있었는데 그때 더 자세히 꿈 얘기를 물어보지 못한 게 못내 아쉽다. 뿐만 아니라 몬세라트 성당 성모님 앞에서 30여 분 동안 묵상할 때의 신비 체험 비슷한 나의 이야기도 때 되면 나누려 했었는데 영영 못하고 말았으니 아쉬운 게 어디 한둘일까만 너무도 안타깝다.

  35일간의 산티아고 도보 순례를 마치고 피니스테레(땅끝 마을)와 성모님 성당이 있는 아름다운 포구 묵시아를 거쳐 바르셀로나 공항에 도착한 것은 6월 20일 오후 4시 30분, 5월 8일에 서울을 떠난 지 한달 하고도 약 일주일 만이었다. 사위가 서울에서 예약해 준 민박집에 도착하고 보니, 전 세계가 주목하는 가우디의 '사그라다 파밀리아(성가족 성당)' 바로 코앞이라 아주 기쁘고 고마웠다. 앞으로 7일간 이 성가족 성당 앞에 살면서 바르셀로나 관광을 하고 6월 28일 인천공항에 도착하면 50일간의 대장정이 막을 내린다.

  주요한 건물과 광장은 물론, 평일의 주택 발코니에도 카탈루냐 깃발이 쌍으로 나부끼는 도시 바르셀로나. 카탈루냐기는 스페인기보다 붉은색 줄이 두 줄 더 들어간 네 줄이라 한다. 스페인 내에서도 자치권을 내세우며 독립을 주장하는 자존심 센 카탈루냐는 스페인 공식 언어인 카스티아어 대신에 카탈루냐어를 사용한다. 전직이 가이드였다는 민박집 주인과 상의하여 한 주 동안 바르셀로나에서의 일정을 짰다.

  40일 넘어 산티아고 데 콤포스텔라, 피니스테레, 묵시아를 도보순례 했다는 나의 말을 듣고 로사 씨는 굉장히 놀라워했다. 자기는 태중 교우인데 냉담한 지가 십년도 더 된다며 내심 신앙 면에서 내게 한몫 놓는 듯했다. 우리가 선택한 테마에 따라 닷새는 현지 가이드의 안내로, 이틀은 민박집 로사 씨가 알려 준 대로 혼자서, 전철 시내버스 등 대중교통을 이용하는 식의 관광이었다. 카미노를 하고 왔다 해서 그랬는지 평소에는 바르셀로나 관광 스케줄에 잘 넣지 않는다는 몬세라트를 산티아고 순례의 연장延長이라면서 적극 권했다. 상주하는 한국인 가이드들이 많아 일일 관광으로 전화 예약하고 그가 지정한 장소에 나가 보면 대개 4~5인의 한국인들이 대기하고 있어서 그곳에서 만나는 사람들과도 친해져 정보도 교환하고 재미있었다.

첫째 날은 가우디 투어.

오전 9시 민박집에서 도보로 15분 거리의 카사 밀라(Casa Mila) 정문 약속 장소에 나가 보니 나까지 다섯 사람이었다. 몬세라트의 기암괴석에서 영감을 얻어 설계했다는 6층짜리 중산층 아파트 카사 밀라(밀라의 집)는 1906년에 착공, 무려 7년 만에 완성했을 만큼 내부 장식이며 지붕 꼭대기 투구 같은 여러 개 굴뚝, 십자 모양의 환기통까지 가우디의 손이 안 간 데가 없이 공을 들인 작품이다. 민박집 앞에서부터 자세하게 약도를 그려 주면서 건물의 색깔이며 모양이 파격이어서 '환상적인 산 같은 집'이라 찾기 쉽다 했던 로사 씨의 말이 맞다. 첫날부터 꽤 되는 15분 거리를 약도를 보며 혼자서 걷는 맛이 상쾌했다.

30유로 지불하고 온종일 대중교통을 이용하여 가우디의 건축물을 돌아보며 설명 듣는 방식인데 (성가정 성당은 별도) 약속한 오후 6시까지 본 것 말고도 아직 많이 남아 있다고 한다. 카사 밀라, 동화 속의 나라 구엘 공원, 카사 바트요, 구엘 저택 등과 가우디의 데뷔작이라는 레이알 광장의 고색창연한 가스 가로등 밑에서 우리는 헤어졌다.

나는 가우디의 성가족 성당에 관심이 있는 정도였지 스페인을 특별히 좋아했던 것은 아니었다. 어쩌다 산티아고 800킬로를 순례하고 보니 친절하고 낙천적인 스페인 사람들은 물론 스페인의 자연, 하늘 땅 날씨 등 모두에 호감을 갖게 되었다. 내 영혼을 사로잡은 신앙인 가우디의 열정과, 인간에 대한 그의 아가페적인 사랑과 고집 등으로 대예술가 가우디가 겪어야 했던 고독이 사무치게 내게도 느껴지는 하루였다. 첫날부터 이 아름다운 항구 도시의 잠재력에 겨우 눈을 뜨고는 그 매력에 취해 헤어날 수 없게 되었다.

둘째 날부터 2일 연속으로 시내 관광.

프랑스 파리의 샹젤리제나 영국의 피카딜리 서커스 같은 바르셀로나의 명물 람블라스 거리. 카탈루냐 광장과 역이 있는 바르셀로나 중심부에서 콜럼부스 기념탑이 있는 바닷가 포트 벨까지 긴 가로수 길이 시원하게 뚫려 있다. 길가의 명품 브랜드점 고급 호텔 가우디가 살던 집과 구엘 저택 등을 돌고 있는데 둥둥둥 북소리가 들리더니 익살스러운 분장을 한 남녀가 좁은 골목을 활보, 이것은 여행자들을 즐겁게 하기 위해 거리 예술가들이 꾸민 퍼포먼스라 한다.

피카소 미술관에서는 그의 화집에서도 못 본 초기 초상화 특별전이 열려 관심 있게 보았다. 피카소는 독재자 프랑코 정권이 계속되자 끝내 본국에 돌아오지 않았지만 조국을 사랑하는 마음은 있었던 듯 후에 많은 작품을 기증했다. 산 펠립네리 광장에는 프랑코의 명령으로 벽에 사람을 세워 놓고 총살한 흔적이 남아 있었다. 무슨 내전이 있었나 했는데 단지 금지된 언어인 카탈루냐어를 사용했다 해서 총살형을 집행했다하니 놀랍다. 근처에 무명 시절의 피카소가 드나들었다는 작은 카페에서 차를 마셨는데, 돈이 없어 피카소가 찻값 대신 데상해 놓고 갔다는 말에 모두들 흥미를 가지고 기대했으나 그림은 없고 이야기만 전해져 실망했다.

고딕 지구는 옛 도심인 구시가지로 이곳 광장은 1492년 이탈리아 출신의 콜럼버스가 신대륙 탐험 후 자신의 항해를 지원해 준 이사벨라 1세와 페르난도 2세를 알현했던 왕궁이 있는 역사적인 장소다. 예술의 나라답게 음악가 카잘스, 화가 피카소, 미로, 달리 등 현대의 개성 있는 입체파 초현실주의, 조형주의 등을 아우르며 미술 사조를 대표하는 화가들이 동족으로 동시대에 활동했다는 것이 흥미롭다.

꿈과 상상력의 찬란한 향연이 펼쳐지고 있는 몬주익, 유대인의 산이라는 뜻의 지명으로, 1888년 유명한 바르셀로나 만국박람회 전시장 개발을 시작으로 올림픽 경기장 미술관 공원 등이 들어서며 바르셀로나의 명소가 되었다. 1992년 8월 바르셀로나 올림픽 때 황영조가 일본인을 제치고 마라톤 금메달을 땄던 몬주익 언덕은 한국인들에게는 관광 필수 코스다. 층계도 언덕도 많아서 걷기에 힘은 들었지만 친절한 가이드가 어찌나 해박하고 예술적 감각이 뛰어난지 즐거웠다. 후

안 미로 미술관에는 그의 조각 도예 그림 등이 다양하게 전시돼 있어서 개인 미술관으로는 규모가 크다.

넷째 날은 민박집 로사가 특별히 추천한 몬세라트 관광.

바르셀로나 역에 집결, 아주대 민 교수 등 4인이 기차로 1시간 쯤 달리니 회백색 돌산이 보이기 시작하는데 멀리서 보기에도 영험한 기운이 느껴지는 산이다. 정말 성가족 대성당 겉모양과 어딘지 연결이 되는 느낌이다. 기차역에서부터 등산로가 있다지만 우리는 케이블카로 해발 725m 지점, 1025년에 지어진 몬세라트 수도원 근처에서 내렸다. 거룩한 땅, 공기 맑고 날씨 좋고 축복받은 시간이다. 탁 트인 시야로 몬세라트산 아래 풍경이 내려다보이고 눈을 들면 푸른 하늘과 맞닿은 듯한 기암절벽이 솟아 있다. 이곳에 베네딕도회 수도원이 세워지면서 이 영험한 산은 카탈루냐 사람들의 영적인 토대가 되었다. 현재 수도원 건물들은 미술관과 성당, 박물관, 레스토랑 등으로 이용 중이다.

검은 성모님이 계신 대성당은 건물 자체가 장엄하고 내부에는 아름다운 벽화와 조각들이 헤아릴 수 없이 많다. 이 성모님은 간절히 기도하는 이의 소원을 꼭 이뤄 주시는데 특별히 치유의 은사를 주신다 하여 몸이 불편한 사람들이 많이 찾는다. 목동들이 성모상을 발견했다는 벼랑에 있는 산타 코바행 산악 기차를 탔다. 약 5분 뒤에 하차하여 30분가량 걸어서 동굴 앞까지 가는 길목 곳곳 십자가의 길이 명품이었다. 모두 유명 조각가들이 헌정한 작품이라는데 가우디가 만들어 기증한 '그리스도의 부활'은 정말 건축가가 아닌 조각가의 솜씨라 해도 손색이 없겠다.

누가 보아도 사람의 발길이 닿을 수 없는 벼랑인데 신심 깊은 사람이 박해 때 모시고 다니던 성모님을 사람 눈에 뜨이지 않는 곳에 꼭꼭 숨겨 안전하게 계시다가 몇백 년 뒤 태평성대에 짠! 하고 나타나셨다는 가이드의 유머로 해서 우리는 유쾌하게 웃었다. 그 성모님이 모셔져 있는 성당에서 미사는 못 했어도 내려오는 길에 오래 앉아 묵상했다. 그때 예상치도 못했던, 나를 완전히 비우는, 내가 없어지는 이상한 체험을 잠시 했다.

생전에 듣도 보도 못한 몬세라트 성당에 와서 앉아 있는 나를 바라본다. 하느님께서 우르에 살고 있는 아브라함에게 우르를 떠나 가나안으로 가거라 하셨다더니 나도 산티아고를 거쳐 이곳 몬세라트 수도원 성당에 가라고 해서 온 듯한 생각마저 든다. 어찌 서울 응암동에 살고 있던 내가 스페인 카탈루냐의 몬세라트 수도원 성당 검은 성모님 앞에 앉아 마음을 열게 되었나. 그냥 순례가 아니라 사랑이신 성모님의 특별한 부르심이었는데, 그 깊은 뜻을 헤아릴 수 없었던 나는 잠시 마음이 산란했다. 자비와 비참이 만나는 자리. 삶과 죽음이 하나인 자리. 근처를 돌아보라고 30분 자유 시간을 줬는데 나는 시간 가는 줄도 모르고, 가이드가 부르러 올 때까지 묵묵히 성모님과 마주하고 있었다. 8개월 뒤에 닥칠 남편과의 이별을 알고 계신 성모님께서 미리 위로해 주시려고 나를 보자 하셨나.

6월 25일 초현실주의 화가 살바도르 달리가 살던 마을 가는 날.
11시 36분 출발 13시 6분 피게레스 도착하는 기차를 탔는데 1시간 정도 지났나 보다. 달리의 고향 피게레스(Figueres)는 1시간 30분 정도면 갈 수 있는 곳이라기에 여행 삼아 혼자서라도 출발했다. 사실 달리의 이상스러운 그림들을 별로 좋아하지는 않지만 그림과 글쓰기를 병행한 사람의 생애는 음미할 만하겠지 싶기도 하여 큰 맘 먹고 나섰다. 역에 내릴 때부터 달리의 이름과 얼굴이 들어 있는 플래카드와 포스터가 곳곳에 걸려 있어 그의 고향에서 환대받고 있음을 알 수 있다. 달리 미술관도 줄이 길어 마당에서 손으로 만들어 파는 민속품을 구경하면서 한참 기다려 일이층을 몇 바퀴 돌아봤다. 프로이트의 영향을 받아 의식 내면과 비합리적인 환각을 객관적 사실로 표현하고자 했다고 스스로 밝혔다지만 그로테스크한 괴상한 그림들이 나를 뒤숭숭하게 한다. 인간은 참으로 불가사의한 창조물이다. 다시 돌아오는 3시 19분 기차가 5시 30분에 내릴 역은 엘 클롯 아라고(EL Clot Arago) 로사 씨가 적어준 메모를 몇 번이고 들여다봤다. 어느 역인지 기차가 선다. 시간상 내릴 역이 다음 쯤 일 것 같다.

6월 26일

새벽 6시에 숙소를 나와 성가정 성당 앞 공원 벤치에 앉았다. 성당 앞 공원 안에 있는 인공 호수 물속의 성당을 바라본다. 성당을 설계할 때부터 온전히 물속에 성당이 비출 수 있는 호수까지 설계했다는 가우디. 6시 30분이 되자 아침 해가 불그레 우중충한 성가정 성당을 물들인다. 정면의 성가정상, 아니 자세히 보니 동방 박사들이 경배드리는 모습 같기도 하고. 35분간 정면으로 성가정 성당을 바라보고 서서 장천공을 했다. 이어서 체조까지.

오늘 마지막 날에는 60m 높이의 까마득한 기둥 위에 서서 바다를 향해 손가락을 뻗고 있는 콜럼버스 동상의 포트벨 항구, 해산물 식당이 즐비한 아름다운 지중해 바르셀로네타 등 바닷가를 거닐며 쉬어가는 날, 혼자 다니는 데 이골이 난 나는 민박집 로사씨에게 자세한 교통편을 알아 가지고 이틀간 돌아다녔다. 6시에 가이드와 헤어져 집에 오다가 어느 날은 길을 잃었어도 민박집 코앞 성가정 성당 가는 버스만 타면 되니 걱정이 없었다. 아침에 출발할 때 그날의 목적지를 정해 거기 가서 둘러보고 그다음부터는 그냥 기웃기웃 거리를 다니다가 카페나 식당에서 아무거나 먹고 마시는 관광하는 맛도 괜찮았다.

몬세라트 다녀온 날 밤에 에스파냐 광장의 환상적인 분수 쇼를 본 투어는, 민박집 옆방에 새로 들어온 50대 사업가 대구 아저씨 덕분이었다. 근처 중국 식당에서 15유로짜리 만찬 대접도 받아 가며 저녁 시간을 함께했다. 외교관이 꿈이라는 서울대 외교학과 재학 중인 외동딸 자랑, 영어 교사 마누라 자랑, 사업 구상을 위해 혼자서 스페인 관광 중이라 심심하던 차였는지 혼자 여행하고 있는 나를 보더니 반색한다. 바르셀로나에 온 지는 사흘 됐고 내일 파리로 갈 예정이라는 사업가는 돈 씀씀이도 후했다.

밤에 혼자 돌아다니는 것은 자신이 없어서 나는 '성가족 대성당' 주위를 뱅뱅 돌기도 하고 민박집 근처에서 맥주나 포도주를 곁들인 저렴한 가격의 저녁을 사 먹곤 했다. 헌데 그날은 젊은이와 함께 차를 갈아타 가며 에스파냐 광장까지 가서 '마법의 분수 쇼'를 감상한 뒤 몬

동冬

주익 미라마르에서 밤하늘의 별처럼 찬란히 빛나는 포트벨 항구를 내려다봤다. 신나는 음악에 맞춰 흥겹게 춤추고 먹고 마시는 야경을 구경하는 것은 또 그 맛이 완전히 다르구나. 귀갓길에 여기저기 들러 쇼핑하는데 스페인은 가죽 제품이 좋다면서 마누라와 딸에게 선물할 고가품을 흥정, 나도 생각지 않게 발 편한 구두 한 켤레를 3유로나 깎아 32유로에 샀다.

산티아고 순례 마치고 왔다 하면 이곳에서는 준영웅 대접을 받는다. 내 모자에 산티아고 곳곳에서 산 마스코트가 한 열 개 이상 꽂혀 있으므로 굳이 설명할 필요도 없이 모두 내가 순례객임을 알아본다. 갈리시아에서는 차를 안 타는 순례는 그냥 존중받는 정도였는데 말이다. 혼자 여행을 하다 보면 쓸쓸하기도 하지만 그때그때 다양한 사람들을 만나는 것도 재미다.

6월 27일 수요일 드디어 한국 가는 날.
바르셀로나 12시 30분 출발 프랑크푸르트 2시 45분 도착.
아시아나 프랑크푸르트 7시 출발.
28일 목요일 인천 12시 20분 도착.
아직 유럽은 27일 밤 10시 14분인데 한국은 28일 오전 5시 14분. 시간을 거슬러 비행하는구나. 이것은 지구 반대편에서 날아가고 있다는 얘기지. 지금 창밖은 어둠이 내리는데 나는 동쪽으로 동쪽으로 밝은 쪽을 향하여 맹렬한 속도로 날고 있다. 어느 도시를 지나는지 창밖 저 아래 옹기종기 불빛이 보인다. 사람이 사는 마을, 하느님의 모상인 인간들이 모여 살고 있는 동네가 각별히 나의 마음을 끈다.

6시간 반 뒤면 한국에 도착한다. 50일간 그야말로 해외로만 떠돌다가 다시 집으로 돌아가는 시간. 나도 하느님과의 친밀감을 계속 유지하면서, 보다 성숙해진 마음으로 모든 것을 기쁘게 받아들이자. 그리고 열심히 시간을 보내자.

한 톨의 모래알에서 세계를 보고
들꽃에서 하늘나라를 보기 위해서는
……
그대 손바닥에 무한을 붙들고
한 시간 안에 영원을 겪어야 한다.

찬! 고맙습니다. 내 여생에 50일이 헛되지 않도록 성심을 다하여, 당신을 보필하고 사랑하렵니다. 자비로운 성모님, 도와주소서.

(2012년 귀국하는 기내에서 쓴 일기)

공 여사의 몽상夢想

　공 여사는 새벽에 잠에서 깨면 비틀비틀 화장실을 다녀와 머리맡의 노트를 펴고 꿈을 적기 시작한다. 어느 때는 반쯤 눈을 감고 부연 창밖 하늘을 힐끗거리며 그냥 아기들이 낙서하듯 삐뚤빼뚤 그림 반으로 몇 줄 쓸 때도 있지만 그냥 누운 채로, 적지 않고 가만히 있을 때도 있다. 왜냐하면 꿈이 너무 어수선하여 어떻게 정리 할 수가 없거나 재미없는 꿈일 때. 아니 본인이 생각하기에도 너무 기분 좋아 적기 전에 음미하고 싶을 때, 이런 날은 꿈지럭거리다가 때를 놓쳐 아주 못쓰고 마는 수도 있다. 헌데 오늘은 아니다. 창밖이 캄캄하기도 하지만 꿈이 너무 꿈같지 않게 선명하고 아름다워서 차근차근 반듯한 글씨로 써 놓고 싶어 불을 켜고 책상 앞에 단정한 자세로 앉았다. 더군다나 신사임당[01] 허초희許楚姬[02] 김호연재浩然齋[03] 남정일헌貞一軒[04] 황진이 등 옛날 여류 문인 예술가들과도 그 장소에서 교감이 있었으니 말이다.

　국보급이 많지는 않아도 상당히 품위 있는 골동품 도자기들이 즐비한 넓은 강당 같은 곳에서 공 여사는 손에 딱 맞고 감촉 좋은 장갑을

끼고 전문가들과 함께 분류 작업을 하고 있었다. 옛날 토기부터 고려자기, 분청사기, 조선청화철화백자 등 다양한 모양의 자기가 많이 놓여 있었다. 내 것은 아니지만 귀한 그릇들을 직접 손에 들고 쓰다듬다보니 정이 든다 할지 마음이 차분해지며 기분이 아주 좋다.

공 여사는 주로 조선 백자를 하나하나 모아다가 사각 제기, 향로 필통, 연적 등으로 분리해 고급 화류장에 조심조심 진열했다. 아! 태없이 고결한 달항아리여! 손으로 쓸어도 보고 몇 발짝 물러서서 바라보면서 공 여사는 일생 사는 동안 아팠던 피 흘리는 슬픔도 저 신성한 아름다움 앞에서는 모두 녹아내려 투명한 기쁨이 되는 듯싶었다.

얌전하게 뚜껑까지 덮여 있는 백자 밥그릇 접시 찻잔 술병 등을 따로 깨끗이 먼지를 닦아 정성 들여 큰 교자상에 늘어놓고 보니, 당시 이 그릇들을 사용했을 품위 있는 조상들이 자연스레 떠올라 더욱 흥이 났다. 이래서 꿈은 꿈이구나. 시공을 초월해 정갈한 음식을 차려 놓고 매죽청화문이 은은한 술병에 손수 빚은 향기로운 국화주를 담아 반주로 마시면서 친지들과 오순도순 이야기를 나누는 정경이라니.

아주 영특해 보이는 아들과 딸 영감님과 함께 담소하며 술잔을 기울이는 신사임당 할머니, 갓 쓴 아버지 앞에서 긴 문장의 시를 줄줄 암송하는 어린 허초희, 밥 상 앞에서 한숨 쉬는 김호연재, 진지 잡숫다 말고 작은 붓으로 종이에 몇 줄 글씨를 쓰고 있는 남씨 할머니, 그리고 술상 앞에서 거문고 뜯는 황진이 등. 여성이라 갖은 핍박 받으면서 한 많은 생을 살아낸 조선의 여인들. 그런 환경에서도 시를 읊고 그림을 그리며 거문고를 타는 격조 높은 예술가들과 실제로 말씀을 나누지는

동冬

못했어도 그 체취만은 생생하여, 공 여사는 감격의 눈물이 핑 돌아 눈을 깜박이다가 잠이 깼다. 정말 눈시울이 촉촉하구나.

아주 오래전에 한 대학 박물관에서 대대적으로 조선 백자전을 기획하여 반년 쯤 전시한 적이 있다. 조선 초기 우윳빛 달항아리, 중기의 푸른 기가 도는 백색과 모양이 완벽한 분원갑반 자기들, 국보급 청화 철화 백자 항아리, 청화매죽문 필통, 백자 벼루, 무늬도 다양한 연적들, 특히 청화매문연적青華梅紋硯滴, 백자무릎팍 연적, 순백자 필세筆洗, 매죽문 선형 필세 필가筆架, 투각백자경침, 종잇장처럼 얇게 빚은 크고 작은 대접, 뚜껑 낀 분원 갑반 백자 밥그릇, 앙증맞은 간장 종지에도 뚜껑이 덮여있을 뿐 아니라 옛날 수저까지 얹어 상차림을 해 놓았었다.

반면에 지방요地方窯에서 나온 투박한 크고 작은 양념단지, 큰 대접에서부터 밥그릇 고만고만한 보시기 술병 술잔 접시들까지 아무 무늬가 없는 탁한 흰색의 두툼한, 그러나 정이 가는 그릇들도 흔히 보는 둥근 상에 놋숫가락 얹어 차려놔 눈여겨 둘러봤다. 그때 한창 젊은 나이였던 공 여사는 실제로 저 밥그릇에 고봉으로 담은 밥을 흘리지 않으려고 한가운데 봉우리부터 차근차근 밥을 먹어 내려가던 일꾼들 생각이 나서 혼자 웃었던 적이 있다. 그랬다. 시골에서는 부자소리 듣던 공 여사의 친정에는 일꾼 안잠재기 등 여나문의 도우미 객식구들이 있었다. 이런 뚜껑 없이 투박한 그릇에 담겨진 음식을 먹으면서 살던 옛날 서민들 생각을 잠깐 한 적이 있었는데 그게 무의식 속 어디에 남아 있다가 이렇게 긴 꿈으로 나타난 것인지.

'평소에 진열장 너머로만 보던 것을 참말 원 없이 만져 봤네!' 상세히 적은 오늘의 꿈 얘기 끝에 이렇게 적었다. 긴 꿈 짧은 꿈이 적혀 있는 공책을 뒤적이다가 공 여사는 얼마 전 꿈 기록 말미에 '아쉽다'고 써 놓은 얘기 하나가 눈에 띄어 다시 읽어 봤다.

늦지 않게 꼭 시간 안에 가야 하는 중요한 약속이 있어 서둘러 집을 나서다, 아무래도 촉박한 느낌이 들어 총총히 길을 가다 보니 흐르는 시냇물이 나타났다. 나는 주저할 사이도 없이 신발을 벗어 들고 황망히 건너는데 시냇가에 꽃망울이 맺힌 나무도 보이고 파랗게 돋아나는 여린 잎도 보인다. 물을 건너 한 무리의 사람들이 한가히 모여 서 있는 곳을 지나며 그들에게 질러가는 길을 물으니 저쪽 바위가 보이는 비탈길을 손짓해 알려 준다. 그리로 가까이 가 보니 생각보다 가팔라서 망설이다가 용기 내어 한 발을 올리는데 누가 뒤에서 받쳐 주고 도와줘 겨우 넘긴 했으나 갈 길이 하도 바빠 뒤돌아볼 사이도 없이 꿈을 깨고 말았다. 누구였을까? 아쉽다.

---

01 신사임당 - 내가 율곡 할아버지와 본이 같은 덕수 이가德水李哥라서 할머니라 했다.
02 허초희 - 27세에 요절한 시 신동詩神童 난설헌의 이름.
03 김 호연재(1681-1722) - 여성으로 태어난 것을 한탄한 시 「자상自傷」 등 여러 편을 남긴 시인.
04 남 정일헌(1840-1922) - 시姚 증조모. 남구만의 7세손. 자필 한문 시집 한글 시조집이 전한다. 내가 시집와서 한동안 동짓달 스무닷새에 남씨 할머니 제사도 모셨다. 시어머님 말씀에 청상과부가 되신 남씨 할머니는 늘책 읽고 글 쓰시고 풀 쑤라 해 색종이 발라 상자 곽 만드시고 시집오실 때 데리고 온 몸종이 앉아있을 사이가 없었다. 시상이 떠오르면 진지 상에서도 뜰 적으시고 솜씨가 좋으셔서 족두리 등 별별 것을 다 수놓아 만드셨다는 말씀을 전해 들었다.

동冬

박희진 시인을 추모함

  우리가 가끔 박 시인 이야기를 할 때면 나는 박희진 씨라 하고 성 선생은 희진이라 했다. 박 희진 씨. 내가 수연 박희진 씨를 처음 본 게 언제였더라?

  1960년대 초 학생 때 혜화동 로터리 근처 어느 다방에서 성 선생을 만나고 있는데 말로만 듣던 호청년 박희진 씨가 밝은 표정으로 들어섰다. 첫 시집 『室內樂』 표지 글씨를 일중 김충현 선생한테 받았다며 자랑스레 손에 들고 있던 모습. 종이가 아니라 뭔가 까만 글자만 본을 뜬 것 같은 것을 성 선생한테 보여 줬다. 그 당시 내가 관훈동 박리준 내과 2층 다다미방에 있던 일중 선생님이 운영하시던 '동방연서회'에 다니고 있던 터라 내심 반가웠다. 내 기억으로는 해행楷行 서체로 약간 통통한 글씨였던 듯하다. 하도 만족한 얼굴로 그 제자(題字)를 만지작거리는 것을 보고 일중 선생님이 유명한 분인가 보다 싶어 괜히 내가 우쭐해지던 기억이 난다. 대충 헤아려 보니 그때 박희진 씨는 삼십 대 초반, 어딘지 우수에 찬 듯싶기도 한 맑고 단정한 눈매의 시인이었다.

알다시피 박희진 씨는 시와 혼인한 총각으로 일생 독신으로 지냈다. 성 선생과는 보성학교 동창일 뿐만 아니라 이과반에 있던 성 선생을 문과로 바꾸게 한 장본인이기도 하다. 성 시인과 내외종 간이었던 서기원 씨도 박 시인과 친한 사이라서 한몫 거들었던 모양인데 당시 서기원 씨는 시를, 성 선생은 소설을 지망하려했는데 막상 문단에는 정반대로 서기원 씨는 소설로 성찬경은 시로 등단하게 되었다. 박 시인이 말하기를 성찬경은 이과반에서도 우등생이었다며 팔방미인으로 미술 선생님은 미대로, 음악 선생님은 음대를 가라했단다. 좌우간에 홀로 사는 가까운 사이였으므로 어쩌다 박 시인이 우리 집에 오면 끼니를 대접했다. 소찬인데도 일일이 맛이 있다며 달게 식사하던 모습이 눈에 선한데 이제는 모두 옛일이 되고 말았구나. 두 사람이 주고받는 무궁무진한 화제(話題)에 나도 귀를 기울이며 즐겁게 시중을 들었었다. 화가면 화가 음악가면 음악가 예이츠, 엘리엇, 딜런 토마스, 블레이크 등 그야말로 천재 예술가들이 두 대(大)시인의 대화에 초대 손님으로 총출동하는 빛나는 시간들이었다. 주거니 받거니 술을 시작하면 시간 가는 줄 모르고 술이 바닥날 때까지 이어졌다.

　1970년 초가을쯤에 충무로에 있는 소극장 '까페 떼아뜨르'(화가 권옥연 씨 부인 이병복 씨가 운영하던)에서 박희진 성찬경 2인 시 낭송회를 일주일에 한 번씩, 화요일마다 한 달 간 공연한 적이 있었다. 어째서 내가 아무 자료도 없이 연도를 기억하느냐 하면 칠십 년생 딸애 백일 무렵이라 그 공연에 참석할 적마다 젖이 불어 속옷을 적시던 일이 생각나기 때문이다. 서너 시간 남짓 하는 공연에 매번 빠지지 않고 참석했다.

　　　　　　　　　　　　　　　　　　　　　　　　　동冬

예술원 회장도 하신 김정옥 선생이 연출하고 여자 무용수가 춤을 추는 가운데 시낭송을 하는 특이한 무대였다. 하루는 서기원 씨가 내 옆에서 관람하면서 "찬경이 저렇게 엔터테이너 소질이 있는지 미처 몰랐다"고 환하게 웃으면서 재미있어하던 기억이 난다.

박 시인은 오로지 시에만 집중하며 그 장중하게 떨리는 목소리로 눈을 지그시 감고 그의 명시 「관세음상에게」를 암송하던 일,

석련石蓮이라
시들 수도 없는 꽃잎을 밟으시고
환히 이승의 시간을 초월하신 당신이옵기
아 이렇게 가까우면서
아슬히 먼 자리에 계심이여
......

이렇게 시작되는 시를 끝까지 같은 톤으로 읊어 나가는 데 반해 성 시인은 시 낭송에 동작을 곁들여 가며 억양도 노래하듯 극적인 효과를 시도했다. 그것도 매번 다른 컨셉으로. 그때 무슨 시를 낭송했었는지 알아보려고 묵은 서류 가방을 뒤져봤더니 요행히 하나가 나왔다.

「미열微熱」「내 가슴은 피리」「벌레 야화」「추사의 글씨에게」「붕어와 오뇌」「아무도 나를」제목이 나온다. 첫 시집 『화형둔주곡』에 있는 시들이네. 그중에 '미열'을 찾아서 전문을 적어 본다. 1956년 9월에 썼으니 스물 여섯에 쓴 시구나!

연극하듯 다양한 몸놀림을 하면서 시를 읊었다.

오늘은 이상해요.
오후의 일광日光이
아틀리에에 가까워지면
빙그레 신비로이
베일을 벗은 비너스가
별처럼 머언 세계를 바라보며
낮잠을 시작해요.

아폴로와 아그립빠아 그리고
많은 영웅과 절세의 미인들이
고대의 표정으로 사로잡힌 채
직선의 눈초리를 돌리지도 못하고
봉사 그저 오후의 봉사를 하고 있어요.

오늘은 이상해요.

왜 내 세계의 어느 문이 한없이 열리어
이네들이 이렇게 요염하게 튀어들어오지요.

모오싸르트의 밤의 노래가

동冬

더욱 사무치게

나를 빠뜨려요.

저어기로.

어느덧 둥실 떠오른 미의 전당을 통해서

저어 세계를 나는 느껴요.

나를 폭신 싸안아갈 죽음의 세계를.

나를 황홀케 하는

이들의 자비로운 표정은

나를 환송하려는 축복인가봐요.

최후로요.

하하!

낮잠과

명랑한 취주악이 흘러요.

그러고 보니 성 선생의 <말예술> 공연이 그때부터 시작된 게 아닐까 싶기도 하다. 요즘 같으면 동영상이라도 찍어 놓았으련만 그 당시에는 전혀 그런 생각을 못한 것이 못내 아쉽구나. 한 번도 아니고 무려 네 번이나 했었는데 말이다. 여담이지만 박시인의 시낭송 목소리를 접할 때마다 그의 묘하게 떨리는 획의 독특한 글씨가 떠오른다. 한글이고 한문이고 간에 시종일관 조심조심 써 내려가는 그 떨리는 듯한 특이한 필체에서 박희진 씨의 특별한 삶의 궤적이 보이는 듯하다.

한번은 우리 집에 와서 박 시인이 자기 어머니 얘기를 한 적이 있다. 아마 완전히 독신으로 살기로 작정을 하고 집을 나와 독립했을 때 연만하신 노모께서 당신 아들이 혼자 살고 있는 집을 방문해 이것저것 챙겨주면서 마음 아파하셨던 모양이다.

하루는 마루 걸레질을 하고 계시던 어머니가 화장실에서 세수하고 나오는 자기더러 너도 이제 귀밑머리가 희끗희끗하구나 하시면서 목이 메시더랍니다. 아니 '우시더라'는 표현을 했던 것 같기도 하다. 헌데 자기는 아직 머리가 하나도 세지 않았는데 왜 저러시나 싶어 거울을 보니 비누를 덜 씻고 나와 하얀 비누거품이 조금 묻어있더란다. 어머니가 늙으셔서 눈이 어두워 그러시는 생각을 하니 자기도 마음이 아파 눈시울을 적셨다는 얘기를 술 마시면서 담담하게 하는데 듣는 나도 마음이 짜안했다. 그날 어머니께서 이제 더는 안 오시겠다고 이게 마지막이라고 그러면서 가셨단다. 그 후에 정말 안 오셨는지 얼마나 계시다 돌아가셨는지 그런 건 잘 모르겠는데 그 모자분의 대화 장면이 오래오래, 목이 메는 모정母情과 눈시울 적시는 젊은 박 시인이 지워지지 않고 내 뇌리에 남아 있다.

지금쯤 박희진 씨는 그리워하던 어머니도 뵙고 성 선생과도 만나 술을 흠뻑 마시며 담소하려는지.

2015년 9월

동冬

일중묵연 회고담

　서예와 절연絶緣한 지 삼십 년이 넘는 나로서 이런 자리에 글을 쓸
마음이 아니었는데 경후 김단희 씨의 청을 물리치기 어려워 그냥 생
각나는 대로 몇 가지 50년 전의 회고담을 적어 보기로 한다. 헤아려
보니 반세기가 훨씬 지난 옛날 일을 회상하려니 자연 나도 애들 적으
로 돌아가게 되고 따라서 지금은 고희를 훌쩍 넘긴 대가들일지라도
경칭을 생략하고 거명擧名을 하게 되는 일이 생길 것 같아 미리 양해
를 구하는 바이다.

　1961년 새 학기가 시작된 첫날 한 친구가 내게 이번 방학 동안에 붓
글씨를 쓰러 다녔다 한다. 순간 강한 끌림으로 무작정 그 친구를 따라
간 곳이 청계천 변관 수동 「박리준 내과」 이층 다다미방이었다.

　동방연서회東方硏書會라는 나무 간판이 붙은 이층으로 올라갔더니
마침 일중 선생님을 비롯해 여초, 경인 선생님 등 형제분들이 계셨다.
형님 되시는 경인 선생님은 가끔 들러 한문을 풀이해 주시기도 하고
넉넉한 인품으로 분위기를 부드럽게 해 주셨다. 일중 선생님은 한글

호 찬내冷泉가 딱 어울리시는 분. 그냥 방안을 근엄한 자세로 왔다 갔다 하실 뿐 자상한 말씀 한 마디 없으셨지만 누가 어디 잘 못 쓰고 있는 것은 용케 지적하시는 예리한 분. 서도書道는 설명해서 가르치는 것이 아니라 스스로 터득해야 한다는 교육방침이셨는지는 모르겠지만 나처럼 아둔한 사람은 답답하다 못해 섭섭할 때도 있었다. 도무지 곁을 주지 않으시니 감히 질문할 엄두도 못 냈다.

나는 첫날부터 글씨를 배우기 시작했다. 예쁘장한 아가씨 지정智汀이 붓 한 자루와 신문지 몇 장을 건네 줬다. 선생님이 붓 잡는 법, 팔을 들어 중봉中鋒이 되게 하는 법 등 간단히 설명하신 후 가로줄과 세로줄을 그으라 하셨다.

그 다다미방에는 6인 정도가 앉을 수 있는 교자상 같은 책상 몇 개에 상보처럼 담요가 덮여 있었다. 책상 중앙의 큼직한 대접에는 새까만 먹물에 자루가 길고 끝이 제비꼬리 진 옛날 수저가 하나씩 꽂혀 있었다. 글씨를 다 쓰고 나면 그 그릇에 담긴 물에 붓을 휘휘 저어 씻어 붓걸이에 걸고 가니 아침에 맑았던 물일지라도 그 물은 이미 먹물인 셈이어서 오후에 늦게 가면 오래 갈지 않아도 제법 쓸 만했다. 더구나 모두 신문지에다 글씨 연습을 했으니 번질 일도 없고. 그해가 다 갈 무렵 정급고시定級考試 방榜이 붙어 그 준비를 할 때 비로소 화선지라는 것을 샀다. 이후 나는 학교 졸업하고 고향으로 내려가 있을 때나 혼인 후 여러 해 동안 묵연에 못 나올 때를 제외하고는 이 정급 고시(후에는 명칭이 바뀌었다)에 꾸준히 참여하여 일계一階로 마무리했다.

처음 얼마 동안 나는 붓에 손만 대고 있고 뒤에서 지정이 내가 잡고 있는 붓을 움직여 쓰는 것을 보고 필순을 익혔다. 거의 매일 가서 나무 목 변을 뗀 구構 자, 길영永 자, 上下大小 中央四方 등등 신문지가 수북이 쌓이도록 재미있게 썼다.

일중 선생님 말씀이 지정은 혼자 쓰는 것보다 붓 잡은 학생 뒤에서 써야 더 잘 쓴다고 칭찬인지 뭔지 알쏭달쏭한 말씀을 자주 하셨다. 이렇게 지정이 잘 지도해준 덕택에 비교적 빨리, 뒤에서 붓을 잡아 주지 않고 혼자 써도 되는 「근례비 집자集字」에 들어갔다. 신세계 건너 편 중국서점에 가서 얄폭한 「근례비 집자」를 사 가지고 집에 와서도 더러 썼다. 물론 신문지에.

당시에는 책이 귀해서 동방연서회에 나와야 근례비고 뭐고 교본을 접할 수 있었다. 요즘 그렇게 흔한 볼펜도 없고 복사複寫라는 것도 없던 시절이었다. 아무튼 교본이 없는 나는 수본繡本 베끼는 얇은 종이에 쌍구雙鉤를 해서 申兄(석농)한테 맡기면 솜씨 좋은 그는 옛날 한지 책처럼 맵시 있게 제본해서 벽에 걸어놓고 갔다. 『정문공비』『석고문』 등등. 여초선생님은 鄭文公碑 雙鉤本이라 겉표지에 쓰고 안에도 똑같이 쓴 밑에 如初선생님 호와 金應顯이라 이름이 새겨진 갈쭉한 도장까지 찍어 주셨다. 일중 선생님은 石鼓文 雙鉤本이라고만 쓰시고 서명은 안 해 주셨고. 이 외에 또 전서 책 한두 권이 더 있었는데 다 어디로 갔는지 안 보인다.

왜 그랬는지 나는 근례비 대신 마고비麻姑碑를 썼고 행서도 쟁좌위爭座位를 안 쓰고 일중 선생님이 내키지 않으시는 집자 성교서를 택했다. 그 당시 왕희지 성교서는 여초 선생님이 지도하셨는데 두 분이 다 유명을 달리하셨으니 이제는 그때 일을 말해도 되겠지.

뭣 때문이었는지 가끔 여초 선생님과 일중 선생님이 선생님 방에서 큰 소리로 다투셨는데 대체로 여초 선생님 음성만 들렸다. 그 날은 '아직 김장도 못했다' 등등 금전 문제로 여초 선생님이 화난 것 같았는데 간간이 일중 선생님더러 '언니'라는 호칭을 쓰면서 언성을 높이셨다. 우리 친정이나 외가 등 모두 나이 많은 남자형제끼리도 언니라 하는 걸 보고 경상도 친구가 흉을 보기에 난 충청도에서만 그러는 줄 알았는데 안동김씨 서울 양반들도 언니라 하는구나 싶어 반가웠던 기억이 난다.

어쨌거나 며칠 만에 연서회에 나와 책을 찾아보니 성교서가 안 보였다. 지정의 얘기인즉슨 그게 여초 선생님 것이어서 화가 난 김에 당신 책을 모두 회수해 가셨다는 사연. 그때는 그냥 지도만 했지 체본을 써 주지는 않으셨다. 일중 선생님께 말씀드릴 수도 없고 이만저만 난감한 게 아니었다. 그렇다고 쟁좌위를 쓰기도 그렇고 하여 때가되면 다시 계속하리라 맘먹고 중단했던 일이 있었다. 그 후 십 년도 훨씬 지난 인사동 묵연 시절에 나는 내 책으로 일중 선생님 체본까지 받으며 성교서를 꽤 오랫동안 여러 번 임서했다. 그리고 한별 소헌과 함께 월당선생님 모시고 반야심경 해설을 돈암동 어딘가에 가서 공부했던 기억이 난다.

너무나 열심히 씀으로 해서 일중 선생님께서 오히려 덜 좋아하시던 특이한 경우가 있었으니 바로 아원雅園 윤덕임 씨다. 아원은 정말 아침에 와서 저녁때까지 지치지도 않고 매일 쓰시던 분. 왕희지행서체로 병풍을 만든다 했다.

저렇게 매일 온종일 쓴다고 글씨가 느느냐. 저건 미련한 짓이다. 일중 선생님이 싫어하시던 또 하나는 둘이 짝지어 다니는 사람들이다. 하나가 안 오면 다른 하나도 빠지고 계속 소곤소곤 잔소리하고 어느 세월에 공부를 하겠느냐. 요는 혼자서 집중해서 연마하라는 말씀이셨다.

아원 옆에 늘 자리 잡고 앉아 있던 비구니 명성 스님은 모기나 개미 한 마리도 살려 보내는 불교의 불살생을 실천한 분으로 유명했고, 몹시 바쁜 모양으로 잠깐씩 들러 그야말로 집중해서 쓰고 가던 조종숙 씨, 창덕여고생 노성희는 빵떡모자를 쓰고 슬그머니 나타났다가 쓰는 둥 마는 둥 하는 것 같아도 착실히 공부하고 가던 학생. 필력 좋고 걸걸한 동덕여고생 이효자, 부완혁 씨 따님 새침이 이화여고생 부정애, 그리고 남자고등학교 학생 김세호.

이 글을 쓰려는데 도무지 이름이 생각나지 않아 젊은 오제한테 전화로 물어 받아 적은 걸 놓고 지금 쓰고 있는 중이다. 내가 일중묵연 이전 연서회 시절 얘기를 주로 쓰려 한댔더니 낄낄대면서 하는 말, 보아하니 대학생 같기는 한데 털털한 사람이 들어와 먹을 갈면서, 아침부터 여기 오려고 맘먹고 있었는데 이렇게 늦었네 중얼거리기에 시계를 보니 네 시가 넘었더라나. 하도 기가 차서 아니, 다 저녁때 와 놓고서는 아침부터 준비했다? 이러면서 속으로 웃었다는 얘기. 그날 내가 왜 그랬을까? 뭘 하느라 꿈지럭대다 그때 와서 아침부터 올 마음이었다는 말은 왜 또 중얼거렸을까. 도무지 알 수 없는 일이다.

4·19 직후 중앙대학교 교복에 큰 책가방 들고 눈을 반짝이며 들어

오는 짤막한 초정더러 지정이, 나한테 묻지도 않고 우리 학교 신문에 연재되는 내 중편소설 제목 글씨를 보여 주며 너무 조악하다고, 하나 좀 잘 써 달라 했다. 초정은 씩 웃더니 「디오니소스의 後裔」 앉은 자리에서 고체와 예서로 멋있게 써 줘서 이튿날 학보사에 가지고 가면서, 언제쯤 이렇게 잘 쓸 수 있을까 하고 부러워했던 일. 신참들도 다 호를 쓰는데 이명환 씨는 벌써 몇 년 찬데 호 하나 없느냐며 신계가 월당 선생님께 청해 받아다 준 호 유헌. 원고지에 유헌설해宥軒說解까지 선생님 글씨로 받아 가지고 와서 전해 준 일을 나는 두고두고 고마워하고 있다.

"宥라는 것은 너그럽다는 뜻이니 그 德을 恒久케 간직한다는 것이다. 惡이라는 것은 제절노 오래 갈 수가 없으려니와 善인들 어이 길게 갈 수 있으랴 堯의善과 桀의惡이 서로 바꿈질처 오늘까지 이르게 된 것이 바로 그 明徵이 아닐까 반듯이 無善無惡의 사이에 제마닥 아지못한 妙-있으니 맑고 전일하고 화하고 빈 것으로서 도무지 이름이나 모양을 부칠 수 없는 것은 하늘이니 久와 長을 가히 기필할 수가 있나니라 말이 이에끄치노라 丙午元春荒江古木參老人自解"

장자에 나오는 宥라 하시더라는 말을 신계한테 전해 들었다. 여기서는 처음과 끝만 인용하려 했는데 옛스러운 어투나 문장에서 월당 선생님 모습이 떠올라 그냥 전문을 적었다. 바스러질 것같이 빛바랜 이 백자 원고지 두 장은 지금도 잘 간직하고 있다.

연서회 그 다다미방에서 어느 날 초정과 신계의 대화를 글씨 쓰면서 들었는데 아직도 기억하고 있는 것. 신계 왈 자기는 글씨 쓰다 싫증이 나면 쉬어야지 절대로 계속은 못한다는 말을 받아, 초정 왈 자기는 싫증이 나면 참고 그 고비를 어떻게라도 넘기면 글씨가 잘 되더라. 두 사람의 이 이야기를 들으면서 '나는 어느 편일까?' 하다가 저 두 사람의 기질과 특징이 잘 드러나는구나 했었다.

그때는 사랑방 마실꾼처럼 낯익은 손님들이 많았다. 경매 주선하던 원충희 선생, 하루는 누구 굉장한 분이 오시는지 평소답지 않게 일중 선생님께서도 공손히 허리 굽혀 인사하시던 생각이 나서 오제한테 물었더니 아마 영운穎雲 김용진 선생님이었을 것이라 한다. 동방연서회 당호도 지어 주셨고 어진御眞을 그린 분이시란 말을 들었던 것 같기도 하다. 학교 때 과 후배 최청규, 생전 안 가던 모교 영학회 모임에 갔다가 영학회 임원으로 봉사하고 있는 청규를 보고 서로 안면이 익어 한참 생각해 보니 그 다다미방에서였다. 또 일중묵연 시절 지인들. 이태리 식당 오너가 된 유재游齋, 이 유재는 글씨 쓰고 나면 언제나 붓을 아주 말끔히 빨아서 걸고 가던 정갈한 사람. 광화문 '나무와 벽돌' 레스토랑에서 사십여 년 만에 만난 사람을 서로 첫눈에 알아봤다. 유재! 유헌! 하면서. 묵연에서 내 옆자리에 앉아 안시顏氏 가묘비家廟碑를 쓰던 팀파니스트 박동욱씨. 미국에서 팀파니 공부하고 엊그제 돌아왔대서 반가워 만날 때마다 옆자리에 앉아 음악 이야기를 많이 했다.

요즘 망령이 났는지 옛날에 쓰던 닳아 빠진 붓과 벼루를 꺼내 남편의 시 등 한글을 더러 써 본다. 손이 떨려 삐뚤빼뚤 쓰면서도 뭔지 그냥 카타르시스가 되는 것 같기도 하다. 진작에 한별처럼 한글이나 쓸 걸 그랬나? 뜻도 모르는 한자와 한 이십여 년 씨름하다가 손 놓고 나니 이현사二玄社 간刊 서예 책, 한국판 서첩, Chan.이 모아 둔 추사연구 서적 도록, 서체자전 전시회 도록 등 서예 관련 책들만 수십 권 아니 백여 권 쌓여 이사 다니면서 더러 정리했는데도 책꽂이에 가득하다.

헛되고 헛되도다. 세상사 허무로다.

2016 孟夏 宥軒

동冬

발문

나그네 트릴로지 (삼부작)

성기선 (지휘자)

어머니 유헌 이명환 작가의 새로 출간될 세 번째 수필집의 제목이 '겨울 나그네'로 정해졌다는 소식을 듣고 내 맘이 개운해 지는 듯하였다. <해 저무는 나그넷길>, <한겨울 나그네> 등 여러 제목을 가지고 고민해 오신 것을 알고 있는 터였다.

외롭고 고된 인생 여정에서 늘 어머니의 곁을 지키며 위안이 되어 준 벗, 음악! 세상에는 참 많은 음악이 있지만 어머니의 가장 큰 사랑을 받은 작곡가 슈베르트, 그의 수많은 작품 중에서도 마지막 연작 가곡집 <겨울 나그네>처럼 어머니를 위해 쓰여진 것 같은 곡이 있을까 싶다. 전작 수필집인 「지상의 나그네」(2005), 「나그네 축제」(2013) 에 이어 '나그네 시리즈'를 완결하는 책의 제목으로 매우 잘 어울린다고 생각했다.

겨울마다 스키를 타실 정도로 건강이 좋았던 아버지께서 평화롭지만 갑작스럽게 세상을 떠나신 뒤 어머니께서는 글을 더 이상 쓰고 싶지 않다고 느꼈던 시기가 있었다. 수필 <일중묵연 회고담>의 마지막 구절과도 같이 모든 것이 헛되고도 공허하게 느껴지셨을 것이다. 어느덧 시간이 흘렀고 다행스럽게도 어머니의 내적인 수양으로 그 아픔을 승화시키는 과정에서 말을 잊었던 사람이 말문이 트이듯 다시 글을 쓰기 시작하셨다. 그 결과가 이번에 이 한권의 책으로 결실이 맺어지는 것을 보는 마음은 기쁘다는 말로는 다 설명하기 힘든 특별한 느낌이다.

　어머니 이명환 작가의 수필은 지면을 통해서 발표된 글들과 두 권의 수필집을 통해서 이미 많은 독자들의 공감을 얻었고 그 결과로 지금까지 작가의 글을 진심으로 사랑하고 아끼는 분들도 주위에 많이 계신 것으로 알고 있다.

　아버지께서 돌아가신 2013년 이후에 쓰신 글들을 모은 이번 수필집에서는 그동안의 작품과는 다른 특별함이 느껴진다 지금까지의 수필이 작가의 삶에서 중요한 다양한 요소들을 두루 소재로 다루고 있다면, 본 <겨울 나그네> 에서는 아버지 성 시인에 대한 절절한 사랑과 그리움을 모티브로 하여 쓰여진 글들이 중심이 되고 있다.

　음악가 관점에서 간단히 설명해 본다면 아버지 송운 성찬경 시 주제에 의한 문학적인 변주곡이라 할 수 있다. 주로 글의 서두와 또는 중간에 성찬경 시의 한 구절이나 연을 인용하고 그 시에 대하여 환상곡풍으로 자유롭게 작가의 생각을 덧붙여 이야기를 풀어나간다. 또 어떤 경우에는 그 주제를 바탕으로 작가의 생각을 발전시킴으로써 당신의 삶과 인생관을 관조하는 것으로 승화시키기도 한다.

일찌기 밀핵시론을 주창하시며 단어의 밀도를 높여 강렬한 시적인 표현을 추구하셨던 아버지와는 달리 어머니께서는 본디 소설가다운 유려하고 긴 호흡의 글을 써 왔다. 이번 책에서는 작가의 사유가 깊어지고 발전되면서, 특이 이 책 <매일 밤 통나무처럼 쓰러져서 죽고>와 <스페인 산티아고 두 번째 순례기>에서 볼 수 있듯이 그간 작가의 글에서 찾아보기 힘들었던 시와 산문 중간 정도의 문체를 구사하기에 이른다. 음악으로 비유하자면 귀가 완전히 들리지 않게 되면서 더욱 자유로워진 베토벤의 후기 현악 사중주곡들이 연상되는 대목으로 작가의 그러한 변신이 매우 자연스럽게 느껴진다.

어머니께서 아버지를 그리는 간절한 마음으로 쓰신 책, 『겨울 나그네』를 아버지께서 하늘에서 미소를 머금고 기쁘고 흡족한 마음으로 읽어 주시리라 생각한다. 또한 수필가 이명환으로서의 문학적인 여정은 이 '나그네 트릴로지'를 통해 마무리 되고, 본격적으로 작가가 처음부터 꿈꿔 왔던 소설의 창작으로 발전될 것 같은 예감 섞인 기대를 가져본다.

유헌의 수필 세계

정연희

여기에서는 명환의 별호別號 '유헌'이 있다 하여 호칭으로 쓰겠다.

송운이 그렇게 몽매에 그리워하던 유헌 이명환의 여대생 모습
"그랬다. 할머니가 지어준 처녀 때 내 별명이 미수타 리였다. 할머니는 날
더러 선머슴 같다고 '되련님'이니 '미수타 리'니 해서 웃기셨다. 대학 다닐 때
단벌 청바지에 윗도리만 바꿔 입고 봉두난발, 나는 거울도 안 보고 내 손으로
내 머리를 잘랐으니, 그것도 연필 깎는 자그마한 미제 면도칼로 말이다. 영화
'로마의 휴일'에서의 '오드리 헵번' 보다도 훨씬 짧게 쥐어뜯어 놓은 내 헤어
스타일에 혀를 차시면서도, 누어있으면 선머슴 같은 외손녀의 머리를 말없이
쓰다듬어 주시던 할머니 …" (지상의 나그네, 외할머니 63쪽)
그 무렵, 이화여대는 사치스러운 여대생의 별명일 정도로, 실상보

다 더 화려함을 풍기던 때였는데, 유헌은 그런 모습의 여대생이었다. 아홉 살이나 연상의 송운이 그런 선머슴 같던 유헌을 몽매에 그려 수 없이 보낸 수 십 통의 편지와 시, 그 중에 「연애편지의 무게를 다는 저울」이라는 송운의 시를, 유헌이 새삼스러운 눈으로 읽게 된 이야기는 우리의 흥미를 돋운다.

" … 1963년 Chan. 이라는 탄생 년도와 서명을 새겨 갖고 있는 영묘한 물건이 지금 내 앞에 놓여 있다. 이름 하여 '연애편지의 무게를 다는 저울'. 1963년이면 내가 대학 4학년 때다. 이제는 고인이 된 남편 성 시인이 연애시절에 나에게 편지를 보낼 때 사용하던 실용품 저울이라 했다. 1966년에 혼인하여 한 집에서 살게 됐을 때 비로소 내가 본 물건이다. 1960년 대 초에 실제로 '연애편지의 무게를 달던 저울'이란다. 학교로 보내온 시는 읽어 본 적이 있었지만, 나는 그가 이렇게 수제품을 만들어 사용하고 있는 줄은 몰랐다."

20그람 우표 한 장 / 40그람 우표 두 장
이 예쁘고 작은 저울이 / 활화산 분화구의 정열을 실은
연애편지의 무게를 달다니 / 그러나 그것은 사실이다.

저울은 정확히 / 내가 님에게 보내는 연애편지의
열정의 등급을 매긴다. / 60그람 우표가 석장
아아 100그람 우표가 다섯 장 / 이보다 더 예쁜 마술은 없다.
벌이 날아 앉은 철쭉의 수술처럼 / 저울 바늘이 가볍게 가볍게 미동한다.

섬세하게 눈금이 뚫려 있고 12cm 높이밖에 안 되는 중심축을 중심으로, 귀엽게 생긴 추錘가 장식처럼 매달려 있는 것이 보면 볼수록 예사 저울이 아닌 영물로 보인다. 정말 종이를 한두 장씩 올릴 때마다 바늘이 미동하는 모습이 그야말로 살아 있는 물건 같다.

저울바늘이 문자판 끝가지 돌아가면 / 나 한 사나이는
님에게 다이야 반지 하나쯤 선물한 기분이 되어 / 기쁘고 흐뭇하다.
몇날 며칠의 노고도 사라진다.
이 편지는 / 비록 우표 한 장짜리지만
그 안에는 / 나의 심장을 쪼아서 완성한
정상급 사랑의 소네트 한 쌍이 / 들어있는 것이다.

이제 이 저울은 편지에 담긴 정성과 사랑을 감지하면서 무딘 나의 마음까지 어루만져주는 기막힌 영물이 되었다. 그가 보낸 수많은 편지 중에서도 이 저울을 거쳐 내게 전달된 '사랑의 소네트 한 쌍'은 여러 모로 준비가 안 된 황량한 내 영혼이 하느님 안에서 그와 서로 의지할 수 있는 힘이 되어 주었다.

이번 수필집 '춘' 마지막에 있는 「연애편지의 무게를 다는 저울」 일부다. 송운이 손수 만든 저울로 달아서 보낸 소네트, 심장을 쪼아서 완성한 정상급 사랑의 소네트 한 쌍이 돌같이 굳은 애인의 마음을 움직였던 모양이니, 이 얼마나 영묘하고 기상천외한 '사랑가'인가.

연애니 결혼이니 안중에 없던 선머슴 유헌의 대학생활은 남달랐다.

2학년에 써 낸 '젖할매' 소설로 가작 입선, 다음 해 '디오니소스 …'로 당선, 세상유행이나 눈치를 보는 일 없이, 단벌 청바지로 소설을 써낸 학생이었다. 당시 이대학보사의 '중편소설과 논문 현상 모집'의 당선 상금이 한 학기 등록금을 내고도 조금 남는 액수였다.

유헌은 중학생일 때 시골집에서 수십 리 상거로 피아노를 배우러 다닐 만큼 자의식이 강했고, 자신이 좋아하고, 하고 싶은 일이면 관철하여 내 것으로 만드는 집념 또한 강한 학생이었다. 음악에 관한 그의 소양과 미술 특히 나에게는 생소한 프랑스 19세기 화가 〈앙리 루소〉에 대한 열정, 그리고 서예에 집착했던 시절은 누구도 따르지 못할 정도로 열성이 대단했다.

"집안에 흩어진 CD들을 모아보니 베토벤 교향곡 6번과 9번으로 토스카니니, 부르너 월터, 에리히 크라이버 등이 지휘한 것이 눈에 띠어 듣기 시작한 지 … 헐어빠진 손바닥만 한 '전원교향곡' 악보를 찾아내어 근처 복사 집에서 확대복사까지 하여 목관악기들의 다양한 음색을 구별해가며 듣는 … 이순이 넘은 요즘도 창문을 통하여 이런 궂은 날의 한여름 풍경을 느긋하게 바라보고 있노라면 왠지 어깨가 축 처지게 침체해 있었던 기분이 조금씩 고양되는 듯싶어지기도 하면서 … 뉴욕의 모던 아트 뮤지엄에서 본 앙리 루소의 '잠자는 집시' '꿈' 필라델피아에서 만난 이승이 아닌 저승 같던 그림 '카니발 이브닝' 워싱턴에 살고 있는 친구의 안내로 내셔널 갤러리에서 만난 '숲속의 랑데부' 크고 작은 나무들이 신들린 듯 바람에 흔들리고 있는 숲 앞에서 멍하니 정신 놓고 서 있는 나를 … 눈부시게 화창한 날에는 애들 키우느라 한창 바쁘던 와중에도 어느 지루한 장마철에, 벼루를 찾아내어 천천히 먹을 갈아 학생 때 매일 대여섯 시간 씩 쓰던 당나라 안진경의 가묘비家廟碑나, 한예漢隸 장천비張遷碑를 마음을 다스리며 임서臨書하든지 먼지로 뒤덮인 피아노 뚜껑을 열고 슈베르트의 세레나데 아베마리아를 나직이 불러 본다든지.”(『지상의 나그네』, 雨期 連作 50~53쪽)

“막내를 가졌을 때 이렇게 비좁은 집에서 어떻게 아이를 다섯씩이나 키울 셈이냐고 대소가에서 말들이 많아, 부끄럽고 한심하여 혼자 눈물짓던 일이 생각난다. 아빠가 장손이므로 각종 행사나 제사를 우리 집에서 치러야 했으니까. … 허드렛일 하는 시간을 아까워하지 말아라. 하느님께 공짜로 받은 선물인데 나를 위해서만, 내가 가치 있다고 생각하는 일을 위해서만 시간을 쓰려는 이기심을 버리자. 그동안 가사노동과 잡다한 일상사를 좀 더 부지런히 기쁜 마음으로 해 낼 수도 있었는데, 8년 동안의 할머니 병수발도 그렇게 구름 낀 얼굴로 한숨 쉬면서 하지 말 것을 …”(『나그네의 축제』, 딸에게 쓰는 편지 47쪽)

“남편 Chan.의 작품은 내게 단순한 시가 아니라 하나의 역사다. 그가 살고 간 시대의, 가까운 친인척과 우리 가족의 역사이면서 내 개인의 정신사이기도 하다. 그 시 속에 여러 흔적이 고스란히 녹아 있다. … 그가 떠나고 이런 저런 행사를 치르며 나는 그의 시를 깊이 음미할 기회가 많아졌다. 그 시들에 전에 없던 독특한 음영陰影이 생겼다 할까. 그림자를 길게 질게, 때로는 도포자락을 휘날리듯 걸모습까지도 시시각각 변화하며 하늘 높이 나른다.” (‘하’ 2번째 「성찬경의 시에 부치는 이명환의 이야기」)

유헌의 수필에는 송운의 시 속에 빠져 있는 글 외에 그 나름의 '학구적인 탐구'와 '역사서歷史書'도 곁들여 있다.

'버지니아 울프'의 소설에 대한 깊은 탐구와, 이대에도 왔었던 펄벅의 『대지』 춘원의 『흙』을 비교 연구하는 자세가 인상에 남는다. 영시를 전공한 성찬경 시인도 음악과 미술 특히 조각에 일가견이 있음을 일찍이 알고 있는 나로서, 두 사람의 취향이 맞아 더욱 시너지효과를 만들어낸 부부가 아니었을까 생각해 본다. 나도 이 음악가를 좋아하지만 유헌의 슈베르트 사랑은 그 차원이 다름을 느꼈다.

송운의 3주기 때 (2016년) 2월 26일 그의 기일에 맞춰서, 제사 겸 퍼포먼스를 곁들인 오픈 행사를 했다. 2. 26(金) 17:00부터 3. 9(水) 12:00까지 2주간에 걸쳐 인사동에 있는 '백악 미술관'에서 두 층을 빌려 대대적인 전시회를 열고 그 전시품들을 모아 『성찬경의 음암동 물질고아원』 '도록'을 출판했다. 평소에 버려진 고물들을 주워다가 만들어 놓은 작품들로 <응암동 물질고아원> 이라 제한 전시회를 관람하고 나는 "백아무개 저리가라!"라며 진심으로 놀랍고 경탄을 금할 수 없었다. 스스로 '응암동 물질고아원장'이라 하면서 써놓은 시도 일품이다.

"성천 아카데미 이사님인 남우정 여사가 웃으면서 내 웃는 얼굴이 서산 마애불을 닮았다는 것이다. … "

남우정 여사뿐 아니라, 친구들끼리도 유헌을 편안해 하는 것은 그에게서 그가 태어난 고향 산천의 향훈이 전해지는 까닭이었을 것이다. 서산 마애불 이야기로 돌아가보자. '하' 마지막 「인간미 넘치는 신비한 백제의 미소」는 읽는 이로 하여금 심금으로 받아들이게 만든다.

" … 오늘 나를 반겨주는 삼존불이 새삼 가깝게 느껴지는 것도 기적 같은 일이 아니런가. 왼손 끝 두 손가락을 구부려 늘어트리고 오른 손 바닥을 쫙 펴 앞을 향하고 있는 시무외施無畏 여원인與願印, 즉 두려움을 물리치고 소원을 받아준다는 뜻의 부처님과 똑같은 자세로 나도 잠시 서 보았다. 때마침 불어온 미풍에 몸을 맡기고 눈을 감으니 맑은 정적이, 천 오백년 묵은 곰삭은 정적이, 여명黎明처럼 밀려 와 나를 감싸누나. 생명의 신비 존재의 신비 안에 심신이 녹는다. 이 생과사가 하나인 서방정토 면형무아麵形無我여!"

'추'의 마지막 작 「조선박물관 일본」과 '춘'의 대부분의 글 「응암동 수재민 주택」 이야기로 오늘은 끝내려 한다. 일본에 산재한 우리나라 문화재를 들어, 우리에게 일본인은 누구며, 일본은 어떤 의미의 존재인가를 차분하게 엮어간 글이었다.

"금당벽화와 백제관음상 구세관음상 오층탑이 있는, 세계에서 가장 오래된 목재 건축물 법륭사, 사천왕사, 봉황당이 있는 평등원, 금각사 … 서거한 지 5백년이 지났어도 선불교와 청빈한 다도茶道의 창시자로 오늘날까지 흠앙받는 일휴一休 스님에 의해 재건된 대덕사, 일본 국보 1호 미륵보살상이 있는 광륭사, 행기스님의 동대사 등 이것이 모두 우리 조상이 피땀으로 이룬 일본 아스카불교문화의 소산임을 이번 여행을 통해 잘 배웠다. 역사를 바꿀 수는 없다. 일본이 다시 보인다. 나의 개안이다."

이 외에도 성찬경 씨가 원장인 <응암동 물질고아원>이 아니라 이명환 씨가 운영하던 <음암동 수재민 주택>에서의 혼인 초창기(1966-1075) 10년 동안의 생활 풍속도는, 독자들에게 색다른 즐거움을 선사할 것이다. 수도와 냉장고는 물론 부엌에 하수구도 없는 '수재민 집'. 마당에 있는 우물이 김치 과일 냉장고였고, 다섯 아이 기저귀를 우물물로 빨아 널고 사는 이 집에, 새로 시집온 '이화여대 가정과' 출신 사촌 동서가 인사차 왔다가, "울어도 시원치 않을 판에 형님이 웃고 있는 게 너무도 이상했다."는 말을 들으며 우리도 울지 않고 유쾌하게 웃는다. 그것도 송운의 고급 명시 「로마네스크」에 얹혀 술술 전개되는 이야기에 독자들은 흥미진진한 만담漫談 속으로 깊이 빠져들게 된다. '춘'과 '하'에 실린 대부분의 작품이 그 시절 풍경이다.

경자년 정초에 정연희 쓰다

이명환 수필집

겨울 나그네

초 판 인 쇄 2020년 3월 15일
초 판 발 행 2020년 3월 21일

지 은 이 이명환
펴 낸 이 이창섭
펴 낸 곳 시인생각
등   록 제2012-000007호(2012.7.6)
주   소 경기도 양평군 옥천면 고읍로 164
          ㉾ 03375
전   화 050-5552-2222
팩   스 (031)812-5121
이 메 일 lkb4000@hanmail.net

ⓒ 이명환, 2020
ISBN 979-11-5582-003-2 03810

값 15,000원